花山鸿儒文库
第一辑·小说卷

赵宏兴 著

头顶三尺

花山文艺出版社

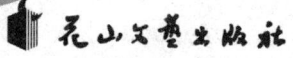

河北·石家庄

图书在版编目（CIP）数据

头顶三尺 / 赵宏兴著. -- 石家庄：花山文艺出版社，2020.6（2021.1重印）
ISBN 978-7-5511-1596-4

Ⅰ. ①头… Ⅱ. ①赵… Ⅲ. ①中篇小说－小说集－中国－当代②短篇小说－小说集－中国－当代 Ⅳ. ①I247.7

中国版本图书馆CIP数据核字(2020)第008637号

书　　名：	头顶三尺 TOUDING SAN CHI
著　　者：	赵宏兴
责任编辑	梁东方
责任校对	李　伟
美术编辑	胡彤亮
封面设计	琥珀视觉
出版发行	花山文艺出版社（邮政编码：050061） （河北省石家庄市友谊北大街330号）
销售热线	0311-88643221/29/31/32/26
传　　真	0311-88643225
印　　刷	三河市华东印刷有限公司
经　　销	新华书店
开　　本	650×940　1/16
印　　张	17
字　　数	220千字
版　　次	2020年6月第1版 2021年1月第2次印刷
书　　号	ISBN 978-7-5511-1596-4
定　　价	58.00元

（版权所有　翻印必究·印装有误　负责调换）

目录

头顶三尺___1

手心手背___46

伙　牛___66

父亲的土地___105

耳　光___143

退　亲___162

欲望初绽的夏天___176

被捆绑的人___204

自由撰稿人___223

春子的两重世界___248

后记：怀念母亲___267

头顶三尺

引　子

我一生都在寻求父亲的内心世界，我知道父亲的身上隐藏着一个巨大的黑洞。我从少年时就惧怕他，我只有在内心里猜测，在眼睛里观察。父亲的右手是个残掌，只有一个大拇指，掌面上是鼓起的血管和筋脉，皮肤粗糙黝黑得像大象的皮，掌心遍布老茧和纵横交错的纹路。父亲虽然右手是一个残掌，但一样和乡亲们下地干活。少年时，我常看到父亲从地里干活回来，残掌上留下斑斑血迹，第二天，队长上工的哨子一响，父亲又照样下地去了。

父亲的残掌曾使我的爱情受到过挫折。二十三岁的那年冬天，我谈了一个女朋友，她到我家来玩（其实就是考察），回去后，她就来信不同意了，我问为什么？她说我的父亲是个残疾人，要和我结婚了，父亲会成为我们的累赘。我说，他的右手残了，但一样可以下地干活，他不是残疾人。女朋友轻蔑地说，断了4个手指就是六级残疾了，我去民政局问过。我没法和她谈下去了，这段感情很快就结束。父亲知道我的爱情是因为他的残掌而吹的，心里很难受，要知道我作为一个贫穷的农家孩子，谈个对象是多么困难。母亲又开始抱怨父亲了，"你好好的人，为啥要把手砍了？"——这也是母亲一辈子抱怨的话题——父亲用残掌猛拍了一下桌子，对我说，一个不尊敬你父亲的人，你也不要爱她！第二年夏天，我又谈了一个女朋友，这次女朋友来我家玩，炎热的夏天，一向喜欢光着膀子的父亲却穿起了衬衫，他用长长的袖子遮住他的残掌，他的后背经常是湿湿的一块，衬衫黏在他的皮肤上非常难受，但父亲坚持不脱。我知道父亲的良苦用心，但不久这段爱情还是吹了。

父亲的残掌成了我的耻辱，有一段时间我都不能看到他的残掌。

今年春天，母亲去世后，我把父亲从乡下接到我在城里的家来住。城里的话父亲说不好，总是把厨房叫成锅房，把客厅叫成堂屋，把汤、稀饭叫成粥，把所有面做的馍、饼子、馍头等，都叫成粑粑，我每次纠正后，他又照自己的说。

有一次下班，看到父亲坐在阳台上，凝固似的，臃肿的身子一动不动，我就走过去想看父亲在看什么。父亲可能是受到了惊扰，他咧着嘴朝我嘿嘿地笑着。我顺着父亲的目光看去，远处是公园里茂盛的树木，公园的围墙外面是车水马龙的马路，再远处就是错错落落的楼群，无边无际。在这些熟视无睹的风景里，父亲能看到什么？

我知道父亲的内心是孤独的。有时，我想陪父亲坐坐，但我与父亲总是没有多少话说，两个男人常常坐在沙发上沉默着。父亲的头发花白了，面孔上多的是安详沉静，像一条经过了大风大浪的船，现在晒在海滩上。

父亲年老了，威严正在一点点退去，有时他在我的身边打着圈子想找点话说。这几天，我与父亲长谈着，谈得更多的是家庭的事，我对这个家庭有许多不理解的事，少年时不敢问，现在我都敢问了。

谈到父亲的残掌，父亲举起残掌挠了挠头，开始叙说起来。

1

父亲曾经是当地远近闻名的挂面师傅。

说起我父亲学挂面手艺的事，还得回到过去。那是20世纪70年代初，生产队里正在商量搞副业，以增加收入，年底可分点红给每家每户，队长就想到了挂面。

我们这儿是南方，以种植水稻为主，吃面食是很金贵的，其中又以吃面条为上等。面条的吃法有许多种，老人做寿，要吃长寿面；新生儿满月，要吃满月面；人生病了，要吃荷包蛋面……面条不但能做饭吃，还能做菜吃，我们当地有两道名菜就是用面条做的，如把面条和泥鳅放一起烧，味道鲜美，叫泥鳅面；另一种是把面条做成圆子，叫挂面圆子，蒸着吃，油炸了吃，都好吃。因为有了这许多吃法，面条几乎家家户户都需要，一定会有销路。

村子里没有挂面师傅，队长想到了我舅爷，舅爷是一个老挂面师傅，队长想请他来，但又怕舅爷不愿意。因为，在乡下会这门手艺的人还不多，肯定也有别人请他。

队长来找我奶奶。队长的嘴里总是衔着一根自制的卷烟，那烟好像长在他的嘴上，说话时，能把烟卷从一个嘴角熟练地转到另一个嘴角，而且一点也不妨碍说话。寒暄了一阵后，队长就把想请舅爷来挂面的想法和奶奶说了，奶奶一听，就说："没问题，我哥的事，我能说定。"

队长说："你先去请请看，这一趟算你十分工。"

第二天，奶奶就让父亲去请舅爷，父亲挥动着手臂，青春的身子走在田野里像一棵挺拔的白杨树，两条长长的腿，像装了弹簧一样迈动。父亲从小就对这个做手艺的舅爷充满了崇敬，这次能去请舅爷，心里满是欣喜。

奶奶看着父亲走在田野上的身影，觉得这件事重要，还是不放心。奶奶追上来，替下父亲，父亲心里一阵失落。

到舅爷家有十几里路，中间要翻过一座小龙山。奶奶上到半山腰，往那边看去，山脚下，田野一望无边，一座座村庄零星地坐落在田地里，被一条弯曲的村路串联在一起。路在一条小河边弯来弯去，弯上一座小石桥，就一头扎进一座村庄里去了，再远处有一座村庄隐约可见，那就是奶奶的娘家了。奶奶在一块石头上坐下来，歇息好了，起身再走，这是她每次回娘家的习惯。

奶奶到达舅爷家时，已是中午时分，村子里炊烟袅袅。奶奶在板凳上坐下来，用手揩了一把脸上的汗水，舅爷见了，忙从锅灶上打来热水，端到奶奶的面前，让她洗洗。

奶奶刚喘口气，就兴奋地把队长的想法和舅爷说了。

舅爷听了，眉头紧锁，半天没有作声。奶奶一见他这样，心里直打鼓，想舅爷可能有难处了。

半天，舅爷对奶奶说："要是早来两天就好了，前两天，我刚答应邻村的队长，他们也想做挂面生意。"

奶奶听了一拍大腿,说:"怕鬼有鬼,"然后又问,"没有办法了?"

舅爷说:"没有办法了,都咬过牙印了。"

奶奶心里明白,能办成的事,哥哥不会推辞的,这事可能实在是没有办法了。

夜里,奶奶睡在床上翻过来翻过去睡不着,如果能把这件事办成,自己在村子里是多有面子啊,但既然哥哥和别人咬过牙印了,就改不了。

第二天,奶奶要回家,舅爷把奶奶送了很远,两个人在乡野的田埂上边走边说,舅爷觉得心里一百个对不起奶奶。舅爷一边走,一边不停地用脚踢着路上的土坷垃,土坷垃被舅爷踢成了碎片在地上飞起,仿佛这些土坷垃就是他的心结。

去的路上,奶奶一身都是劲,回来的路上,奶奶脚步拖沓着,越临近村子,越没有了力气。

奶奶到家刚坐下,队长就来了。队长是兴冲冲地来的,队长满面笑容地坐在奶奶的对面,问奶奶事情怎么样了。奶奶不好意思看他的笑脸,而是扭过脸去,望着地上的一缕阳光,难过地说:"哥哥被别人请去了。"然后把事情的经过说给队长听,说,"也没有请到,这工分就不要给我记了吧。"

队长一听,烟屁股在嘴里晃动了两下,掉下一截白色的烟灰,半天没有作声,然后说:"这也没办法,我们讲迟了,但工分还是要给的,人没请到,路是你跑的。"

队长踢踏着走了,脚步声是低落的,但在奶奶的耳朵听起来,却是巨响。

过了两天,这天中午奶奶从河里淘米洗菜回来,老远就看到家门口站着一个人，走了几条田埂再一看，是舅爷的身影，奶奶快步走了起来，兴奋地喊着哥。

舅爷迎了上来，奶奶把门打开，两人进到屋里，奶奶把篮子放下，端来板凳让舅爷坐下，说："哪阵风把你吹来了？"

舅爷坐下来，双手抚在膝盖上，大声地说："还不是为了你。"

奶奶问："为了我？"

舅爷说："你不是说要请我来挂面吗？我把邻村的推辞了，来给你们队挂面。"

奶奶睁大了眼睛，半天没回过神来，奶奶说："你说的是真的？"

舅爷说："是真的，我啥时骗过你？"

原来，奶奶走后，舅爷知道奶奶的心里十分难过，自己心里也十分不安，觉得对不起奶奶，他要帮奶奶这个忙，如果能来这里挂面，还能照看奶奶。舅爷跑到邻村，要推辞挂面的事，邻村的队长脸拉得老长，说你这不是在坏我事吗？我们村里上上下下都准备好了，你让我怎么交代。舅爷被说得头抬不起来，然后灵机一动，又给邻村队长推荐了一位同行，队长沉默了半天问，能请到吗？舅爷说，这事包在我身上，如果请不到，我就不走。结果才算把这事圆满解决了。

奶奶听到这个消息，赶忙跑去找队长，队长不在家，媳妇说他在东冲的地里。奶奶又跑到东冲，队长正在地里干活，见奶奶气喘吁吁地跑来，停下手中的活，问啥事。

奶奶说："我哥来了，我哥把别的队推辞了，给我们队挂面了。"

队长这几天正在为请不到舅爷发愁，如果请不到舅爷，队长的许多打算就落了空，现在，听说又请到了，队长兴奋起来，大声说：

"好，我们队里今冬有指望了。"

中午，队长请舅爷吃饭，并让父亲来陪。

队长家堂屋里有一张黑色的大方桌，队长和舅爷一边坐一个，父亲坐在下首给两人倒酒。

酒是散装的白酒，装在塑料桶里，父亲先是把酒倒进酒壶里。酒壶是陶烧的，圆圆的，左边有一个弯钩的把，右边是一个细长的嘴，肚子大，口子小。上半部是黑色的釉，下半部是黄色的陶。父亲再把酒倒进两个人的酒杯里。

队长端着小酒杯，在嘴唇上碰，发出滋的声音，美好而享受。然后，让舅爷也喝，舅爷也端起杯子一掀，虽然没有一点声音，但酒杯干了。

队长说："你这样喝酒容易醉，再大的酒量也不行，要小口抿。"

父亲要给舅爷续酒，队长把酒壶从父亲的手中拿过来，说："我来倒酒。"

队长与舅爷坐在一条板凳上了，舅爷每喝干一下，队长就倒上一杯酒。

本来父亲是队长叫来倒酒的，现在，父亲干坐在一旁成了吃菜的。队长在村子里可是有地位的人，别人家请客，队长都是坐在首席，专门有人给他倒酒喝的。现在，队长给舅爷倒起了酒，这让父亲感到吃惊，再看看端坐在桌子上的舅爷，父亲对他更是羡慕起来，觉得做个手艺人了不起。

几杯酒下肚，舅爷的脸已红了，队长的脸上还是平静的。队长对舅爷说："我们这个队里，就这几十户人家，不是亲就是邻，大家都是一条心，我们这个村都是干活的粗人多，就是缺少个像你这样的手艺人。现在你来了，我们村就可做挂面生意，村子就能富裕起来。"

舅爷说:"我妹妹请我来,我肯定会用心干,一冬干下来,每家都能分点钱过年,我就满意了。"

队长说:"你在这里挂面,就是我这个队上的人了,有什么事你直接给我讲,你放心大胆地干。"

两个人喝着酒,越来越亲热了。在队长家吃完饭,父亲和舅爷往家走,舅爷喝多了,哼哼着,脚步踉跄,父亲扶着他,觉得自己的脸上也有了荣光。

第二天,队长带人把队里的仓库收拾了一下,打扫干净,让舅爷作为挂面的作坊。村民们都到这个挂面作坊来看,对里面的每件东西都感到十分新奇,问来问去,要弄个明白。

晚上,舅爷回到奶奶家里,两人坐在油灯下聊天。油灯朦胧的光在舅爷的面孔上晃动,舅爷把板凳挪到奶奶的身边,低声说:"我挂面,缺少一个帮手,想带一个外甥学。"

奶奶没想到舅爷还有这个心,心里一喜,问:"哥,你看带哪个合适。"

舅爷说:"就让老二(父亲排行老二)学吧。老二四个孩子了,一大窝子,没个手艺,要是碰到个灾年,怎养活。"

奶奶想了想说:"是这样子,但学手艺这个事还得要队长同意,队长家里也有孩子,如果队长让你带他家孩子学,怎么办?"

舅爷恍然记起,面坊里有个青年常来玩,青年中等的个子,双手插在裤子的口袋里,说话大喉咙笑嘻嘻的,走来走去的。

奶奶说:"队长家有五个孩子,这个是他家的小四。如果队长不同意,你也不能撂挑子不干了,你要是不干了,队里人还认为是我叫的。"

舅爷说:"我知道。"

灯里的油不多了,灯芯上结了两瓣穗子,在火光中红红的,像一朵刚萌发的芽,奶奶用草拨了一下,穗子从火中掉下来就是黑色的了,灯光又明亮了一些。夜色深了,周围一片寂静,天气寒冷了起来,舅爷困了。

奶奶给舅爷在堂屋里铺了一张床,把家里最好的棉被拿给舅爷盖。

如何说通队长让父亲来学徒,舅爷在脑子里想了许多法子。

这天一大早,舅爷正在往架子上起面,队长来了,队长穿着厚厚的棉衣,一架面像一堵墙一样,呈现在他的面前,队长看得笑哈哈的。

舅爷把队长让进屋里坐下,倒了一杯水递给他。舅爷的手上,还有着面迹。队长双手接过水,捧在手里,热乎乎的。

寒暄过后,舅爷说:"队长,挂面一般要两个人,一个人不行。"

队长说:"是的,我也想到了。"这次,队长是带着心思来的,想让他家小四跟舅爷学手艺,队长正在寻思着怎么开口,舅爷这样一说,队长就接上话了。队长把烟屁股吐掉,端起碗,低下头吹了吹碗里的热气,轻轻地啜了一口。

舅爷说:"我想了,让我家二外甥来做个帮手,这个孩子手灵活,能吃苦。"

队长一听,半张着嘴,脸上的表情一下子就僵住了。队长是一个有城府的人,他没有马上表示反对,而是嗯了一下。

舅爷赶紧做工作说:"挂面这活吃苦,夜里要带晚,鸡叫要起床,一般人学不来,我带了几个徒弟,学到半路就不学了。"舅爷故意这样渲染,当然舅爷并不知道队长肚里的闷葫芦,他目的是向队长说明,这个手艺不是好学的,自己不是出于私心。

队长起身就出门了,舅爷跟在后面一直送到门外。

队长走了,虽然没有答应,但也没有说不行,舅爷的心里七上八下,干活也分了神,常停下手中的活,愣怔着。

下午,队长又来了,这次来,队长一扫上午回去时脸上的阴云,而是高兴地说:"你就带你家外甥学吧,这个事就这样定了。"

舅爷听说了,搓着手,嘿嘿地笑着,心里高兴不已。

上午,队长和舅爷分手后,心里也闷闷不乐,自己的小算盘没想到让舅爷给破坏了。他回到家,想了半天,脑子忽然开了窍,就让舅爷带父亲学吧,因为父亲是舅爷的外甥,舅爷会认真教他的,等父亲学会了这门手艺,他还是自己队里的人,这门手艺也就留在了队里,再让小四跟父亲学也不迟。如果现在不同意,等于全砸了,连队里的面也挂不好,小四的手艺也学不到,于时,便这样决定了。

2

舅爷挂面了,因为带了父亲做徒弟,舅爷劲头十足。

面在下午四五点和,先是把面倒进一个大口的面盆里,面盆是彩瓷的,厚厚的,盆里是光滑的绿釉,那釉绿汪汪的,仿佛能汪出一层油来。父亲第一次看到这么精致的面盆,他用手拭着面盆光滑的底,釉在父亲的手指上滑过,细润温柔,像一个小女孩的皮肤。

呼的一声,舅爷把面倒进去,盆口腾起一股细雾。父亲把袖子挽起来,倒上水,用手搅拌。

开始时,面粉粘了父亲的双手,父亲甩也甩不掉,再过一会儿,面粉和成了一块巨大的白色面团,和父亲的手就分开了。父亲把手掌握成拳头，用力擩，面团发出扑扑的声音；擩得越熟，面越筋道，一个小时后，面擩成形了，面团卧在面盆里，像有了生命一样。父亲再用手掌拍拍，面团发出叭叭的声音。然后，盆上捂上一个被子，这叫醒面，就是让面膨胀起来。

面在盆里醒了几个小时，到了晚上七八点钟的时候，就可以盘条了。

盘条前，要先蒸一屉熟面粉，面粉遇到水汽会结成团，就要用筛箩筛，筛下的面粉细细的，这蒸熟的面粉主要是用来防面粘面板的。

舅爷揭开面盆上的被子，一团面在盆里已醒得像一块硕大的馒头，饱满圆润，面皮在灯光下发着淡淡的光泽。父亲站在旁边看，舅爷让父亲用手指按按，面团一按一个凹陷，不一会儿，又恢复了平整。

舅爷对父亲说："如果按下去面弹不起来，就是死面了，如果一按到底没有硬度，就是烂面了，这两种面都挂不成面，面要一按一个窝，要有弹性。"

父亲挽起袖子，在案板上撒上一层蒸熟的面粉，然后，双手抄到面盆的底部，用力把面团从盆里甩到面板上，像从池塘里甩出了一条大鱼。父亲把面在案板上揉了几下，然后摊开，用刀将面划成一个个条状，父亲在面板上熟练地搓揉，短短的方形的面条瞬间搓成了圆形的长长的面条，从面板上拖下来，舅爷一边用手接住，一圈圈地绕到面盆里，一边看着父亲的手功指点着。

面盆很快就一层层地绕满了。舅爷用一块棉被盖上，这是第二次醒面。

晚上七八点，舅爷打开面盆，要把盆里的面绕到面筷上。父亲要上来干，舅爷说这是最难的一道活，还是自己干。面筷是长长的，用竹子削成的。一头插在筷眼里，一头伸在外面。舅爷把长长的面轻轻地往上绕，一边绕一边搓揉，两只手上下翻飞像两只蝶，看得父亲眼花缭乱，一双面筷很快就绕到头了，舅爷把长长的面条掐断，把面筷取下，再绕下一双面筷……面焙分上下两层，很快就放满了，一盆的面也绕完了。舅爷把面焙再盖上被子，这是第三次醒面。

　　舅爷做完这一切，父亲帮着把东西整理归位。然后两个人走出门外看天气，虽然天气预报说明天是晴天，但老手艺人还是要根据经验看一下天气的。父亲跟在舅爷的后面，外面虽然没有风，寒冷使人舒展不开身子，舅爷昂起头朝天上看，天空显得更加高远了，几棵树光秃秃的枝头，像剑一样指向天空。有稀疏的星星在湛蓝的天空上紧缩着光芒，快成为一小点了。舅爷说，这是一个好天气，我们快回去睡吧，明早早起起面。

　　夜里，舅爷刚躺下眯上眼睛，就要起来看面，面在面焙里往下滴，一般滴到七八寸长的时候，就要赶紧上架了。

　　第二天，第一声鸡叫划破了寂静的夜空，悠长的尾音里还伴着沙哑。接着村子里的鸡都此起彼伏地叫了起来。舅爷睁开眼睛，外面朦胧的光从窗户里透进来。这样的光，舅爷太熟悉了，在他挂面的二十多年里，每次他都是在这种光里醒来的。舅爷披起衣服，坐了起来，父亲还在另一头打着呼噜酣然大睡。舅爷不忍心叫醒他，让他再睡一会儿。舅爷开始窸窸窣窣地穿衣起床，但还是惊扰了父亲，父亲睁开眼，见舅爷起床了，知道起面的时候到了。父亲一骨碌从床上坐起来，开始穿衣。舅爷见父亲也起床了，动作也大了起来，他划了一根火柴，把灯点亮，刚点的油灯还是昏暗的，但越烧越亮，一团大大的光环渐渐地笼罩了土屋。

舅爷打开面焐，两个人拿着面筷你来我往地往面架上插，屋子里响起了咚咚的脚步声。大地是一片寂静，只有这两个手艺人在忙碌。

面筷上架，要迅速快捷，趁着早晨的雾气，才能有柔韧性。一架面要在最短的时间内上完，这样就能在统一的时间里，往下抻，否则，快的面已往下垂，慢的面还在筷子上，这样面条不均匀，一架面挂出来的质量就不一样。

接下来是抻面。这抻面的功夫是讲究的，面条还没有干时，要趁着它的韧性，用手捏住面筷头，一点一点试着往下抻，劲不能大，大了面条会断，小了面条抻不开。直到抻到足够长，把手中的面筷插到面架底下的一个横梁上，这根面筷才算结束。

干完这些，东边的天空露出了一片红光，接着红光增大，一眨眼，一轮红红的太阳就跃在树头梢上了，两人这才喘口气。

两架面在阳光下像两面白色的布匹，十分好看。面的味道在空气中弥漫着，散发出麦子的清香。

面挂出来了，村民们家家都在传递着这个消息，人们都停下手头的活，跑过来看。舅爷和父亲蹲在面架下，一点一点地往下抻面。

妇女们站在面架前细细地瞅，七嘴八舌，有人说，这面条真细，像洋棉线一样，可以穿过针眼了。有人说，这面看起来就好吃，不知道队长可给我们每家分点尝尝。有人就跟着打趣说，你生孩子时吃挂面还少，又馋成这样了。

舅爷说："你们离远点，不要打打闹闹把面架打倒了，面架打倒了，这些面碎了一地，捋都捋不起来。"

母亲也来看了，父亲一天都没回家，看看他们挂的到底是什么面。

父亲蹲在面架前抻面,看到母亲就直起腰来,说:"半夜就起来干了,腰都疼死了。"母亲看到父亲身后的面架,那些面细细的在风中轻轻地抖动,心里佩服不已,说:"哈,你真长本事了。"身旁的其他妇女就说:"你家以后就不缺挂面吃了。"父亲粘了面的手在脸上擦来擦去的,脸上一块白一块黑的,母亲对父亲说:"你看你的脸上抹得就像花狗屁股,也不洗洗。"父亲这才知道,到现在还没有洗脸,不好意思地笑了。

母亲回家,给奶奶说:"他现在真长本事了。"

奶奶说:"你舅舅教他还不真教!这手艺不亏人。"

奶奶也过去看,奶奶看和母亲看不一样,奶奶一去,站在面架前,背着手,对舅爷和父亲说:"你们要挂好啊,这可是我们生产队的最大家产,挂坏了,可赔不起。"

这种话只有奶奶能说得起,奶奶说这话,在心里是一种炫耀,是一种骄傲。看,这面只有我哥能挂起来。

队长也来看了,队长递一根烟给舅爷,舅爷平时不吸烟,但这次接了,队长把烟点了,先吸了一口,然后点着的烟递给舅爷。舅爷接过来,两支烟对在一起点着,还给队长。两人边吸着烟,边码算着,每架能挂出来多少斤,每斤面能卖多少钱。这一算不要紧,一年挂下来,队里的收入还真不小。队长问,每架能挂出这么多面吗?舅爷胸有成竹地说,行。队长为自己决定的成功而暗暗欣喜,队长对舅爷说:"你安心在这儿干,我不会亏待你的,你再把你外甥教会了,这多好啊。"

舅爷说:"感谢队长看得起我,我来了,肯定要干好,干不好,不说对不起全村人,首先会对不起我妹的,我妹在这儿还靠你照顾哩。"舅爷的话一语双关的,把奶奶抬到了前面。

队长说:"你妹家的事,你放心,我们会照顾好的。我们这个村你看看,三面是河,拖锹放水,旱不怕,涝不怕,饿不死人的。"

队长和舅爷说得愉快时,相互都拍了拍肩膀,天底下的事,就是挂面了。

经过太阳晒,轻风刮,个把小时,面就干爽了。可以收面了,因为面条太干,会碎,太湿了,会黏在一起成团,火候要恰到好处。收面时,舅爷举起手臂,从高高的架子上,把面筷拔下来,面条就呈弧度地自然弯曲,舅爷再用手一挽,一把面条就在手中了。父亲赶紧接过来,轻轻地放到空荡的面板上。一圈圈地放着,整齐好看。然后,再用被子盖上,这是给面条吸潮气,增加柔韧性,才能放到筐里。

干完活,两人坐下来休息时,舅爷就和父亲聊天。

舅爷说:"在我们手艺人中,有三种手艺是苦的。"

父亲问:"哪三种?"

舅爷说:"世上有三苦,打铁撑船卖豆腐。铁匠天天抡着大锤叮叮当当地砸,不是一般人能干下来的。撑船的人风里来雨里去的,夏天的水面是火炉,冬天的水面是冰窖。卖豆腐要在夜里把豆腐磨好,一早挑出去走村串户地卖。"

父亲除了对撑船的陌生,打铁和卖豆腐的都熟悉,他们经常走村串巷吆喝,父亲说:"这三种手艺确实是苦啊。"

舅爷又说:"在我们手艺人中有三丑。"

父亲觉得有趣,还有丑和俊的手艺人?

舅爷说:"世上有三丑,剃头剔脚吹鼓手。剃头是剃头匠,成天给人家理脏头,掏耳屎。剔脚是指澡堂里修脚工,成天捏着人家的臭脚,修来修去的。吹鼓手是指红白喜事吹喇叭的,这三种手艺人人家看不起。富人家的孩子不学这三种手艺，但穷人家的孩子还是要学啊，吃饱肚子要紧啊。"

父亲过去对手艺人不大明白，现在懂了许多，他点了点头。

舅爷说："我们挂面的，是一个好手艺，成天忙的是吃食，谁家不喜欢。"

舅爷一肚子的故事，常常都是生活中的道理，听得父亲佩服不已。

舅爷说："糖三作，酒半年，挂面师傅会放盐。"

父亲不明白这句话的意思，舅爷就给他解释说："糖师傅做好糖，要做三样才行，泡麦芽，烀山芋，然后才能熬成糖；调酒师傅把酒发酵出来，要用半年的时间，我们挂面师傅的本事就是在面里兑盐。"

父亲对盐是不陌生的，没想到在挂面里还这么重要，不知道是怎么兑的。

舅爷说："兑盐如果掌握不好，就挂不出好面来。一般是师傅对徒弟故意留一手的地方。加盐时要根据气温来定，气温高时，每十斤面放六两盐，气温低时，每十斤面放四两盐就行了，盐的作用主要是为了控制面的发酵速度，这样才能保证挂出高品质的面条。挂面人心要细，要留心天气预报，阴雨天不能挂面，但全指望天气预报也不放心，老手艺人还要亲自看天的，这样才能做到万无一失。"

父亲跟着舅爷干了一段时间，技术已经熟练了。

有一次，父亲正弯着腰，撅着屁股干活，忽然咚的一声放了一个屁，父亲的屁股正对盆里一团和好的白面，舅爷上前就朝父亲的屁股踢了一脚，父亲跟跄了一下，站稳，直起腰来不解地看着舅爷。

舅爷拉着脸问："为什么踢你，你知道吗？"

父亲说:"不就放一个屁吗?哪个人不放屁。"父亲不知道放屁错在哪里。

舅爷说:"放屁不是错,但你是对着这盆里的面放的。"

父亲说:"那也粘不上面,一阵风就没了,再说人家也没看到。"

舅爷说:"屁虽然粘不上面,但也是对吃食的侮辱,手艺人要有敬畏感,头顶三尺有神明,菩萨会看的。"

父亲不吱声了,脸一阵红。

这天,舅爷语重心长地对父亲说:"技术你都会了,但还有一样东西我没教你。"

父亲抬起头疑惑地望着眼前的舅爷,难道他对自己的亲外甥还留有一手?

舅爷说:"这一招如果不教你,你只是一个小师傅,如果这一招你要学了,你就是大师傅了。"

父亲更加纳闷了,他说:"我想当大师傅啊,你要教我呀。"

"好,我来教你。"

父亲赶紧搬来面盆,里面还有一团和好的面。他把面盆放在舅爷的面前,好让他手把手地教。舅爷看了看,摇摇头说:"这个不需要面。"

父亲坐在对面,不知所措地看着舅爷。

舅爷用手指着头顶对父亲说:"你可看到了,有人在望着我们哩。"

父亲转过身四周瞅瞅并没看见人,说:"没看到人呀。"

舅爷说:"人在你的头顶上。"

父亲更加不理解了。

舅爷说,"这个人就叫菩萨。每个手艺人都有一个菩萨看着,这就是头顶三尺有神明。菩萨什么都知道，一定要记住，手艺人一定不能做伤天害理的事。"

舅爷说："恶人有恶菩萨看着，善人有善菩萨看着，恶菩萨治恶人，善菩萨保佑善人，这样世道才公平。"

舅爷还说，白酒红人面，黄金黑人心。为人本分守清贫，不义之财不可亲。一毛不拔，一钱如命，两脚一伸，干干净净。雷打三世冤，善恶自分明。不做贼，心不惊，不吃鱼，嘴不腥……

舅爷说的都是手艺人中间流行的谚语，舅爷每说一句就解释一番，父亲从没听过，没想到手艺人里还有这些规矩。

父亲问舅爷你怎么知道得这么多，舅爷说这些也是师傅教他的。

父亲听得心里一热，眼睛一亮，决心做一个大师傅，守住一个手艺人的道德底线。

最后，舅爷语重心长地对父亲说："你养了一大窝伢们，往后日子难啊，我想把这个挂面的手艺教给你，有个手艺饿不死人。"

舅爷说着，父亲就坐在旁边听，舅爷碗里的水没有了，父亲就会及时给续上。

3

现在要说说我的小叔了。

面挂出来了，要挑出去卖。那个年代都是计划经济，食品紧俏，卖面在乡下也是一个有面子的事，父亲就和队长推荐，让小叔去卖面，队长犹豫了一下，还是同意了。

一早，小叔挑着一担面条和村民一起出了村子。小叔虽然有一个好身骨，但出来卖东西还是第一次，他走得远远的，来到一个大村庄,村庄里房屋一排排并不凌乱,房前屋后都是一排排的杨树,还有几户高大的房子,一看就是殷实人家。他挑着面在村子里转来转去,就是喊不出口。

一位老人,看着这个青年人挑着担子转来转去的,也不作声,就上前去问卖的啥。小叔把担子歇下来,说是卖面的,一句没说完,脸已绯红。

老人一听小叔说话,吃了一惊,说:"我还以为是一个哑巴在卖东西呢?你卖面不吆喝,谁知道你是干啥的。"

小叔望着眼前的老人,不好意思地搓着双手。

老人穿着一身黑色的棉衣服,慈面善目,扑哧一笑,说:"我就知道你是一个生瓜蛋子。你把担子挑着跟我走。"

小叔心里咯噔了一下,以为碰到传说中的强盗了,这一担面要是被他抢走了,回去怎么交代啊!小叔磨蹭着,朝左右看看,寻机挑着面筐逃跑,或是有人救他一把。

老人看小叔东张西望半天不动,生了气,说:"让你挑起来跟我走,你怎么不动弹!"

小叔紧张地说:"大爷啊,这面就是我的命,你要我的命可以,但你不能把这面抢去啊!"

老人知道小叔误解了,又是扑哧一笑,说:"谁要抢你的面,不要坏了我的名声。我们村里有位老人明天要过生日,要吃长寿面,我看你这面不错,我把你兑给他去。"

小叔这才明白了原委,不好意思地挑起担子,跟在老人的身后,到了一处大瓦房前,老人吆喝了几声,屋里走出一位老妇人。老人和她说了几句,老妇人让小叔把面挑到家里,看了看,然后拿起一根面条,放到嘴里嚼了嚼,脆、筋道,连声说:"好面!这是大师傅的手艺。"小叔听了内心就纳闷，怎么从面条就能品出挂面人的手艺呢？老妇人把面全要了，小叔喜出望外，没想到这么难的事，这么简单就解决了。老人对小叔说："我骗没骗你，抢没抢你？"小叔更加不好意思了，不停地说着感谢的话。

卖了面，小叔揣着一卷钱，挑着空筐往家赶，小叔脚步轻快，心头舒畅。冬天的风吹在脸上，如春风一样惬意。路边荒芜的田地，也变得了金黄。本来要走半天的路，小叔几个小时就走完了。

小叔到了面坊，面坊里正围着一圈人在算账，见小叔这么早就回来了，问是怎么回事。小叔把卖面的经过说了一遍，大家都欣喜起来，说小叔遇到贵人了。

一个月卖面下来，小叔渐渐老到了。现在，小叔挑着面担，过田埂，翻沟壑，穿村庄，扁担在肩上忽闪忽闪。一进村子，小叔就开始吆喝，卖挂面啦，卖挂面啦。

小叔一天下来要走几十里路，一双土布鞋上脚走不到两天就歪斜得像个蛤蟆嘴。小叔上次在供销社看到的黄力士鞋，黄力士鞋是帆布面，黑色的胶底，其他几个家里条件好的卖面人都有这种鞋，鞋底软，重量轻，走起路来舒服，十分洋气，而小叔却还在穿着手工做的土布鞋，小叔做梦都想有这双黄力士鞋，但他攒了很长时间，口袋里的钱就是不够，供销社里的黄力士鞋就成了小叔的梦境。

有一天，小叔来到一个村子，吆喊了半天，也没有一个人出来，正准备离开，一位小姑娘挎着一个竹篮，手里提着一个布袋跑过来要换面。小姑娘穿着肥大的花棉袄，袄面上是一朵一朵鲜艳的大牡丹花，袖口处有着黑的污渍，小姑娘脚上的棉鞋歪斜着，有一只鞋头裂着一道口子。小姑娘的头发蓬乱着，几缕头发披下来，落在红红的面孔上，伸出的手有一丝皲裂。小叔接过她的袋子，袋子是布口袋，上面还打着两块大的补丁。小叔打开袋子，把手插进去抄了一下，麦粒金黄，颗粒饱满，没有灰尘。不像别人的麦子瘪子多，灰多。小叔一看就喜欢，这是好麦子。

小姑娘要换四斤面，小叔把面称了，让她看，小姑娘歪着头，两只黑黑的眼珠盯着秤杆，嘴里数着秤杆上的星子，但小姑娘数着数着就乱了，小叔心中有数了，她不认得秤。

小叔把面条装进她的篮子里，然后开始称她的麦子，本来四斤面十斤麦子就行了，这次小叔灵机一动，把秤压了一下，称了十五斤的麦子。交换完后，小姑娘挎着面回去了。小叔望着她的身影真想喊她回来，但自私又一次占了上风，小叔想这多出来的麦子卖了，钱可能就够了，那双黄力士鞋就可以买到了，他挑着担子就往村外匆忙走去。

小叔一路跌跌撞撞飞快地走着，他怕姑娘回家后，被家人发现了不对，朝他追来。小叔越这样想心里越紧张。他不时回头朝村子看，他忽然看到村头走出来一个人，那个黑色的身影，快步从村头向他这边走来。村头没有高大的植物，田地里一片枯黄，显得那个人影更加突出。小叔心想坏了，肩上的担子更沉了。小叔知道，如果骗子被别人抓住了，少不了一顿毒打，担子里的面和麦子也会没有了，后果会十分严重的。

小叔越紧张，后面的人影仿佛越接近了，就在他绝望的时候，那个人却一转弯，走向了另一个方向，原来这人也是赶路的。小叔把担子放下来，看着这个人越走越远，长舒了一口气。

小叔挑着担子先是往家的地方走，经过刚才的惊险，他的身上已没有了力气，身上的虚汗也慢慢地干了，背后冰凉一片。

转过一个高岗，远远地就可看见村子了。村子前是一排高大的树林，那些低矮的房屋就在树隙间稀稀拉拉地呈现。

小叔就拐上了去集上的路，今天逢集，路上走着三三两两赶集归来的人。

小叔把担子挑到卖粮的市场上，市场上没有几个人，也是路远赶到的迟。小叔怕卖麦遇到熟人，弄穿了难看，就选了一个墙角站了下来。

面前走过几个人，连看的意思也没有，小叔很失望。

不一会儿，来了一位老人，老人穿着肥大的棉衣，腰间用绳子系着，两只袖口已破，露出里面一缕缕陈旧的棉絮来。他看到小叔局促难堪的表情，就问他是卖什么的。小叔撒谎说，母亲病了，要钱看病，带了几斤麦子想卖。

小叔说过这句谎话后，又有点后悔，这等于是在咒骂自己了。老人说，看你就像个孝子，卖东西缩手缩脚的，怎么能卖掉。小叔不作声了，仍是局促不安。老人说，我想买几斤麦泡麦芽熬糖。小叔把箩打开，用手从麦子里抄了一下，金灿灿的麦粒从手上唰唰地流下，老人看了，知道这是好麦，出芽率高。小叔问，要多少斤？老人说，五斤就够了。小叔心中一喜，这正是他要卖的数量。

老人买了麦子，把钱给了小叔，小叔接过钱，认真地折了两下，和过去攒下的零钱卷在一起，塞进贴胸的口袋里。

小叔挑着担子往供销社走，供销社里没有多少人，那个卖鞋的女营业员坐在柜台内打毛衣，她双腿上卧着的红色毛线球，半天动一下，像一个小宠物。小叔弯腰瞅了一下柜台里的黄力士鞋，还在。他小声地对女营业员说："我要买鞋。"女营业没有听见，继续专心地打着手中的毛衣。小叔又小声地喊了一声："我要买鞋。"这时女营业员听见了，站起身，对小叔说："你是买东西吗？"小叔说："我要买鞋。"女营业员说："你要买鞋不能大声说吗，搞得像个小偷似的。"小叔脸一红，他心里早就觉得是个小偷了，哪还有勇气。

小叔拿出口袋里的钱，数给女营业员，数到那几张卖麦子的票子了，他的手指抖了一下没有数开，然后在嘴唇上沾了一下唾液才数开，买鞋的钱够了，还多几毛钱。

小叔买好了那双黄力士鞋，挑着筐往家走，走到半路上，他卸下担子，把脚上歪斜的土布鞋脱下，扔到了河里，穿上黄力士鞋。这时，小叔的脚步是多么轻快啊，仿佛脚下生风。走几步，他又低头望了一下脚，脚上的黄力士鞋朝他笑着，他一下子觉得自己高大起来。

走着走着，他的眼前又浮现出那个换面的小姑娘来，小叔感到有点羞愧，想下次她来换面，一定多给她一点。这样一想，小叔的心就安了。

这件事，小叔做得天衣无缝，没有任何人知道。

不久后的一天，吃过晚饭，村里的人都陆续到面坊来聊天。自从有了面坊之后，这儿已成了村民聚会的地方，村子里的大事小事都是先从面坊里传出去的。

村里有一位妇女从娘家走亲戚回来，说她娘家村子，有一个童养媳，婆婆病了，想吃挂面，村里来了一个卖挂面的人，婆婆就拿点小麦让童养媳去换面。哪知道童养媳不认得秤，被人家多坑了几斤麦子，婆婆气急了，拿起一根鞭子就抽她，边抽边骂，骂她没用，不如早死了好。童养媳被人坑了，本来就难过，现在婆婆又打骂她，她越想越伤心，夜里上吊自尽了。

妇女会说话，一边说一边双手拍得啪啪响："你想想啊，几斤麦子，就把人家小姑娘的一条命搭进去了，这卖面的人不得好死啊。"

面坊里顿时乱哄哄了，有几个妇女就开始骂起来。几个卖面的男人听了，都十分震惊。

父亲对这个童养媳也有印象。父亲的一个同学在这个村子里，春天，父亲去同学家有事。他正和同学说话，忽听到门口一阵哇哇的哭叫，接着是一个女人的咒骂声。父亲朝门口望去，只见一个十多岁的小姑娘边跑边恐怖地尖叫着，后面追着一个胖妇人，胖妇人追上了前面的小姑娘，抓住她的头发一摔，小姑娘就跌倒了，惊恐地望着她，胖妇人劈头盖脸地就打了起来，小姑娘双手紧抱着头。

父亲看不过，上前把胖妇人拉开，说："算了，不能这么打孩子。"

胖妇人住了手，悻悻地咒骂着回去了，小姑娘瘫坐在地上，身子抽动着哽咽，虽然是春天了，还穿着冬天的破棉袄，有两个破洞的地方，往外露出黑黑的棉花。父亲拉了她一下，她瘦弱的身子，轻轻地一拉就起来了，两只手黑黑地皴着口子，她抬起头来，蓬乱的头发下，一双大眼睛里溢满了泪水，她望了父亲一下，父亲从她黑黑的眸子里，看到的是无助与怨恨，父亲还从没看过这种眼睛，他的心头猛地震动了一下，父亲就知道这是一个受苦的孩子。

同学过来，拉着她的手，要送她回家，她扭着身子，不愿回去，同学慢慢地劝解着，好久她才挪动身子。

父亲问："这个小姑娘不是那个胖妇人养的吧？"

同学说："是的，是她家的童养媳。"

父亲说："她毕竟是个孩子，也不懂事的，怎么这样打她？"

同学说："她家打童养媳是家常便饭了，我们也拉过好多次，有时还闹得有点不愉快。"

从同学家回来，这个可怜的童养媳就在父亲的心中留下了印象。

现在，听说童养媳死了，父亲的眼里就浮现出那双无助而怨恨的眼睛，心头颤了一下。

面坊里，大家议论纷纷，有一位卖面的男人说："你们妇女可不能这样说我们，我在外做生意没有欺骗过一个孩子。"

面坊里，每一个人脸上的表情，都在煤油灯晃动的光里隐约，有的愤怒，有的惋惜。

妇女说："我也没说你们，人心都是肉长的，谁听了不心痛，做生意人不能昧着良心，光为了赚钱，不顾脸面。"

小叔在旁边听得心惊肉跳，他低头望着脚上的黄力士鞋，感到像火在燃烧，快要从脚下烧到他的头顶了。

几个卖面的男人你望望我，我望望你。沉默了一会儿，一个人说："我如果干了这事，我一家子都得毒病，暴死在田冲里。"接着大家都对天发起毒誓来。

父亲看了一下坐在凳子上的小叔，小叔扭过头去，站起来，拍着胸膛，发起誓来。

这次聊天，在一片咒骂声里结束了。

小叔好不容易从面坊里往家里走，发过毒誓的小叔，在黑夜里有点害怕起来，三步两步慌张地走到家里，上床揩着被子就睡觉了。

4

队里的挂面在附近卖得红火起来，父亲的挂面技术也得到了舅爷的真传，后一段时间，舅爷基本上就交给父亲做了，他只是在旁边指导。转眼到了年底，队里一算账，盈利丰厚，家家都分了红，面坊里热火朝天，一阵阵嬉笑声仿佛要掀翻屋顶。队长给了舅爷一百多元钱，这对于舅爷来说，可是一笔巨大的收入，舅爷回家过年去了。

翻过冬，春天上面来了政策，要割资本主义尾巴，生产队的面坊无疑是被割的重点对象，大队书记陪着公社的领导来了两次，做队长的工作，说坚决不能干了。每次来，队长都准备最好的香烟散给他们吸，队长的烟都贴了几包，想把面坊极力地保护下来。

干部们一走，队长就让舅爷和父亲挂面，一切都在偷偷地进行。

队长叮嘱卖面的人，尽量小心点，不要像过去那样大摇大摆地卖，遇到人问，绝不能说是本村的，就说是外地的。

风声越来越紧了，有一天，一个男人愁眉苦脸地回来，他挑着的面担子被民兵发现了，民兵追了几里路，把他追到，把他的面条全部踩碎了，倒进了塘里。男人说着说着，眼睛就红红的，流下了两行眼泪，那一笸白白的面条啊，谁见了谁不伤心。

又过几天，大队干部带着几个民兵来了，队长又上前去敬烟，但他们把队长的手挡得远远的，一副不食人间烟火的样子，队长知道来者不善。

他们径直来到面坊，几个愣头青小子，撞开门，不由分说，就砸了起来，屋子里响起一片砰砰的声音，尘土飞扬。

队长咬着烟屁股，焦急地转来转去，他眼睛红红的，喷着火光，说："这干吗？大家都熟人熟气的，这干吗？"但没有一个人理他。

这时，一个胳膊戴着红袖章的半小子，看到了面坊里的那个绿釉的面盆，挥起手中的棒子就砸去，这可是舅爷吃饭的家伙，也是父亲喜欢的面盆，不能让他们砸了！父亲眼尖手快，伸手去拦，但棒子已打下来了，只听砰的一声，棒子打在父亲的胳膊上，父亲哎哟一声，痛得眼冒金星。那半大小子，见打了人，也不敢闹了，赶忙往外走。父亲站起来，看到那个绿油油的面盆完好，心里放松了一下。

屋外，孩子们睁大惊恐的眼睛，妇女们在骂，男人们的拳头攥得叭叭响。村民黑头五大三粗，平时喜欢舞刀弄棒地练功，黑头气得不行，咬着牙说："这些伢们，我一手能抓两个。"

队长劝着："别干呆事，这是政策，这是政策。"

砸完面坊，民兵们扛着棍子扬长而去，队长望着他们的背影，一口浓痰啐得老远，说："过去一来，我就招待你们吃，那些饭都喂猪了！"

村民们怏怏地回去了。这次面盆虽然保住了，但父亲的胳膊乌了半个月才好起来。

面挂不成了，舅爷临走，把面盆留给了父亲，舅爷说："这面盆是你用一条胳膊换的哩，那天如果没有你挡一下，早就砸烂了，现在你留着吧。"

父亲虽然不能用它挂面了，但父亲还是喜欢得不得了，把面盆架在房子的高处。

奶奶送舅爷回去，舅爷走在前面，奶奶背着双手走在后面。

奶奶说："面挂不成了。"

舅爷说："挂不成就挂不成吧，好歹外甥的手艺学成了。他的手艺不错，比我强。"

奶奶说："不给挂面，这手艺也没用了。"

舅爷说："总不能把老百姓的嘴堵住吧，只要老百姓吃，这手艺就有用场。"

奶奶听了舅爷的话，心里明白了。

舅爷最后一次来我们家，是奶奶的去世。

奶奶是在春天去世的，按照我们当地的风俗，人老了，要在家停三天。这三天，家里白天夜里都要有人守，守夜的人，要不断地在火盆里烧黄纸，朝香炉里烧香，这些都是不能断的，断了便认为是子孙断了，不吉利。

这天夜里，便临到了父亲守夜。

在这之前，父亲在书上看到，唐朝时有空心挂面，后来失传了。父亲一下子就着迷了，怎么才能挂出空心挂面？当他把这个想法说给左右邻居听时，大家都笑话他，面条自古以来就是实心的，那么细的面条还能用棍子朝里捅，怎么能空心呢？可父亲觉得行，觉得一定能挂出来。

父亲已经有点痴迷自己的想法了，他不停地试验。

这天夜里，他在奶奶的遗体前守着，煤油灯昏黄地晃动着，其他人都去睡觉了，父亲守着奶奶烧着火纸，烧着烧着，父亲灵机一动，便去找来面盆，开始实验起来。

舅爷睡觉醒了，便起床来看看奶奶。舅爷对奶奶的去世十分悲痛，这几天他经常在梦里哭醒。

舅爷来到堂屋，一看只有奶奶一个人躺在门板上，火盆冰冷的，香炉里的香也不知道什么时候断了，舅爷气得牙齿咬得咯咯响，正在找是谁在守夜。看到父亲在旁边低着头，一双手在面盆里把一团面揉、捻、搓，便明白了一切。

舅爷怒火中烧，上前骂："你这个不孝之子，我教你挂面，你怎么连你娘也不要了。你娘睡在这儿好凄惨啊。"

父亲一惊，抬起头来。

父亲正要解释，舅爷捞起一个小板凳就朝面盆砸来。父亲一下子扑在面盆上，小板凳砸在父亲的背上。父亲痛得哎哟一声。

舅爷指着父亲说:"人做事,天在看,头顶三尺有神明哩。"

父亲觉得自己真的是不孝了,他来到奶奶的遗体前跪下,深深地磕了三个头,请奶奶原谅。

5

这年午季,小麦大丰收。

田地里的麦子黄了,一早,村子里响起了各种嘈杂的声音,老人的咳嗽声,小孩的哭泣声,猪的叫声,大人们的喊叫声。过了一会儿,妇女们拿着镰刀,男人们拿着扁担,开始下地了,割麦子要趁着早晨的露水,这样麦芒是软的,不刺人,也可减少在劳动时,麦粒的脱落。

麦子收上了场地,经过几天晒透后,村民又要趁着骄阳打麦。太阳火辣辣地照着,村民们挥汗如雨,几头牛套着石磙子,在麦子上吱吱扭扭地转圈,碾压,赶牛的人,在后面大声地哼着民歌,这民歌也没有固定的调固定的词,这是为了排除寂寞,给牛也给人打精神。

把碾出来的麦子用木锨推到一起,堆成一个圆形的堆,几个力气大的男人就开始扬场。男人的胳膊肌肉鼓起,用硕大的木锨铲起一锨麦粒,奋力地甩向半空,在半空画出一个扇形,草皮和杂物都被风吹走了,饱满的麦粒落下来。

麦秸被一层层地码起来,细心的人还要把麦秸堆做成锥形,以防漏雨。麦秸是农家的宝,既能修房子,苫墙壁,又能做燃料,还能做牛的饲料。

打下的麦子,除了送缴了公粮,还有余粮,这些麦子放在家里,人们就想把它变成好吃的挂面。

　　冬天，队长家生孩子了，满月酒要用挂面，麦子是现成的，队长想到了父亲，就请父亲给他挂一架，父亲愉快地答应了。

　　父亲来到面坊，把面坊打扫干净，重新砌好面焐，把绿釉的面盆用水洗干净，那厚厚的绿釉又光彩起来，父亲呼的一下，把雪白的面粉倒进盆里，开始倒水和面。

　　父亲每天都留心听天气预报，夜里出来看天空，天气不错。父亲和往常一样，开始了和面起面出面，待太阳出来时，面已上架了。

　　这次挂面，村里的人动了心，想起父亲还是一个挂面师傅。

　　父亲攻克了空心挂面的技术，在当地是独一无二的，红透了半边天，虽然市场还是不允许做生意的，但大家还是想着吃挂面。左右邻居来加工面条，父亲是不收费的，但可以留下面筷上的面头。每天晚上，我们就坐在煤油灯下，把面筷上残留的干面头搓下来。一捆面筷搓下来，往往就有一盆面头，母亲再把这些面头做成饭给全家人吃。母亲想着法子调换口味，油煎粑粑吃过了，母亲就做青菜糊糊，把炒熟的花生米碾碎，撒一把在煮熟的面汤里，浓浓的面汤就香喷喷的了，喝起来爽溜舒服。

　　家里因为有父亲这个手艺，生活也红红火火。

　　到了冬天，村子里接二连三都来请父亲挂面，眼看请父亲挂面的人排起了队，村子里整天都响着石磨磨麦的轰轰声。

　　这天下午，父亲刚下地回来，村里老何女人就挑着两只口袋过来了。

　　老何女人弯下细软的腰肢，把两只白布口袋朝地上轻轻地放下，然后直起身来，朝父亲嘿嘿地笑了笑，说："请你给我家挂点面啊。"

　　父亲把农具靠墙放下，直了一下腰，没有作声。

老何女人的笑脸一下子就变成黑脸了,说:"你这是怎么啦,给谁家挂面都顺当,到我这儿怎么就难为我了。"

老何在镇里工作,老何女人带着孩子在家种地。因为村里人家有事少不了要找老何帮忙,村里人都让着她,时间一长,便养成了老何女人霸道的作风。父亲吃过她的亏,这件事一直堵在父亲的心里。现在,老何女人找上门来求自己了,父亲心里一百个不愿意。父亲忙着手里的活,不拿眼睛看她。

老何女人说:"切,你会个挂面了,就牛气起来了,我家能买起挂面的。"老何女人说话飞快,眼睛不停地转动,语言刻薄。

两个人在门前交起了锋,因为是求人帮忙,老何女人说话才开始还顾着一点面子,后来说话声音越来越高,父亲说一句,她已说上三句了。三言两语,父亲气得脸上的颜色都变了。

老何女人弯腰就要挑起袋子往外走,正好我母亲来了,看到老何女人气呼呼的样子,就问是怎么回事。老何女人说:"你家男人现在有本事了,全村人都给挂面,怎么我家就不行。"

母亲一听就明白了一二,她知道这个女人得罪不起。就从她手中把面袋子拿了下来,说:"放这吧,我让他挂,生啥气。"

老何女人不情愿地把面袋给了我母亲,胖胖的脸上瞬间就堆满了笑容,说:"唉,我家老何朋友多,来到家里总要管顿饭吧,还不是没办法。"

老何女人走后,父亲看着提回的面袋,对我母亲气冲冲地说:"这不是明摆着欺负人吗?"

母亲就劝父亲说,得罪菩萨可以,得罪小人难,村里人谁不让着她,我们为啥偏要跟她作对呢?我们就辛苦一点,省得她在村子里搞得鸡飞狗跳的。

父亲开始给老何女人挂面了，村里人挂面的面粉，都是自家的麦子用石磨磨出来的，老何女人送的面粉是从粮站买的，俗话叫洋面粉，面粉雪白细腻，黏度高，能挂出好面，父亲用手一和就知道了，父亲很少挂这样的面粉。

　　父亲挂面忙不过来，有时就让小叔来帮忙。小叔听父亲说是洋面，就灵机一动，停下手中的活，回家拿来一盆面，说："哥，换点面下来，媳妇快要坐月子了，以后给她挂点好面吃，老何家这么多面，兑点我家的面粉，挂面也不耽误。"

　　父亲和面的手停了下来，让小叔去拿秤，称一下重量。小叔拿来秤，称好后，正准备往里掺，父亲又让他停下。

　　父亲说："不能兑。"

　　小叔愣了一下，问："怎么了？"

　　父亲说："有人看见。"父亲想起出师时，舅爷交代过的话，头顶三尺有神明，若要人不知，除非己莫为。

　　小叔停住手，四处张望了一下，没有看见一个人，说："哪有人？"

　　父亲说："在头顶上。"

　　小叔又朝头顶上望了一下，空荡荡的，觉得父亲是在糊弄他，便不高兴起来。

　　父亲说："头顶三尺有神明，菩萨啥都看见哩。"

　　小叔恍然大悟，把盆往面板上一蹾，生气地说："就你神神道道的，刚才不是说好的吗，怎么变卦了？"

　　父亲说："我们换了老何女人的面粉，虽然没有人知道，但菩萨会知道的。"

　　小叔听不懂父亲的话，很生气，说父亲的黑墨水喝多了。

父亲坚决地说:"我说不换,就不能换。"然后,又开始搋起面来,父亲搋面的姿势一上一下,有力,有致。

小叔气冲冲地回屋去,再也没有露面。

第二天下午,老何女人来取面了。老何女人看到一筐洁白的面条,简直不敢相信自己的眼睛,她更不知道父亲和小叔的争吵。老何女人自知理亏,想父亲可能要刁难她几句的。但父亲一句风凉话也没说,老何女人挑着面往外走,脚步却有点慌乱起来。

6

头顶三尺有神明。

几年过去了,小叔以为当年因为换面而死去的童养媳的事已经过去了,已在心头被时光的尘土埋没了,现在,经父亲这么一说,又陡然记起,就像一块山坡崩塌,露出里面一块树根,白生生的,埋得越深,呈现得越加鲜明。

小叔想再回到过去,平静地生活着,但显然不行了,他开始变得心事重重。小叔一个人坐下来时,便会突然地叹气,这叹气声长长的,尖锐的,仿佛一块铁器,丢在地上,声音消失很久了,但还能从地上拾起来。

小叔经常从深夜里惊醒,就听见窗外黑色的夜里有一只鸟在一声声地嘶鸣,"苦哇——苦哇——"这鸟的叫声,小叔也不陌生,但眼下听起来却让他的心头一悚,这不是童养媳么,叫了这么多年,她的喉咙已经嘶哑了。鸟继续在窗外叫着,小叔听得头都要炸了,他推开窗子,朝黑暗中扔了一只鞋,鸟的叫声停了一下,又叫了起来。

有时，夜里醒来听见狂风在呼啸。

白天总是平静的，一到深夜就开始刮风，这风应当是黑色的，它们白天在树荫下、沟渠边、荒草地里潜伏，一到夜晚便拥挤而来，把本是宁静的夜晚，搅得一片混乱。是谁在风的后面用力驱赶，黑色的风路过小叔的窗口，看到一双醒来的眼睛充满着紧张。

窗外的风又在用力了，它的怨恨在旅途中累积，它已拖不动这些沉重。

它是被冤屈的灵魂，在寻求被人解救。

耳边的尖啸声一声比一声紧，一声比一声急，逼得人喘不过气来。

直到天色在鸡鸣声中慢慢到来，风才息了下去，恢复了白天的平静，小叔才昏沉沉地又睡过去。

为了排遣苦闷，小叔开始喝酒。

一天早晨，小叔让小婶炒点菜要喝酒。小婶一听就不开心，大清早喝啥酒。

小叔冲道："我想喝，老子喝酒还挡你事。"

小婶看他火气很大，便挎着篮子去菜畦里挖点菜，洗净，炒了。

小叔趴在桌子上一个人闷声地喝着，喝着喝着，把酒杯叭地摔在地上，酒杯碎了几片。小婶受不了了，从门外几步跨到屋内，跺着脚哭着说："你这个猪啊，我看你这些天就不对劲，脸不是脸，鼻子不是鼻子的，你生啥幺蛾子了，一早上就要喝酒，我给你服侍好，哪点对不起你了。"

小婶伤心地絮叨着，小叔听了，本来乱糟糟的内心，更加添堵，他大吼一声，骂道："滚，你给老子滚。"说完把桌上的盆子朝地上一扫，哐当一声，盆里的菜撒了一地。

小叔走出门外，停了一下，又走到地里去了，留下小婶在屋里大声地哭泣起来。

转眼，清明节到了，这天一早，小叔夹了一刀草纸，一挂鞭炮，来到地里的一个三岔路口，小叔用火叉在地上画了一个圆圈，蹲下身把草纸点燃，草纸先从外沿燃起，冒出一缕烟，轻风一吹，火大了起来，红色的火焰过后就是一片一片白色的纸灰，在风中飘散着。

小叔一边烧一边喃喃自语："童养媳啊，我对不起你，我给你烧钱来了，你不要再纠缠我了。我受不了啊。"

小叔又站起身把鞭炮点燃，长长的鞭炮在田野里噼噼啪啪地响着。在鞭炮热烈的声音中，他仿佛看到童养媳满脸微笑地站在面前。

小叔说："我真的好后悔啊，以后你不要再来找我了。"

童养媳咯咯地笑着跑远了，消失在一片绿色里。

小叔做完这些，一步一步地往家走，他的内心里轻松了许多。

春天的田野一片葱郁，河水清亮亮的，倒映着岸边的垂柳。金黄的油菜花仿佛用手可以捏出金色来。田埂上，野菜已生长得蓬蓬勃勃，如脱了冬装的小姑娘。

这天夜里，小叔应父亲邀请，又来帮父亲挂面。

起完面，天刚蒙蒙亮，村子是寂静的，偶尔有人走动的声音，但很快就消失了，没有连续的声音。

父亲搓着手上的面迹，小叔坐在板凳上望着灯光，灯光在玻璃的罩子里，静静地直立着，平和而温暖，忽然小叔就长长地叹了一口气。

父亲一听，心里就被撞击得难受，做生意最讲彩头，一天刚开始，叹气就到来，这有点霉运气。

父亲问他："你最近老是叹着气，苦着脸，好像有什么心事，是不是和媳妇吵架了。"

小叔醒悟过来,用手搓了一下脸说:"没有,哪有什么心事。"

父亲说:"没?你能瞒住鬼。兄弟如果有心事,你就对我说说。"

小叔沉默起来,紧抱着双膊,又叹息了一声,然后对父亲说:"哥,有一件事在心里埋了好多年,我对谁也没有说过,现在对你说说,你一定不要对别人说。"

小叔把屁股从板凳上移下来,身子圪蹴着,眼睛望了一下父亲的面孔,然后移开,望向别处,开始了缓慢的叙说,把童养媳换面的事,说了一遍。

父亲听着听着,眼睛就越睁越大了,父亲的眼里又浮现出那双无助而怨恨的眼睛。父亲紧盯着眼前的小叔,小叔在缓慢的讲述中,变得越来越不认识了。

小叔说完了还在絮叨着,解释着,他没有注意到父亲表情的变化。父亲的牙齿咬得咯咯响,他伸过手去,叭就朝小叔的脸上打了一个耳光。

父亲颤抖着指着他说:"畜生,原来是你干的!"

小叔感到很惊诧,他没想到父亲会打他,长这么大,这还是第一次被人打耳光,他感到很屈辱。他一把抓住父亲的衣领,眼睛瞪着父亲,用力推搡了一下。父亲身子摇晃着,他刚要举起手,但被小叔一把抓住了手腕,小叔说:"你要再打我,我就要不客气了。别怪我不认你。"

父亲没有了力气,他用力甩着胳膊,把手从小叔的手中甩了出来。

小叔松开父亲,出门回家了。

父亲蹲下身子,紧抱着头呜呜地哭了起来。父亲说:"作孽啊,我学个手艺只想养活这个家,哪想害过人。童养媳啊,没想到你的命断在我的手里啊。"

在父亲的眼里,这是人命关天的大事啊,在这个世界上,怎么能害死人呢?父亲连家里的一只鸡也没杀过啊。父亲蹲下身子,紧抱着头呜呜地哭了起来。

父亲说:"菩萨啊,你在头顶上都看到了。你看到了为啥不说呢?让我在人间做了这么多年恶人,我要赎罪啊。"

父亲用拳头砸着自己的脑袋,痛苦像一场洪水击打着他,淹没着他,要死的心都有了。

天已大亮了,村子里此起彼伏地响起鸡鸣声,远处的田野里起着一层淡淡的雾气,静止着,笼罩着。没人知道这个早晨父亲和小叔发生的事情。

母亲过来喊父亲和小叔去吃早饭,母亲刚走到面坊前,就听到屋里响起一阵砰砰的声音,母亲紧走几步上前一看,只见父亲站在早晨朦胧的光里,举起挂面的盆子,正一下一下地摔在地上。母亲大惊,赶上去拉着父亲的手说:"你发啥疯?你摔面盆干啥?"

父亲的胳臂用力地拐了一下母亲,弯腰把摔了几下没有摔破的面盆又拾起来,高高地举过头顶,再一次用力地摔下去,这一次面盆在地上砰的碎成了几块。父亲看到那绿釉分裂开来,在地上翻滚几下,有一块还滚到了他的脚边,父亲把脚往后缩了一下。父亲看到那釉似乎滚出了汪汪的一层水来。

父亲停下来喘息着说:"不挂面了,不挂面了。"

母亲跺着脚,大声地呵斥:"你中什么魔怔了,这面坊生意正兴隆,怎么不挂面了?"

父亲说:"不挂面就不能活了,那别人家怎么活的?"

父亲坐下来，凝视着眼前的几大碎片，他仿佛看到天空的破碎，这些年来，手艺就是家里的天啊，他从此就要和它告别了，他摇晃着走了。

7

父亲不挂面，家里的生活开始困难起来了。

到了冬季，家里的粮食渐渐减少，算算还要到明年午季才能接到粮食。母亲的心里就一阵慌。母亲就中午一顿饭，晚上做一顿大麦糊糊吃。才喝大麦糊糊还新奇，但时间长了，就不行了，一碗喝下去，喉咙里就像刀片刮的一样难过。

每次吃晚饭，就是家里最难的事，母亲想这个关必须要度过去。先是四弟不愿吃，四弟碗往桌子上一推，说："我要喝面筋汤。"

母亲说："你还要喝面筋汤，那神仙的日子没了。"

四弟说："喉咙痛，不吃，饿死算了。"

母亲脱下鞋，一下子砸过去，骂道："你这个小烂卵子，我们都能吃，就你不能吃？"

四弟扭头就到一边去了。

接着是三弟开始尿床，大麦糊糊稀稀的，到肚子一沉淀，就是水了。为了防止他尿床，母亲每天半夜醒来，第一个就喊三弟起来撒尿。但防不胜防，三弟还是尿床了。三弟尿床不敢作声，夜里就用身子焐，因为饥饿身上本来就没多少热量，湿的床褥怎么也焐不干，第二天，母亲就要给三弟晒褥子。太阳底下，三弟看到褥子上那块巨大的湿迹就羞得面红耳赤。

不久，小妹也不愿吃了。小妹端着红花的塑料碗哇哇地哭着。

小妹在家是老小,母亲最疼她,母亲把小妹拉到怀里。

小妹偎着母亲,一哭小小的身子就剧烈地抽动着,说:"妈,我的喉咙痛。"

小妹张大着嘴,用手朝嘴里指着,让母亲看。母亲知道是喝大麦糊糊喝的。母亲紧搂着小妹说:"孩子,妈也没办法,喉咙痛比饿死好。"

母亲说着,用勺子舀了一勺,轻轻地送到小妹的嘴里,小妹哽咽着,和着泪水咽了下去。

时间很快就到了腊月了,家家户户都在忙着过年,有的人家煮了一锅锅米饭,盛到大簸箕里晒,这些米饭晒干后,再放到锅里炒熟,一粒粒的,可以用糖稀团成糖果,是过年家家必备的礼物。粮食多的人家,晒了一簸箕又一簸箕,村里的空气中飘着米饭的清香。村子里家家户户都在忙碌着,只有我家冷冷清清,没有一点动静,母亲还不知道年盘在哪里。

这个年头,上面抓得松了,各种手艺人都在悄悄做生意了,村里的人都不明白,父亲有个好手艺为啥不出去做生意,待在家里吃死食?

终于,母亲和父亲爆发起了一生中最严重的一次冲突。

这天,队长来串门,队长吸着烟,把烟抽得像失了火。父亲知道队长心里可能有话要讲的,便笑着望着他。队长把一支烟屁股往另一支烟上接,吸着鼻子对父亲说:"底下(我们这儿把江南统称叫底下)人喜欢吃挂面,他们那里叫吊面,但没有人挂,你会这个手艺,还会挂空心挂面,不得了。我们俩去一冬挂下来,赚个年盘是没有问题的。"

父亲一听就来了精神,父亲也正在为家里过年发愁,两人十分投意地聊了起来。队长的岳父家在马鞍山那边，他对那边情况熟悉，而父亲对那边却两眼一抹黑，两人分工，父亲专门挂面，队长专门联系客户和收费。这样下来，赚个年盘确实没有问题。

两个人算得热血沸腾，仿佛眼前遍地是金子，伸手就可以搂过来。父亲愿意去挂面了，母亲也高兴起来，劝他们快快动身。

一天后，队长又兴致勃勃地过来，问父亲准备得怎么样了。

两个人坐在长条板凳上，父亲双手夹在双腿间，两只脚搓着地上的一块坷垃，低垂着头不好意思地说："队长，对不起，我不想去挂面了。"

"你不想挂面，有了新活计了？"队长吃了一惊，扭头望着眼前的父亲。

父亲不敢抬起头来，说："没有新活计，我就是不想挂面了。"

队长不理解，他和父亲搭档了一辈子，父亲说话都是算话的，这次怎么变得这么快？是家里有了困难？还是吵架了？

父亲一一否决了，父亲不想和队长说因为自己的手艺害死童养媳的事，就是说不愿去挂面了。

"你这么好的手艺，你不出门去赚钱，待在家里，一家人喝西北风啊！"

队长再说，父亲就是一个闷驴，不作声了。

看样子父亲是九头牛也拉不回了，队长气得一跺脚，气咻咻地走了，临出门，又说了一句："你看你烧的，你不就会个破手艺吗，地球离开你还不转了！"

母亲听说父亲不愿去挂面了，顿时火冒三丈。母亲唯一的指望，就是父亲能去底下赚点钱回来，而且和队长在一起干，是多么的放心，但最后却成了一场空。

这天早晨，父亲正蹲着身子劈柴火。父亲敞开衣服，短发根根直立，在早晨的阳光下，冒着热气。父亲一下一下有力地劈着，有时斧子钳进树枝里，发出叭的撕裂声。父亲用力一拧，斧子出来了，扳出两片白花花的树块来。

母亲站在他的面前数落着："你这个挡炮子的，看你像一个人，心比蛇都毒。你一个大男人，有一个好手艺，不出去挣钱，让一家老小跟着受罪，哪个男人像你，一点不负责任，你的良心叫狗吃了。我要用刀铰你的心才解恨……"母亲越说越生气，气得牙齿咬得吱吱响。

父亲停了下来，抬起头来，瞪着母亲，说："我说不挂面了，就不挂面了，面盆我都摔了，还是假的？"

母亲说："面盆摔了，再买一个就是了，就不能挂面了？"

父亲没有作声，又去劈另一块树枝，父亲的斧子在空中画了一个明亮的弧线，落在树枝上，树枝叭地断了。冬天早晨的太阳，有着童话的色彩，圆圆的，大大的，挂在天空中，一点热量都没有，像用油彩画上去的。

母亲还在数落，父亲说："我不挂面，就是不挂面。你骂我也没用。"

母亲说："你说说为什么不能挂面了，是蹚到鬼了。你这个犟种！"

母亲愤怒的面孔显得紫红，嘴唇抖动着，母亲说："我要是一个男人，我就出去挣钱了。我是一个女人，出门去疯跑，不败坏门风吗？这个家搬头不动，搬尾不动的，日子怎么过？"

这时，父亲停下来，长长地舒了一口气，然后蹲下身子，父亲黝黝的身子像一块钢锭。父亲把右手的手掌平摊到一块树块上，父亲看到手背上沾着黄色的泥土,手指骨节粗大,食指已有点弯曲,与中指已不能并拢。父亲把手翻过来,看到手掌上交错着三条深深的掌纹,手指的骨节根处有几块硕大的硬茧,五个手指像五个兄弟站立着。父亲觉得这样不舒服,又把手掌放回去,手背向上。接着父亲一咬牙,左手挥起斧子,叭地落下,父亲右手的四个手指断了下来。父亲把手拿起来,已光秃秃的了,四个长短不一的手指头,在树块上微微跳动着,它们先是紫红色的,慢慢就变得惨白起来,平静下去。四个断了的指头像四个管子,鲜血汩汩地流了出来,白色的木块上,顿时染得通红,刺眼。父亲丢掉斧子,紧攥着右手,疼痛使他紧锁着眉头,嘴唇颤抖着、歪斜着。

母亲这时才醒悟过来。"妈呀!"尖叫了一声,母亲双手抱着头,撕扯着自己的头发,她不相信眼前的一切。

队长和小叔闻讯也赶来了,他们看着父亲紧攥着鲜血淋漓的手掌,都大吃一惊。

缓过神来,母亲赶忙紧抓着父亲的胳膊,睁着呆滞的眼睛,哭泣着说:"我也没办法才叫你去挂面啊!你怎么发疯哩?"

队长跺着脚望着父亲说:"你这人就是愚拙(脑子不好使),你不挂面就不挂面了,你剁自己的手干啥!"

小叔站在一边,听父亲是不愿挂面而剁的手,心里就明白了几分。

疼痛使父亲的脸煞白,巨大的汗珠不断流下来,他一屁股坐在地上。

队长弯腰捡了一根手指,对母亲说:"赶快把手指捡起来,包好,不要让血冷了,到医院看可能接上。"

母亲头发蓬乱着,转身回家拿来一条毛巾三下两下把父亲的手包裹好，但很快毛巾就被鲜血浸透了。母亲把父亲断了的手指一个一个地拾起来，父亲的手指粗大，皮肤皲裂，血肉模糊。母亲拾着拾着就哇地哭了起来，她用毛巾包好紧揣在胸膛，好暖热这断了的手指。

村里又来几个壮劳力，他们做了一个简易的担架，抬着父亲就往集上跑。一路上，母亲紧紧地按着怀中父亲的几个手指，她要用自己的体温温暖着父亲的手指。

小叔也在抬担架的人中，小叔看着担架上父亲苍白的脸，看着看着，腿便发软了，他的背上浸出了汗水。

队长不满地搡了一下小叔说："让你抬个人你都抬不动，你下来，我来抬。"

小叔换下来了，四个人抬着父亲健步如飞，小叔跟在后面跟跟跄跄地跑着。

一个星期后，父亲从医院回来了，砍断的手指终于没有接上，父亲的右手从此就秃秃的，剩下几个手指骨桩。

父亲的挂面经历到此终结了。

8

舅爷高寿，活到九十多岁了，每天吃饭还要喝两杯酒，吃一碗饭，大家都说，这老头能活一百岁。

这个冬天特别冷，北风整天吹着，发出尖锐的呼啸。天像漏了一样，整天滴滴答答地下着雨，地上一片泥泞，行走的人，躬着身子，在空旷的田野上，显得孤单而艰难。

这天早晨，家里人起床看到舅爷没有声音，舅爷夜里已去世了，这个老挂面师傅安详地走完了自己的一生。

父亲赶去给舅爷送行。

舅爷躺在门板上,像熟睡了一样。父亲大声地喊了几声,但舅爷像睡熟了一样,不理不睬。

父亲跪在舅爷的遗体前,一张张地烧着黄纸,父亲一抬头,在舅爷头顶三尺高的空中,看到一个人,那个人身披金黄色的袈裟,盘着腿,双手合十,双眼微眯,五彩祥云围绕着他。

父亲用光秃的右手掌揉了揉眼睛,这不是菩萨吗?

父亲惊喜不已,这就是舅舅常说的三尺头顶有神明啊!

父亲看到了,站起身激动地大声地向旁边的人说着。大家都拥过来看,可啥也没看到,都说是父亲是眼花了,然后散去。可父亲确实看到了,父亲磕下头去。

父亲问:"菩萨啊,人间的事你都看见吗?"

菩萨说:"看见。"

父亲问:"你看见了为什么不说。"

菩萨说:"我有口,但我不必要说出来,我要说的,都在人的心里。"

父亲举起光秃的右手,抚了一下花白的头发,问:"我剁了自己的手指有意义吗?"

菩萨说:"没有你挂面就没有你兄弟卖面,你是你兄弟罪恶的源头,你剁了自己的指头,是与罪恶一刀两断。"

父亲再抬起头来,舅爷的头顶上面空空荡荡了。

父亲大喊一声:"菩萨啊,我的舅舅是一个好人,你保佑他升天吧。"父亲举起双手合在一起祈祷着,但那只残掌与左手已永远合不到一起了。

第三天出殡了，送葬的人群走在田埂上，形成了长长的队伍。正走着，又有几辆车在村头停下，他们是从几百里的外地听说舅爷去世而赶过来的。他们身穿孝衣，举着花圈，唢呐奏着哀鸣，气氛十分凝重。每经过一个路口，人们都要在主持人的吆喝声中跪下磕头。

　　天下着雨，北风阴冷地刮着，田埂上到处都是泥泞和水洼，许多人穿着长的胶鞋，每次要跪下时，只是弯着膝盖蹲下，以避免把裤子弄湿了，把衣服弄泥泞了。

　　父亲也在送行的队伍中，父亲戴着长长的孝布。主持人一吆喝，父亲就扑通跪了下去，泥泞裹着刺骨的寒冷一下子浸进了他的膝盖里，父亲双手伏在地上，深深地磕下头去，泥泞里印着父亲一只完整的掌印和一只残掌的手印。雨水浸透他的裤子，他的一双膝盖冰凉，额前的头发也沾上了泥泞。

　　身边的几个青年人看了很吃惊，小声地议论着："看，这个人是真跪啊。"

　　父亲一路走一路磕着头，每次跪下去，父亲都喃喃自语着："舅舅啊，我这个徒弟不孝啊，侮辱了你的手艺啊。"

　　父亲的头发、衣服、双手都是泥泞，有人过来拉他，劝他："身上湿了，别冻着了。"

　　父亲说："他是我舅哩，他是我师傅哩。"

　　舅爷的坟在岗头上的一片树林里，冬天的树木落光了叶子，一片黑色的树干远远望过去一片沉重。父亲想春天快到了，那时舅爷的坟墓前就会开满了野花。

手心手背

一

"老天啊,两个儿子你让我救哪个?"

刘峰从医院出来,双手抱着头蹲在地上,长长地喊了一声,他用力地抓着花白的头发,本来蓬乱的头发就更蓬乱了,他先是蹲着后来干脆坐在地上,眼泪和鼻涕一起流了下来,他用粗大的手掌用力地擦拭了一下,医生的话在他的耳边不断地响起,"你两个儿都要换肾,但你只能割一个肾下来,只能救一个儿子。"

刘峰站起身往家走,感到阳光刺眼,好像不真实一样,他用手搭了一下凉棚,身子摇晃了一下。刘峰这样走着,医院的高楼在身后渐渐地远了,他解开衬衫,秋天的风吹在身上,十分舒爽,刘峰的情绪慢慢平静下来，他一边走，一边用双手紧紧地按着腰部来回地搓揉，刘峰不胖，肋骨下就是一层皮，他用手紧紧地按着，过去他没有注意这块地方，现在，用手按着，皮肤在他的手里滑过，有着一阵波浪，他想找到身体里的那个肾，但没有找到。

刘峰原本有一个幸福的家，前几年妻子病逝了。今年又查出两个儿子枣树和柿树都患了尿毒症，医生说只有换肾才能挽救他们的生命，但买肾需要巨大费用，刘峰想都不敢想，最后，医生建议他只能用自己的肾救儿子的命。今天，刘峰终于从医生那里得到了结果，两个儿子都配对成功，也就是说，两个儿子都可以换他的肾。刘峰对医生说："行，一个儿子一个。"医生说："你只能移植一个肾，如果移植了两个肾，你就活不了了。"刘峰说："我愿意，我一个命换两个儿子的命划得来。"医生说："你愿意，但我们不能愿意，我们医生不能这样做。"医生叫他回家决定给哪个。刘峰急了说："手心手背都是肉，医生，你让我救哪个？"

刘峰从县城回来，老远看到自家的那几间红砖瓦房，心里就一紧，刘峰不能回家了。

邻居扛着锹从对面匆匆走过来，走到跟前，刘峰还站在路中间发愣，邻居说："刘峰你在愣啥？挡着我的路。"刘峰说："我不能回家了。"邻居感到很奇怪，停下来，杵着锹问："为啥不能回家了？"刘峰叹息了一声说："我一进门，头皮就发炸，我的日子过不下去了。"邻居知道他的心情，刘峰两个儿子都患病睡在家里，他能不急？邻居说："不要瞎想，过日子就像走路，一步一步往前走，不能停哩。"

刘峰挪着像绑了石头的双腿往家走去。

刘峰从外面灿烂的阳光里一进屋里，眼睛暗了一下，待刘峰把眼睛适应开后,那两双黑洞洞的眼睛就从暗的光线中浮现出来了,刘峰的头皮就真的一麥。这两双眼睛,一双是大儿子枣树的,一双是小儿子柿树的。大儿子出生那天刘峰在枣树下撒尿,就起名枣树,小儿子出生那天他在柿树下撒尿,就叫柿树。

两个儿子本来睡在床上,见父亲回来了,都从床上起身下来,趿着鞋走到堂屋的中间,站立着。枣树说:"大,回来了。"柿树也跟着喊:"大,回来了。"刘峰嗯嗯着来到水缸前拿起一个葫芦水瓢舀起一瓢水咕咚咕咚地就喝了起来,喝完抬起头来发出哈的一声长长叹息,然后用粗糙的大手揩了一下嘴巴上的水渍。

枣树说:"大,饭做好了。"

柿树已揭开锅盖,锅里冒出一阵浓浓的热气,一股米饭的香味在屋里弥漫开来。柿树盛上一碗饭端到桌子上。刘峰坐下来,闷头吃了起来,一双筷子在碗里快速地划动着,偶尔碰到碗边发出当当的声音。

过去吃饭时,刘峰都是要招呼他们坐下一起吃的,但这次没有,枣树和柿树看着埋头吃饭的刘峰,然后自己去盛了饭,各自坐到板凳上默默地吃了起来。

枣树吃着饭,抬起头看了一眼趴在桌子上的父亲,父亲黑乎乎的,像一块巨大的石头压得人透不过气来。

过去家里吃饭这段时间是快乐的,刘峰喜欢把地里的庄稼、村里的人和事都拿到桌面上说,并问问他们两人的身体情况。刘峰总是劝他们两人多吃饭,他的口头禅就是:人是铁饭是钢,一天不吃饿得慌,只要能吃饭,天大的病都不怕。

今天这顿饭枣树和柿树都感到了来自父亲的沉重,刘峰不说话,他们两个也不敢多说话了。枣树知道这几天父亲的不愉快了,每当这个时候，枣树心情也很沉重，他不知道如何才能安慰父亲。

"大，弟弟好多天不发烧了，身体好着哩。"枣树对刘峰说。家里有一个体温计，枣树和柿树常常量体温，两个人发不发烧是一家人最关注的。

"哦。"刘峰停下筷子，抬起头来说，"你的身体情况如何？"

"我也好，就是有点低烧，但不要紧。"枣树说。

柿树也跟上说："我和哥都好着哩。"

吃完饭，刘峰走到屋内躺到床上。

刘峰有午睡的习惯，他睡觉时，喜欢把枕头垫得高高的，仿佛头与身子弯成直角了。刘峰望着高高的屋顶，屋顶已破败了，几只麻雀从椽子的空隙间钻进来，看到刘峰又扑棱着翅膀飞出去了。

痛苦又一次涌上刘峰的心头，他把枣树和柿树一遍遍地放在脑子里过，他分不出哪个好哪个坏来，两个儿子都是他喜欢的，老天啊，你让我选择哪一个？

我上辈子作了什么孽，老天啊你要这么惩罚我，还把我的两个儿子也带上了。刘峰不断地责问着自己，用拳头捶着床边的墙壁，墙壁发出砰砰的声音。沉重像黑暗处的阴影涌上来，覆盖住了刘峰的心头。

二

上午，枣树和柿树就要挂吊水化疗，原来医生是要他们每月到医院来化疗的，但两个孩子住院是一笔不小的开支，刘峰就与医生协商，让他们在家吊水，省下一笔开支。因为化疗的药水是固定的，医生就同意了。久病成良医，现在两个孩子也知道如何换水，如何拔针了。

两个人坐在床前,胳膊上挂着两只瓶子。枣树总是坐在窗前,两条胳膊搁在窗台上,眼睛看着外面,他经常看到的是邻家的墙壁,墙壁已经有几十年的岁月了,砖缝里都长出了青草,在风里摇曳,有时候会有几个邻居的女人,站在窗前,叽叽喳喳地说话,听到有趣的时候,枣树就会笑起来。有时候,弟弟柿树就会猛地提醒他:"你的水完了。"枣树回过头看时,塑料的瓶子里,水已到了瓶塞处,赶紧把针头拔下,刺进另一瓶水里。

一次刘峰从外面回来,看到他们望着窗外,还在小声地议论着,就走到跟前,想看看他们在看什么。

刘峰走到跟前,两个孩子也受到了惊扰,回过头来,见是父亲,都嘿嘿地笑着。

刘峰说:"你们在看什么?"

枣树说:"没什么看的,不看窗外又看什么呢?"

刘峰也把头凑过去,窗子是两扇门的,就在两个人的床边上,窗棂是细细的钢筋,现在都上了黑黑的锈色。窗外是空荡荡的场地,场地边上是一蓬杂乱的树,枝叶繁茂,左边是邻居家的墙壁,墙壁已经陈旧了,上面一块块黑色的水渍和一块块红色的砖头斑驳着,实在没有什么可看的。

刘峰看了一会儿,从床上退下来。又走到门外,从门外看这片地方和从窗口看这片地方呈现出不一样的感觉来,门外的这片地方是空荡的,孤寂的。

不久,刮了一夜的大风,早晨,刘峰下地去干活,走到在大河边,看到河面上漂着一个硕大的红色的东西,头随着波浪起起伏伏。刘峰惊诧了一下,这是什么东西,河面从来没有过,刘峰观察了一下，看到不是生物，好像是红色的塑料皮子。

刘峰游到河里把漂浮物拖上岸，原来这是城里做广告用的气球，昨晚被大风吹到这里来了。刘峰想如果把这个气球打上气，放在家门口飘着，既可冲冲喜，又可让枣树和柿树的窗口有东西看了。

刘峰招呼着几个年轻人，把半瘪的气球抬到家门口，刘峰进屋大声地对枣树和柿树说："你们出来看看，我搞到一个城里人的东西。"

枣树和柿树走出来一看，一大块长长的红皮子放在场地上。

枣树问："这是什么东西？"

刘峰说："是气球。打上气就升起来了，在家门口飘着多好看啊，你们也可以天天看了，再也不用看邻居家的墙了。"

几个人忙碌起来。

刘峰用家里的打气筒一下一下地打着，但气球太大了，不像平板车的轮胎，每打一下，轮胎都鼓起一下，刘峰打了半天，不见一丝鼓起，但身上已汗流浃背，围着的几个年轻人看了，都大笑起来。

刘峰心生一计，把气球抬进屋里去，把家里的柴油机发动起来，用柴油机的排气孔鼓气。大家都说这个主意好，因为过去他们也用这个办法鼓过气。

刘峰家的小柴油机放在披厦里，披厦是沿着正房的墙壁搭建的，堆放杂物。披厦是矮小的土墙瓦房，几个人把气球抬进来，把气球的嘴按上柴油机的排气孔。刘峰摇响了柴油机，柴油机冒起一股黑烟，咚咚地响了起来。眼看硕大的气球鼓了起来，越来越大。有人说，这么大的气球，门这么小，怎么抬出去。有人说，这么大的气球买可能要好几千元哩。就在大家七嘴八舌兴奋不已时，只听砰的一声巨响。房子里腾起一股烟雾，几个人都被一股强大的气流横七竖八地推倒在地。过了一会儿，待烟雾散去，众人清醒过来，只见房子的瓦顶被掀开了一个大洞，一边的土墙也被推倒了一块。再看眼前的红气球，只剩几块红色的胶皮碎片了，柴油机还在咚咚地响着。大家惊悚地你瞅瞅我，我瞅瞅你，好在没有人受伤。原来，他们不知道这气球里充的是氢气，残余的氢气在遇到了火星后发生了爆炸。

枣树和柿树都吓了一跳，赶忙过去看刘峰，刘峰脸色铁青，用手擦着额头，沮丧地说："老子空喜欢一场，城里人真缺德。"

一日一日似流水，刘峰想把那些揪心的日子忘掉。

三

医院又打来电话了，问给哪个儿子换肾可选择好了。刘峰说没有，医生在电话里把他责怪了一通，说越早换肾对他儿子越好，拖下去儿子的身体拖垮了，就会影响换肾后的恢复。刘峰不愿面对这件事，但还是躲不了。

这几天，刘峰就像得了魔怔一样，在屋里转来转去，伴着叹息。家里待不住，刘峰就走出门去，村里都空了，许多人家都搬到城里去打工了。村子里显得很清静，这更增加了他内心里的恐慌。要是在往年，有人和他打打招呼，和他说说话，他内心也好受些，但现在没有。刘峰来到地里，快速地走在田埂上，他停不下来，一停下来脑子就爆炸，心跳就停顿，他只有快速地走，田埂上长长的野草和荆棘扫着他的脚踝，扫出一条条红印，他也没有了感觉。村子西边是一条弯曲的河流，刘峰走到这里就停下来了，他站在耸起的土堆上，望着清清的河水，啊啊地吼叫着，仿佛要把内心里的一块石头从喉咙里吼出来。

刘峰想从两个儿子身上找些缺点，这样他做决定时，心里也好受点。

枣树这个孩子是他和妻子爱情的结晶，记得当初他和妻子恋爱时，由于家穷，妻子父母不同意，妻子就和他暗中来往，直到大肚子了，家里没有办法了，才同意他们结的婚。枣树出生后，他和妻子一直当作心头肉的，如果没有枣树，他们的爱情就会破灭。枣树从小就懂事，记得三岁那年，夏天，刘峰光着膀子躺在竹床上睡着了，枣树就拿来一个被单给他盖上。妻子看见了，问他为什么，枣树结结巴巴地说，这样睡觉会冻着的。这个小举动让刘峰温暖了好多年，说了好多年。

柿树从小就聪明，一周的时候，有一次他哭了，哄不好，刘峰就抱着倚在门上，门上有春联，刘峰无意地指着红纸上的黑字一个一个读给他听，他竟然不哭了，这让他吃惊。上学后，家里墙上贴得最多的都是柿树获的奖状。

比较来比较去，刘峰分不出两个儿子的好坏来，只得又叹息一声，手心手背都是肉啊。

刘峰在经过几天思考后，他决定采用抓阄的方法来确定。

刘峰没有办法，他反复地想过选择哪个儿，但手心手背都是肉，他选择不下来。他横下一条心，只能采用这种办法。谁被选择了，就是天意，不是他刘峰的意思。

这天一早，刘峰就起床了，他要去村头的小庙前烧香，为两个儿子的命运抓阄。

刘峰出门时，枣树、柿树还在熟睡，发出均匀的呼吸声，晨曦的光淡淡地照在他们的脸上，温馨而安详，刘峰就难过了一下。

小庙就在村头的一处高地上，一座简陋低矮的小房子，土坯垒的墙，一座黑黝黝的石佛坐在里面。小庙的背后是一棵蓬勃的大树，枝叶茂盛，树头上有两个黑乎乎的鸟窝，倒显得十分神秘。

刘峰把菩萨面前的灰尘用手扫扫，把香点燃后，插在墙缝里，一缕香气就袅袅升起，空气中飘起一阵清香。刘峰面对石菩萨，张开双手，像接住了某件东西，然后双手伏地，深深地磕下头去，刘峰嘴里念叨着，菩萨啊，我也没有办法，我在你面前抛三次，你看着，天知地知你知我知，抓着谁就是谁，我要有一点私心你让雷劈我……刘峰念叨着，一连磕了三个头，然后从衣服口袋里摸出一枚硬币，嘴里念叨着，字面是枣树，背面是柿树。

刘峰眼一闭，朝天空抛去，硬币在天空翻了几下，落了下来，刘峰睁大眼睛一看，是柿树。刘峰一连抛了三次，三次是柿树，他感到神灵的神圣。刘峰的心也甘了，他一边往家里走，一边嘴里骂着，小狗×的柿树，你命好，菩萨保佑你了，你得救了。

太阳已升到半空了，硕大通红，刘峰往回走，身上已有了涔涔汗水，他又看到家里那三间红砖瓦房了，墙上的窗户黑洞洞的。

到家，枣树和柿树已起床了，他们不知道这个早晨刘峰做了决定他们生死的决定。

四

现在，刘峰不能见枣树了，他觉得自己做了见不得人的事，一和枣树目光相遇就赶紧转过脸去，他觉得枣树的眼睛里有一把刀子在剜他的心。他不能与枣树说话了，一张嘴喉咙就哽咽，眼睛瞬间就溢满了泪水，他只得打断，或一句话说得断断续续连不成句子。

手心手背

"我这是怎么啦，怎么变成一个小女人了，"他问自己，"不能这样，如果秘密被他们发现了，将会炸窝的。把肾给了柿树，也不是我自己做的主，那是菩萨做的主，医生只让我割一个肾啊，我有啥法子呢？"

现在，刘峰也不能见柿树了，一见柿树就恨得咬牙，"这个小狗×的命大，菩萨保佑了他，要了我的肾，大难不死必有后福。"他与柿树两句话一说，就凶巴巴起来，柿树不敢看刘峰的眼睛了，觉得他的眼睛里有一把刀子，闪着寒光，柿树想，"呆子都能明白父亲是厌弃自己了，去救枣树了。"柿树感到很绝望。

每次在夜里惊醒，换肾的事就蹦进刘峰的脑子里，黑沉沉的夜就像黑沉沉的大山，他翻越不过去。他想掉一下包，把肾换给枣树吧，反正他俩也不知道，但他又不能面对柿树了，觉得柿树的眼睛里有把刀子了，柿树在哭着问他："菩萨定了的事，为什么要变了。"

"手心手背都是肉，你让我怎么办啊？"刘峰只能又回到开始，按照抓阄把肾换给枣树。

柿树偶然发现父亲对他不一样的。

一天晚上，刘峰在饭店吃宴席，最后一道菜是炖鸡，硕大的老母鸡盛在一个大盆子里端上来，金晃晃，香喷喷，桌子上的人都伸筷子开始搛，刘峰也撕了一个鸡腿放在面前，别人搛了鸡肉都开始吃起来，刘峰却没有动，他想到了枣树，家里已好久没有吃过鸡了。刘峰趁人不注意，抽了一块抽纸包了，装到口袋里带了回来。

从镇上回到家，已是夜里了，刘峰到房子里，看枣树和柿树都睡觉了。

刘峰返回身，把鸡腿放到堂屋的桌子上，鸡腿圆圆的，发出一股清香。刘峰又进去，轻轻地捣了捣枣树，枣树醒了，一看是刘峰便问啥事。

刘峰轻轻地说："你起来。"

枣树轻轻地起了床，和刘峰走到堂屋，灯光下，刘峰拿着鸡腿对他说："熟的，你吃了吧。"

枣树看了一下，问："从哪搞的？"

刘峰说："我去大席，从桌上带的。"

枣树用手接了，咬了一口说："给弟弟也吃一口吧。"

刘峰说："你自己吃吧，补身体要紧。"

枣树说："弟弟的身体也要补。"

刘峰停了一下，说："不要留给他了。"

枣树下床的时候，柿树就醒了，柿树没有动，他没有想到是要吃东西，这时，刘峰和枣树在堂屋的对话他都听见了，他先是伤心，接着想父亲可能是在抛弃他了，家里穷，只能救一个，他和哥心里都明白，但都没有说。

枣树咀嚼鸡腿的声音，在这个深夜里听起来更加清晰。

枣树吃完鸡腿又回到床上，柿树装作不知道，仍然睡着一动不动。这个夜晚，柿树的泪水濡湿了枕头，他紧咬着被头，一声不吭。

一连下了几天雨，天晴了，秋天的天气，雨一下就把整个世界都下得湿透了，天一晴太阳就灿烂无比，天空干干净净的，一片蔚蓝。

枣树和柿树吊完水，刘峰对他们说："这些天你们都在家睡着，身上都有霉味了，今天太阳好，我们出去走走吧。"

枣树边穿鞋边说："是要出去走走了，人都在家蹲霉了。"

柿树说："人不晒太阳不行，身子骨都被雨水下软了。"

几个人出了门，刘峰走在前面，枣树和柿树跟在后面。

枣树说:"我们去岗头上吧,岗头上的野菊花肯定开了,很漂亮的。"

枣树喜欢岗头上的野菊花,去年的时候,还采了一把放在桌上,在本子上临摹,画得很逼真。

地里还是泥泞的,但田埂上,因为没有人踩来踩去,还不泥泞。他们捡着有草皮的地方走,一点也不影响。田里的稻穗都长出一个个沉甸甸的穗子,但连阴的雨水,有的稻穗上起了黑黑的霉菌,如果天再不晴,这些霉菌就会在稻子中传染下去,就会影响收成。路边的大坝里,水清亮亮的,但坝埂却是一片荒芜的杂草。

阳光沿着骨头缝往里钻,身体舒爽极了,阳光钻到心上了,心里一阵暖和,阳光下没有一处阴影,心里没有一处沉重。

田地里有一处缺口在哗哗地流水,这是没想到的,几个人站在沟前看着。

枣树说:"我们不过去了吧。"

刘峰说:"来来,我背你。"刘峰有个想法,尽量满足枣树的每个心愿,枣树的每个愿望刘峰都觉得如此珍贵,只要是他喜欢的,就要努力做到。

枣树说:"我们自己过。"说着就来脱鞋子。

刘峰赶紧阻拦说:"孩子,你们的身子骨不能受凉,生病了就受不起。"

刘峰说着脱了鞋,在泥巴上踩了几下,蹲下身子。

枣树见父亲的脚已泥了,拧不过,就趴到刘峰的背上,刘峰一起身,儿子的气息就在耳边。儿子的身子就贴在背上,枣树太轻了,这是他过去没有注意的。他的心里酸了一下,他多么想两块肉就这样长在一起,永远不分离。刘峰把双手抄到背后,紧紧地托着他的身体，枣树趴在他的背后，他感到父亲的背是如此窄小，却承载着家庭的重量。刘峰走在水里，水清亮亮地从脚面上流过，刘峰把枣树背了过去，又走了几步，选一块干爽的草皮把他放下。

柿树还站在那边，等着刘峰回来。刘峰恶狠狠地骂他："小狗×的，你不能跳过来吗？"

柿树听了就不开心了，柿树早就对父亲有怨言了，这次父亲又是这样，父亲为什么不能背一下自己哩。

其实柿树是能跃过去的，他只想听到父亲的这句话。

父亲又说："你能跳过来的，一个小缺口。"

柿树更不高兴了，枣树也能跳过去的。

柿树见父亲没有背他的意思，就说："你们走吧，我回去了。"

枣树看着他，劝他说："父亲累了，你就自己过来。"

刘峰说："小狗×的，那你回去吧，我不想看到你！"

柿树瞪了他们一眼，头昂起来，嗷嗷嗷地叫着。

这些天来的郁闷在他的心头累积着，他觉得要呼喊出来，要奔涌出来。柿树叫喊完，顺手拾起一根树枝，朝路边的一蓬荒草扫去，荒草齐刷刷折了一片。

"你不能这样跟弟弟说话，"枣树对父亲说，"我们也回去吧，不去岗头上了。"

"咋着啦，这样对他都客气了。"父亲说，"让这小狗×的回去，我们走。"

刘峰拉着枣树的手，朝岗头上走着，刘峰感到枣树的手柔软而冰凉，刘峰紧拉了一下，他舍不得放开儿子的手。

走到岗头上了，放眼望去，一片野菊花像满天的星星，落在绿色的草地上，阳光扑下来，绽放的野菊花有些耀眼，有些盛大。风轻轻地吹过来，野菊花晃动着，仿佛无数个笑脸在欢呼。枣树走到一丛盛开的野菊花前蹲下来，细小的花瓣密集地排列，中间是小小的花蕾，像神灵之手的手工作品，他用鼻子贴近花瓣嗅了嗅，他嗅到了那股淡淡的清香，几只野蜂飞过来，落在花瓣上收拢了翅膀，风一吹，又飞起来，落到另一朵花瓣上。

刘峰说："野菊花开了。"

枣树说："真好看。"

两个人在草丛里，深一脚浅一脚地走着，内心里的喜悦说出来却是如此的朴素。

五

柿树终于和枣树吵起来了。

柿树坐在床上，眼睛望着窗外大声地说："我知道大偏向你。"

枣树坐在床上另一头，他早就感觉到弟弟有情绪了，今天他终于说出来了，枣树说："哪有呀，大不是待你一样好。"

柿树说："一样好吗？你们做的事我都知道，不要认为我傻。"

枣树说："我们两个都生病了，家里又这么困难，大心里能好受吗？有时生气了，说了不好听的话，你不要生气，更不要记在心上。"

枣树劝解着弟弟，柿树沉默着，窗外的光照着他的面孔，露出线条分明的轮廓，他的眼里闪过一点光，那是一滴泪水滑了下来。

柿树说："那天夜里大给你偷吃鸡腿，这次背你过缺口等等，我都知道。还要说什么？"

枣树惊了一下，看来柿树还是留心了。

枣树说："大有时做事出了点格，你不要记在心上，大心里也不好受。"

"他最近还老是骂我，他怎么不骂你！"

枣树伸手抚摸了一下柿树的腿，安慰他说："大……唉……"枣树想说但又找不到话说，叹息了一声。

柿树说："我们两个人生病，我们家这么困难，只能救一个人，大肯定救你了，我早就看出来了，别当我傻。"

枣树有点生气了，他没想到柿树这么小心眼，说话这么难听。枣树说："你这样说话是不对的，我们都是他养的，他能偏啥心！"

枣树说着说着声音就大起来。

"我都做好死的准备了，我不怕死，死有好大事。"柿树说着，已泪流满面，身子轻轻地抽动着。

枣树说："我也没想活着，我是为了大，为了这个家在撑着。"

两个人正争执着，刘峰从外面走了过来，两个人都不作声了。

刘峰瞪了一眼柿树，问："你说你哥啥了？"

柿树不作声。

刘峰牙咬得咯吱响，指着柿树说："你这个小狗×的，我看你越来越不顺眼了，你给我小心着。"

"我早就想死了，我知道你巴我早点死，好让你救哥。"

柿树忍不住了，愤怒起来。父亲伸手要打他，枣树拦住了。柿树昂着头，握着拳头向外走，枣树拉住他，呵斥道："弟弟，你干啥，你干啥？"

柿树用力地扭动着身子，挣脱了他的手，说："我不是你的兄弟。"

柿树来到屋外，他沿着村头的大路大步地走着，走到一棵大树下，他停了下来，他背靠着大树，坐了下来，含在眼里的泪水像决堤的大水从他的双眼里流了出来，他先是抽泣，接着是号啕，泪水伴着鼻涕倾泻而下，他恨父亲在这个时候选择了枣树，而抛弃了他，他想念母亲，如果母亲活着的话，一定不会是这样。他把头埋在双腿间，身子剧烈地抽动着，一会儿他又把面孔的泪水鼻涕拭干净，他停止了哭泣，抬起头来仰望天空，天空蔚蓝无边，几块白云静止，高远而无聊，一架飞机闪着银白的身子在天空中飞过。忧伤袭来，柿树又低下头大哭起来。

六

柿树在抱头痛哭的时候，刘峰就站在不远处。

柿树走出去的时候，刘峰坐在枣树的对面，低着头没有作声，他双手伏在膝盖上。

枣树喏喏地说："大，你不能对弟弟那么凶。"

刘峰用手握起拳头，朝腿上猛击一下说："我咋对他凶了，我对他比对你好。"

枣树没听明白，这些大柿树确实受了不少委屈呀。

"大，你待我好，待弟弟有点凶了。"枣树补充了一下。

"你懂个屁，"刘峰说，话说到嘴边又咽了回去，"你们兄弟俩都是我身上的肉，我哪个也舍不得，你是老大，你懂事点，不要和他计较，大有对不起你的地方，你多原谅。"

枣树有点听不明白了，过了一会儿，站起身，说："大，我们看看弟弟去哪了。"

刘峰说："你在家吊水，我去看看。"

刘峰走出门，站了一会儿，他估摸着，柿树可能是去了大路上。

刘峰走到大路上，走过几家房子，果然就看到远处的大树下，坐着的柿树了。刘峰站了下来，想看看柿树在干什么。他看到柿树在哭，心里酸了一下，他在一个院墙边远远地站着，他知道柿树的心里难受，但他的心里什么时候好受过，他又在骂他了。"你这个小狗×的，老子给你的是命啊，我对他这一点偏心你都受不了！你对不起你哥呀。"他想过去把事情的真相告诉柿树，挪动了几步，他又停下了，他想不能说，说了，对他们两个都不好，他们谁也接受不了。刘峰恨恨地跺着脚，对着柿树的背影说："小狗×的，你就委屈点吧，你这个不知好歹的家伙。"

过了一会儿，他看到柿树站起身了，他慢慢走过去，柿树没想到大会过来，他背过身去，朝小路上走，他不想见到大。

刘峰骂道："小狗×的，还怪有种的，我看你到哪去。"

柿树朝地里走，朝他母亲的坟地走去，他的身影在空旷的大地上显得十分瘦小，黑黑的一点。

刘峰看明白了，他追了上去，跟在他的后面，喃喃自语，你去找你妈吧，我陪你去，我也要找你妈，她走了倒舒服，把这个破家交给我，让我受罪，两个孩子也不省心，我前世作了什么孽了，她倒快活，天天睡大觉。他们两个都这样，我也没办法了，我也不想活了。柿树不想活了，枣树不想活了，我也弄不好了，我就一条命，我有啥办法？我也不想活了，我们这个家要毁了。

刘峰说着眼角就湿了，他用手拭了一下，粗大的手掌仿佛发出了嚓嚓的声音。

柿树的脚步慢了下来，他走到大坝上，沿着弧形的坝堤折回头往回走了。

刘峰愣了一下，也跟着走了起来，他想看看柿树的脸，但柿树昂着头，快步地走着，他没有朝后面看一下刘峰。

七

到去医院换肾的日子了，医院已打来两次电话通知了。

早晨，刘峰从地里回来，枣树在做早饭，锅灶上蒸发着浓浓的热气，屋里弥漫着稀饭的香味。柿树坐在凳子上抱着双手，还在眯瞪，刘峰一看就来了气，站在他的面前，大声说："你就不能帮帮你哥，你越来越不像话了，没有哪个欠你的。"刘峰说着说着，就上前，伸着硕大的巴掌，恨不得甩他两个耳光。柿树瞄了一眼，鼻子哼了一下，没有动。

枣树说："我一个人能做好，不要他帮忙。"

"家里的活你做得够多的了，唉。"刘峰摇了摇头，"我对不起你。"

枣树愣了一下，觉得父亲今天早晨神情有点不对，作为父亲他一直高高在上的，有着威严，今天怎么给自己道歉了。

刘峰去屋里收拾东西，橱柜的门已经坏了，歪斜着，刘峰使劲一拉，就掉了一扇下来，刘峰生气地把柜门往地上一摔。里面的衣服都是随手塞在里面的，没有过去妻子在时叠得整整齐齐的。

刘峰抓到枣树的衣服，就顺手叠好放到一边，他这些天不在家，枣树只有自己照顾自己了。他抓到柿树的衣服时就扔在地上，心里骂道："这个讨债鬼命好啊！"

刘峰一抬头看见柿树就站在门口，他停下来，说："小狗×的，我在给你找衣服，今天带你去医院。"

柿树看着这一切心里早是一肚子怨气了，他不冷不热地回了一句："你那么喜欢哥，你带哥去吧，我不想去医院，我想早死了好，不让你受气了。"

刘峰把手中的衣服一摔，跺了脚，眼里闪着亮光，恶狠狠地说："你这个小狗×的，你活活把我气死了。"

刘峰想说你欠你哥一条命……但话到嘴边，还是没有说出来。

收拾了一个大包袱，吃完早饭，刘峰就要带着柿树上路了，临走前，刘峰把家里的生活都安排好了，他对枣树说："你弟这两天有点发烧，我带他去医院检查一下，你在家里把自己照顾好，我过几天就回来。化疗水你还按往常一样吊，如果有不方便的，你就到村诊所去让医生给你吊。"刘峰不想和枣树说这次带柿树去换肾了，他想瞒着枣树，怕枣树接受不了。

枣树说："大，你去，我在家就是烧烧吃吃的，能行。你带弟弟好好看看，他的病好治。"其实，枣树早已明白大这次是去给弟弟换肾的，但大不说，他也不说破。

枣树这样说，刘峰也放下心来。

刘峰带着柿树上路了，柿树跟在身后慢腾腾的。刘峰回头骂了一句："小狗×的，你能不能快点，老子快要给你气死了。"

八

这次换肾很成功，柿树得救了，一个月后，枣树却病死了。

清明，刘峰带着柿树去给枣树上坟，现在的枣树已是一个小小的土堆，柿树把草纸展开，把长长的鞭炮点响，纸烟和鞭炮的烟尘腾起在空中，显得十分隆重。柿树跪在枣树的坟前放声大哭。他说对不起哥呀，当时他认为大恶狠狠地待他，是他没救了，没想到是哥没救了。他对不起哥呀，大把一个肾给了他。

刘峰拉起他说："回去吧。"

两个人默默地往回走，又走到那个流着水的小溪了，刘峰想起去年为了背枣树没背柿树，两人还红过脸。刘峰弯下身子说："儿子，去年我欠你一个背，我还记着，我背你吧。"

柿树鼻子一酸说："大，你这是折我哩，我去年哪知道情况哩。"

刘峰直起腰，两个人绕着弯子，从远处小石板桥上走过。

柿树问："大，你当时为什么不对我们说？"

"我怎么能说呢？手心手背都是肉啊。"

"你不说，我和我哥也知道了。"

刘峰脑子轰地一下，天旋地转，惊悚难过，站不住了。他一直觉得自己这个事做得很成功，没想到自己却成了"皇帝的新装"里的那个皇帝，赤裸而无耻，自欺欺人，枣树原来忍着巨大的痛苦在帮我演戏，刘峰感到对不起枣树。

"你以后要多向你哥学习，你哥太懂事了。"刘峰回过头对柿树说。

"嗯。"柿树应着，他看到刘峰的眼里满是父爱，这个枣树看不到了。

伙 牛

1

时间到了1980年的时候,我们生产队要分单干了,就是分田到户。

分队的会议,一共开了五天,最后达成了若干分配制度。地好分,最难分的是队里的牛和农具之类的大东西,这些东西不是每家每户都能分到的,就把几家划成一个小组进行抓阄。我家、小叔家和老文圣家被划在一起。这个时候,虽然我家与小叔家已开始有了矛盾,但父亲想,兄弟俩在一起能够相互照应着,总比被拆开强。

分牛前,先把每头牛进行估价,抓到好牛的组,要向抓到差牛的组补贴差价。队里有五头牛,每头牛都有自己的名字,队长把牛

伙　牛

的名字写在香烟盒上，做了五个阄子，在手里搓了搓，大喊一声，朝桌子上一扔，阄子在桌子上慌乱地滚动了一下，五个小组的代表，就扑上来抓阄子，我们这个小组是我父亲来抓阄子。父亲做事总是斯文的，保持着"知识分子的臭架子"（他的这种做派我年少时也不喜欢，直到中年之后，才理解父亲骨子里的孤傲，我在另一篇里有描写），别人扑上去抢阄子时，父亲还没有动手，待父亲冲上去时，桌子上空空荡荡，一个阄子也没有了。抢到阄子的人，都在紧张地打开看，抢到大牤牛的人，就兴奋地喊叫，而父亲却没有了阄子。缺的一个阄子到哪去了？父亲低头寻找，众人也帮着寻找。终于在桌子底下，找到了这个阄子。父亲打开一看，是小趴角，小趴角在队里不算好牛。父亲一拍巴掌说好，有的人就嘘了一声，人家抓到了大牤牛说好，你抓个小趴角好个屁。父亲说好，是因为抓到小趴角可以两不找，抓到好牛哪有钱补贴别人。

第二天上午，父亲、小叔、老文圣去生产队的牛屋里牵小趴角。

生产队的牛屋在离村子约一里远的地里，三间茅草房子，一进去，牛的味道、草的味道、牛粪的味道混杂在一起扑面而来，其他几条牛都被拉走了，只有小趴角卧在地上，鼻子上穿着绳子拴在牛桩上，反刍着草末，两只耳朵不停地扇动着。

老文圣弯下腰身，解开牛绳握在手里，小趴角站了起来。小趴角全身的毛黑油油的，两只角弯弯的，向下趴着，村里的人叫它小趴角。它硕大的眼睛望着眼前这三个人，然后，喷了一下鼻气，跟着老文圣走了。小趴角的四条腿像四只墩子，甩着尾巴跟在老文圣的后面。

虽然，父亲他们对小趴角并不陌生，但从没有像今天这样对它有感情。从此，小趴角就是这三户人家的私有财产了，也是最大的财产。也可以说，是小趴角把这三户人家捆绑到了一起。

牛拉到老文圣家，老文圣在家里的屋角收拾了一个干净的地方，把小趴角拴好，小趴角站着，吃了一口干爽的稻草，尾巴不停地甩来甩去。

三个人站在牛跟前，议论着。

父亲说："小趴角能干，架子好，我们喂一冬，膘就能拉起来了，犁我们三家的地是没问题的。"

老文圣说："小趴角用好了，比大牯牛强。小趴角的父亲我用过哩，那头大牯牛一身膘，犁田耕地有劲聪明，犁田时，只要鞭子一扬，就呼呼地跑，人跟在后面都要小跑，不像别的牛，还要人在后面帮着用力，小趴角也差不到哪去。"老文圣说话喉咙大，边说边用手拍拍小趴角，小趴角抖动着肌肉，原地转了一下身子。

小叔站在小趴角的前面，抓住牛鼻子上的绳子，小趴角老实地仰起头来，小叔用手扒开小趴角的嘴唇，露出里面一排雪白的大牙齿来。小叔说："小趴角正青年哩，是头好牛。"我父亲和老文圣上前看了看，果然不错，牙口好就能长身子。

几个人高兴地欣赏完小趴角要回去，老文圣的老伴已做好了饭，出来说："你们不要回去了，就在这吃点吧，今天我们三家得牛了，也是一件大事啊。"说着，老伴已把菜端上了桌子，老文圣也把长条板凳摆放好，父亲和小叔也不好走了。父亲说我去打斤酒来，老文圣拉着不让去，说家里有，但没拉住父亲。

村子里就有代销店，代销店也没有高大的店面，就是土墙上的窗口，里面卖些简单的生活日用品。父亲买了一斤老白干，拿着回来，三个人喝了起来。三个人一边喝着酒，一边大声地说笑着。虽然我家已与小叔家有了隔阂，但父亲在大场面上，还是团结小叔，

伙 牛

不想让别人看笑话。但在喝酒的这件事上,乡下有乡下的规矩,一般是小辈敬长辈,小弟敬兄长。酒已喝到半瓶了,小叔还没有敬父亲,父亲也端着架子。老文圣看出些端倪,小叔又要敬他酒时,老文圣说:"你敬你哥一杯酒,你小些,以后我们就用一头牛了,要团结。"

父亲和小叔好久没有坐在一起吃过饭了,两个人的心里都拧着疙瘩。小叔无奈地端起杯子,举到父亲的面前,说:"我敬你一杯酒。"

父亲端起杯子,一掀而尽,虽然小叔敬了父亲一杯酒,但父亲心里明白,他一声哥都没有叫,这杯酒喝得勉强。

2

生产队分开后的第一个秋季到了。

从岗上的高处瞭望,稻子熟透了,一畦畦的稻田,柔软而金黄,村庄掩映在绿树丛中,不留一丝痕迹。

风在树冠里拧来拧去,像妇人洗涤衣服的手,要从中拧出多余的水来。

河面平静,经过一天阳光的照射,散发着氤氲的水汽,阳光在水面上跳动着,像在跳方格子游戏的小女孩的脚,轻巧快捷。

一头老牛在悠闲地吃草,它黑黝黝的皮毛上,还沾着黄黄的一块泥巴,使人感到生活的艰辛。

紧接着,秋季的忙碌就开始了。

秋季要忙很长一段时间,一方面要把成熟的庄稼从地里收回来,一方面要把过冬的庄稼种进田里,不能耽误了季节。

小趴角这时派上了用场。三户人家都想尽快地把地耕出来，但大家有约定，每家用两天，再转下一家。

　　天刚蒙蒙亮，小趴角就被老文圣拉下地了，老文圣扛着犁，小趴角跟在身后。下到地里，老文圣把犁放下来，把轭头套在小趴角的脖子上，就开始犁地了。小趴角往前一挣，套在脖子上的绳子就绷紧了，小趴角一迈步，犁就跟在后面往前直奔。老文圣扶着犁，吆喝着。小趴角在前面吐着粗气，老文圣打着赤脚，跟在后面，翻过来的泥土，散发着新鲜的气息，脚走在耕出来的泥沟里，油光光的舒适。天先是黑的，一个人和一头牛就这样在田地间寂寞地劳作着。村子里响起了鸡鸣声，慢慢地东方的天空有了一片白，可以看见稍远一点的地方了。又过一会儿，天就大亮了，像一幅巨幅的大幕被拉开了，天地间一片清澈，不远处的几棵树站在地头，浓郁的树冠紧挨着，像两个喁喁私语的人影。田埂上，到处都开满了花，红的黄的，朵的碎的，绿草顶着露水，湿漉漉的。一群鸟就在身边不断地起落，寻找犁出来的虫子吃。附近也有几个犁田的人，他们也一样跟在牛的后面。老文圣高兴时，就喜欢扯起嗓子唱几句，也没有什么旋律，只是信口喊，但抑扬顿挫，响彻云霄，为的是驱赶寂寞，也给牛提精神。待到太阳出来时，老文圣已把几亩地犁下来了。

　　老伴送早饭来了，早饭是蛋炒饭，犁田的人辛苦，要补补身子。老文圣把鞭子插在地里，把轭头从小趴角的脖子上卸下来，让它在田埂上吃草，自己坐下来吃老伴送来的热饭。小趴角甩着尾巴，用长长的舌头在田埂上卷着鲜嫩的青草，两只耳朵不停地扇动着。小趴角吃草和老文圣在田埂上吃着蛋炒饭一样的喷香，牛和人都愉快，都在劳作之后得到了片刻的歇息。

伙 牛

两天之后,小趴角轮到小叔家犁地。

小叔是一个急性子的人,一块田犁下来,小叔心急火燎起来,嫌小趴角慢了,一鞭子就抽了过去,小趴角抽搐了一下身子,朝前奔走起来。

小叔在后面不断地吆喝着,没走几步就用鞭子在小趴角的屁股上抽一下,小趴角的鼻子被牛绳紧拉着,脖子不由得朝后弯曲着,小趴角看到的是一位气势汹汹的男人。不一会儿,小趴角的屁股已满是鞭印。

小趴角夹紧了尾巴呼哧呼哧地在水田里奋力地奔走着,一圈又一圈,眼睛里满是鞭影,耳朵里满是斥责声。

有几次,小趴角痛得跳了起来,小叔紧拉着缰绳,背上的套子紧扣着它,它只能向前。

又过了两天,小趴角轮到我家用,父亲看到小叔在地里犁田,就过来牵。

父亲到小叔地头来牵牛还有一个意思,就是想让小叔教他犁田。父亲在生产队里当会计,没有犁过田,现在分开单干了,必须要自己犁田了,小叔也知道父亲不会犁田。

小叔见父亲来了,把轭头卸了下来,把牛绳往牛背上一搭,提着鞋就走开了。父亲见了,赶紧上去,把牛绳抓在手中,到了喉咙的话又咽了下去。

父亲很生气,这不是在拿我的劲吗,地球离开谁不转。父亲拉着小趴角沉重地往自家的地里走,到了地头,看到小趴角疲惫不堪的样子,父亲就不忍心把轭头往它的身上架了。小叔用牛也太不爱惜牛了,它虽然是一个畜生不会说话,但它什么都懂。父亲就开始放牛,把牛拉到河坡上吃草。小趴角贪婪地啃着坡地上茂盛的野草,它好像刚从恶魔的利爪下逃出了性命似的，快乐地甩着尾巴。父亲又让小趴角去塘里打汪，小趴角硕大的背浸在水里，只露出一个头在水里摆来摆去，两只大耳朵不停地扇动着。水面上漂着一片水草，小趴角咬着吃了几口，有一只水鸟竟站到了它的角上，小趴角一动，水鸟又扑棱翅膀飞走了。父亲蹲在水边，手里握着牛绳，看着小趴角在水里快乐地玩耍。

放了一天的牛，小趴角歇息得差不多了，恢复了劲头。第二天，父亲拉着它下地。父亲没有犁过地，父亲扶着犁跟在小趴角的身后慢慢地走着，田犁直的很容易，但每犁到地头拐弯时，父亲就犁不过来。小趴角似乎也很纳闷怎么配合父亲就是不行，半天下来，田犁得乱七八糟，父亲已急得满脸汗水。

父亲没注意到，田头有一个人正在看着他，他是父亲的好朋友长彩。

长彩犁了几十年的田，犁田技术娴熟。他是下地路过这儿，看到父亲每次犁到头拐弯时，都是拐直弯，这样，地就没办法犁好。长彩观察了一会儿，待父亲又犁到跟前时，他把父亲喊停了下来。

父亲一看长彩站在田头，把牛停下来，擦了一把汗，不好意思地笑了，说："长彩大哥，这个弯我怎么犁不好呢？"

长彩把裤子挽起来，赤脚下到地里，接过父亲的犁，边犁边给父亲讲解："直犁，人扶着犁往前走就行了。这样犁田，牛不累，人也不累，还出活。"

犁到地头要拐弯了，长彩让牛一直往前走，越过田埂了，然后把牛绳拉了一下，牛顺从地拐过弯来，一道圆弧的地就犁出来了。长彩说："犁田的最大诀窍就是犁到地头的拐弯，弯要拐得大，这样才圆。拐弯时，要让牛上到田埂上，才能拐过来。"

伙　牛

父亲在长彩的手把手教导下，两块田犁下来，父亲就会了。父亲那双大手稳稳地扶着犁，步子跟在后面迈得十分稳健。小趴角走在前面，也轻松起来。

母亲来送饭了，母亲炒了一碗蛋炒饭，用布兜子提着，口袋里装着一把生花生，因为父亲胃酸，吃生花生能压住。母亲来到地头，把布兜子放在一丛野菊花上，把口袋里的生花生掏出来，放在旁边的草皮上。母亲看到父亲的脸膛儿被晒得黑里透红，裤脚卷得高高的，大滴大滴的汗珠正在往下淌。泥土从犁铧上向一边翻过去，犁铧闪亮，新翻的泥土犹如一条黑色的腰带，向前伸展开去。

父亲犁到母亲的跟前，让牛停了下来。坐在田埂上，用衣袖擦了一下脸，然后大口大口地吃母亲送来的早饭。吃完碗里的饭，父亲开始剥花生吃，父亲看着犁过的地里，泥块黑油油地翻卷着，父亲的心里长长地舒了一口气，那些翻开的泥土就是对他的一种奖赏。

3

小趴角是三户人家轮换着饲养，根据人口计算饲养天数，我家是七口人，每次饲养半个月。

村子里，别人家放牛总是骑着牛下地，父亲放牛总是舍不得骑着小趴角，牛是不会说话的牲口，忙时就够它累的了，闲时，不能还累着它。

小趴角每次吃得肚子鼓鼓的，摇着尾巴从地里回来，父亲戴着一顶破了边的草帽，在后面赶着。两个人走在田野上，身影倒映在田地里，就是一幅田园牧归图。

父亲把小趴角拴在门口的大椿树下，大椿树的皮，被小趴角蹭痒蹭得光滑滑的，小趴角蹭完痒就在阴凉下卧着，像一块巨大的石头，黑黝黝的，一动不动，走到跟前才能听到它的喘气声。

小趴角每次能屙下一大摊子牛屎，这牛粪在农家是宝贵的燃料。过去在生产队时，牛屎都是用来分的，队里按人口，划分大大小小的牛屎堆，各家挑选了挑回家去。现在，小趴角在谁家饲养，按规矩牛屎就属于谁家的了，也用不着分了。

几天后，便积下了一堆牛屎，母亲便开始做牛屎饼子。

母亲挽起袖子，把宽大的手插进牛屎里，用手把牛屎搅匀，一股草的青气味和屎的腥臭味扑面而来，这种气味母亲是熟悉的，母亲扭了一下头继续搅拌着，感到牛屎有了韧性，然后捧起一捧，在手里团成球状，往墙上一贴，牛屎被摊成圆圆的形状，紧紧地粘在土墙上。

母亲认真地做着这一切，她从牛屎饼子里，闻到的是一股饭菜香味。一位农民，不能到处闻到的都是臭味，他们必须要把一切劳动和吃饭联系起来，一切劳动只要能使肚子吃饱，这个劳动就是值得的，就是干净的，这是做一个农民的基本素养。母亲认真地贴着牛屎饼子，把牛屎饼子贴得圆圆的，饱满的，像在做一件工艺品。有时从手中掉下一块牛屎，母亲又弯腰把它拾起来，不舍得浪费一点。

母亲就这样一个一个地贴着，向阳的土墙上，整齐地排列着一片牛屎饼子，每个牛屎饼子上面，都烙有母亲五个清晰的手指印子，手指骨节凹的地方，在牛屎饼子上就凸起来，手指肚凸起来的地方，在牛屎饼子上就凹进去，每个牛屎饼子就是母亲的一个手掌图。

牛屎饼子经过太阳一晒，就干了，用锹一铲，就掉下来了，墙上就有一个圆圆的印子。

伙　牛

　　牛屎饼子烧锅是个好材料，架在灶膛里，一拉风箱，在风的鼓吹下，熊熊地燃烧，烟少，火焰足，做出的饭香。

　　这几天，小趴角在大椿树下又屙了一摊牛屎，母亲忙着地里的活，没有时间来做牛屎饼子，就把牛屎用锹铲了，堆在一起，准备闲下来时再做。

　　中午，母亲从地里回来，却意外地发现，大椿树下的牛屎不见了。

　　母亲瞅瞅四周，仍是空荡荡的，阳光照着地面，平坦的地面上发着白色的光芒，远处有几只鸡在低着头觅食，有几只花母鸡卧在地上，一动不动。

　　母亲先是惊愕了一下，接着，就觉得胸口闷得透不过气来，谁把这牛屎偷走了？

　　母亲开始张开喉咙吆喝："哪个把我家的牛屎偷走了？"

　　母亲的声音在中午的时光里十分急促响亮，穿透了乡村的茫然和空荡。

　　母亲很希望有一个人站出来承认一下，说一声也就算了。

　　母亲喊了半天，没有一个人出来承认，母亲又急又气，开始骂了起来。

　　这时小叔从家里冲了出来，小叔手里拿着一根长长的棍子，眼里露着凶恶的光，一边奔过来，一边大声地说："就是我挖的，你能怎么样。我让你骂！"

　　母亲看到小叔来了，知道来者不善，母亲刚想分辨一下。小叔手中的棍子劈头就朝母亲打了过来，母亲的头本能地歪了一下，棍子打在了母亲的肩膀上，咔嚓一声，从中间断成两节，剧烈的疼痛使母亲捂着肩膀蹲下身去。母亲感到委屈，她从来没有被人打过。

小叔拎着断了的棍子，还要上前来再打母亲，母亲强忍着疼痛，咬紧牙关站了起来。母亲的脸上满是泪水，两只眼睛里放射着怒火，脸上的肌肉是紧拧着的。母亲嘴唇抖动着说："你这个杂种，你黑了良心。你……你……"母亲说不下去了，又一阵疼痛袭来，她摇晃了一下，又站直了身体。

　　小叔扬起断了的棍子，朝母亲的腿上又狠狠地击了一下，嘴里骂道："你们都不是好东西，今天就要打好你。"

　　母亲一个趔趄，上前死死地抓住他手中的棍子。母亲说："你这个白眼狼，我会看到你的，我会看到你的。"

　　母亲说这句话时，也莫名其妙，她也不知道能看到小叔什么，但母亲的心里肯定是想说，会看到小叔以后的下场。

　　小叔丢下手里的棍子，愤愤地回家去了。

　　这个中午的阳光，永远地烙在了母亲的记忆里，原先的阳光是晴朗而明亮，没有一丝阴影。后来，这个中午的阳光里，到处都隐藏着阴险，那些暗处是一个个陷阱，让人稍有不慎就会落入其中。在母亲的记忆里，那天她的目光穿透了一切浑浊和虚无，阳光变得陌生。

　　父亲从地里回来，母亲已睡在家里的床上了，疼痛难忍。母亲想，自从父亲辞了公职，她和父亲回到这个艰难的家庭，一手把这个家庭从崩溃中拯救出来，然后，给小叔结婚学手艺，他应当要报恩都来不及，现在为何对她下如此的毒手？母亲想不通。这些年的岁月在母亲的脑子里一遍遍地放过，泪水把枕头都洇湿了。

　　父亲进屋把农具往墙壁一靠，就在找母亲，过去这个时候，母亲应当在家里喂猪烧饭的，现在，家里冷冰冰的，猪在圈里嚎叫，父亲就有点生气了。

伙 牛

父亲一脚跨进卧室，躺在床上的母亲，看到父亲的身影哇的一声大哭起来。这是她被小叔打过之后，第一声大哭。母亲的哭和过去不一样，哭声里带着哽咽、带着怨言。父亲忙问是怎么回事，母亲便断断续续地把过程和父亲说了。父亲暴跳如雷，从家里像一股旋风旋出了门，他要去找小叔算账。

父亲刚到小叔家门口，小叔就出来了，站在家门口望着父亲。

父亲手指着小叔问："你为什么要打她？"

父亲一愤怒，声音就沙哑，心中的怒火在喉咙中积压着，千军万马奔涌不出来。

小叔没有作声，仍然站立着。

父亲几步上前就要打小叔的耳光，小叔扭了一下脖子，用手紧紧地握着父亲的手腕，父亲用力一甩，但没有甩掉，父亲伸出另一只手就要抽他的耳光，但也被小叔迅速地接住了。父亲的脸孔气得变了形，父亲知道，现在的弟弟已不是以往的弟弟了，他的身上更积攒着一股蛮力，自己已对付不了他了。

父亲的面孔气得变了形，血往脑门上涌，脸变得紫红的，沙哑着嗓子呵斥："放开！放开！"

小叔松开了手，父亲抽回了手臂，父亲还要上去打他，但他知道，如果他动手了，小叔肯定会打他，现在在弟弟的眼里，他已不再是兄长了。

父亲指着他问："你为什么打她？我饶不了你！"

小叔看着父亲说："你不是有四个儿子吗？让他们都来。"

父亲气得要吐血，大声地说："我养了四个儿子，是为了和你打架的吗？你这个畜生。"

小叔说："他们来一个，我打一个。"

父亲说："你这个白眼狼。"

父亲想和他拼了，但他找不到拼命的办法，他急得团团转，邻居们听到吵架声，赶了过来，拉开了父亲。

父亲回到家里，坐在凳子上，长一声短一声地叹气，一个男人不能抵抗外力的侵犯是最大的耻辱，父亲直骂自己没用。

母亲起了床，看到父亲这个样子，忍不住地劝道："别气了，人家现在长本事了。"

父亲站起来，砰地砸了一下桌面，说："我和他不是一个娘养的。"这等于是在骂娘了。这句话，以后成了父亲处理与小叔关系的标准。

被打后，母亲的一条腿肿得像面包，不能走路。一只胳膊抬不起来，肩膀处乌黑的。母亲认为自己可能残废了。半个月后，肿才慢慢消下去，母亲才能下地干一些轻的农活。

4

秋季就在父母的忙碌中结束了，田地都种上了庄稼，没有因为单干而耽误，时间进入了深秋。

深秋的天，开始阴郁起来。早晨的风带着潮湿，细小的雨丝打在裸露的皮肤上，有着点点的清凉，赤脚走在乡间的田埂上，感到冰冷在土地里一层层地累积，偶尔有长老了的茅草尖戳到脚板，冷冷地生疼，如果再下几场雨，就不能赤脚了，穿着打了补丁的胶鞋下地，就有了许多不利索。陈旧的胶鞋也不结实，偶尔一用力，就会被撑破了，泥泞从口子里渗进来了黏着脚，里面的温暖被浸得不剩一丝，十分难受，还不如不穿。

伙　牛

田野上有行走的人，打着一把黑雨伞，踽踽独行的身影像一只大的黑蘑菇，田野在背后变得更加广阔。

母亲算过了，冬天小趴角肯定要带料，带料就是喂黄豆。家里就在塘埂上开荒种了一畦豆子，其他都种粮食了。过年还要磨点豆腐，牛要吃，人要吃，那点黄豆肯定不够用。母亲决定下地去拾豆子。

收割完后的豆地，免不了要遗落一些豆子，但豆子是黄颜色的，落在地里不容易发现，落雨后，豆子上的灰土被洗掉，就容易看见了。

母亲披着一块塑料皮，在颈子处用绳子系一下，挎着篮子就下地去了。在豆地里弯着腰低着头瞅，有时，翻开豆叶子，在下面藏着一把遗漏的豆荚。有时，会发现几粒圆圆的豆粒失落在地上，像是在等着母亲的到来，母亲满心欢喜地把它们捡起来。母亲翻了一个田地又一个田地，中午也不回来吃饭，吃自带的干粮。晚上回来，往往能拾几斤豆子，母亲把豆子在塘里淘洗干净，放到屋里晾着，天晴时再端出去晒。

地里割过的豆茬儿十分坚硬锋利，有一天，母亲不小心跌倒了，双手撑在地上，瞬间被豆茬儿戳得鲜血直流，疼痛使母亲用另一只手紧攥着受伤的这只手。母亲一屁股坐在田埂上，沮丧和疼痛让她抽泣起来，这个苦日子啥时是个头？母亲仰望天空，天空阴沉沉的，大块的乌云在快速地移动，风吹在母亲沧桑的脸上，吹干了她眼角的泪水。待疼痛稍好些，母亲弯下腰，把撒了的豆子又一粒粒地拾进篮子里，许多豆子都染了母亲的鲜血。

一个秋天拾下来，母亲的脸和手都皲裂了，伸出来的手满是口子，这个秋天母亲拾了几十斤豆子。

冬天就要来了,这个季节,叫冬闲。小趴角经过一个秋天的使用,已瘦了一圈,三户人家研究决定,给小趴角带料。

小趴角在老文圣家、小叔家,就这样带料喂过来了,小趴角轮到我家饲养了。

前一天晚上,父亲先是把黄豆用水淘洗一遍,然后放到水里泡,第二天早晨,豆子就膨胀了,这时牛才能吃动。

父亲端着一个小板凳,坐在小趴角前,一个一个包子喂。平时,把干的稻草放到牛头前,让牛自己吃就行了。带料就要用人工喂,父亲用手把长长的稻草捋顺,两头一弯,中间有一个窝,把泡好的黄豆抓一把放在里面,然后两头再弯一下,包起来,这叫包包子。小趴角知道人喂它的是好东西,嘴一张,舌头一卷,包子就吃了进去,开始慢慢地咀嚼,待咀嚼完了,再喂进去一个。小趴角甩着尾巴,扇着耳朵,快乐地吃着,小趴角知道这包子不同于往日的草,里面有好吃的东西。有时肥厚的舌头就迫切地卷到了父亲的手,湿湿的、温馨的,父亲忍不住地用手拍拍它的头,说:"好好吃啊,春天好有劲干活啊。"

这天,小叔找到老文圣,对老文圣说:"牛放在他家喂不放心,他家人口多,生活枯,收那点豆子能舍得给小趴角带料吗?"

老文圣把手笼在袖口里,这个事情他还没想过,说:"不会吧?"

小叔见老文圣不相信自己,不屑地说:"如果他们不喂,光靠我们两家带料,也看不出来的。你总不能把牛进出他家的门,用秤称一下吧。"

小叔说话快,点子多,眼睛不停地眨动。老文圣问:"那你说怎么办呢?"

伙 牛

小叔说:"我们从他家把黄豆称出来,泡好后,每天发给他家,让他们去喂。"

老文圣说:"这样好,你去说吧。"

小叔急了,说:"我不能去说,我去说面子不难看吗?我们毕竟是兄弟,你去最好。"

老文圣说:"我去也不合适,这薄情的事,我们两个人一起去吧。"

小叔没有办法,只好同意了。

小叔和老文圣从大路上朝我家走来,老文圣走在前头,小叔跟在后头。老文圣的个头高些,小叔的个头矮些,老文圣的身影常把小叔的身影给挡住了,然后又晃出来。两个人都没有说话,但肚子里都在想着话。

父亲老远就看到他们来了,两个人一起来,还是不多见,特别是小叔,已很长时间没有来过了,这次还亲自来登门,父亲觉得不寻常。

两人走到门口站了下来,父亲向他们打着招呼。两个人走进屋,看到小趴角睡在屋角嘴里在缓慢地反刍着。小叔走到跟前,踢了小趴角一下,小趴角慢慢地站了起来。老文圣抚着牛说:"经过这段时间带料,小趴角壮多了。"老文圣望望父亲又说,"带料不能停了,人不吃,都要让牛吃,牛是大牲口,十个劳力抵挡不过一头牛哩。"

老文圣慢慢把话往豆子上引,小叔故意干咳了几下,说:"今年家家豆子都不多,人要吃,牛要吃,怎么才能保证牛吃到呢?"小叔的意思是让老文圣直说称豆子的事。

小叔的话一出口,父亲就猜到其中的意思,父亲开始厌烦起来,父亲经常说小叔一肚子都是点子,但就是没用在正道上,如果能用在正道早就升官发财了。

老文圣对父亲说:"我就直说了,你家困难些,我们怕你家舍不得给牛带料,我们算了一下,你把小趴角要吃的豆子称给我们,我们带回家去,每天把小趴角要吃的豆子泡好,你去讨,这样就放心了。"

父亲一听就火冒三丈,你这不是看不起人嘛!他觉得这是在对自己的侮辱。

父亲睥睨着眼睛,望着他们说:"这个主意是谁想出来的呢?你们家带料时,也没把豆子称出来,怎么我家就要称出来。我还怀疑你们可给小趴角带料了没?"

小叔没有说话,他低着头用鞋在地上搓着一块坷垃,老文圣被父亲问得理亏,他也不好供出小叔。老文圣说:"不是我们小心眼儿,我们都想着小趴角好,小趴角也不是哪一家的事,你不要多想。"

母亲这时从塘里洗衣回来,她看到三个人在家里叽叽哇哇的,放下篮子听了两句,知道了眉目。母亲气得浑身打战,把喂小趴角的盆端过来,盆里还有几粒泡过的豆子。母亲把盆往老文圣的脚前一摔,盆哐当了一声。母亲说:"你看看,我家可泡豆子了。"

老文圣朝后退了两步,小叔朝前上了两步,说:"今天来就是称豆子的。"

父亲一气就说不出话来,上来就要揪小叔,老文圣眉头紧皱,拦住父亲,说:"不要打不要打,有话好商量。"

小叔在后面扭动着身子,嗓门粗大地说:"你家人都没有吃了,还能舍得给牛吃?"

父亲哑着嗓子,话也说不成句了,气急败坏地指着他说:"我俩不是一个娘养的。"

老文圣没想到父亲会这样说小叔,惊讶了一下,怕把事情闹大了,不可收场,就对小叔说:"我们走吧。"

小叔拧着身子,老文圣使劲拽了他一下,小叔不情愿地走了。母亲说:"你们别走,我把黄豆称给你们。"

两人站住了,老文圣怕小叔和父亲打起来,就让他回去。老文圣走过来,母亲问:"我家摊半个月,要多少斤黄豆?"

老文圣说:"三十斤就够了,我回家每天泡好。"

母亲称了三十斤黄豆,提了过来,递给了老文圣。老文圣说:"早这样,还吵啥。"

母亲生气地说:"你泡好了,我不喂,烀烀吃了,你也看不见哟。"

母亲这一说,老文圣愣了一下。

母亲说:"天地有眼睛,各凭各良心,不要不相信人。"

转眼,春节快到了,家里的黄豆也不多了,母亲说,不磨豆腐了,剩下的黄豆就留给小趴角吃吧。磨豆腐可是我们这儿过年的主要菜肴,豆腐可以做圆子,可以烧鱼,可以油炸,但这年春节,我们家第一次没吃到豆腐。

春节到了,父亲最拿手的好戏,是给村里人写对联,满村的人都拿着红纸来求父亲,年年如此,但父亲分文不收。父亲把写好的春联放在屋里晾着,家里的桌子上、床上、麻袋上到处都是红彤彤的对联,简陋的家里充满了喜庆。

除夕这天,父亲把小趴角睡觉的地方打扫干净,写了一副对联,贴在小趴角弯弯的角上:耕牛农家宝,定要照顾好。红红的对联,使小趴角有了神气。

晚上，吃年夜饭了，村子里响起一片爆竹声。父亲打开屋门放了几个爆竹，爆竹在漆黑的夜晚，闪着火光炸响，声音清脆而喜庆。回家关上门，家里的桌上已上好了菜，就等父亲上桌，就可以吃了。但父亲迟迟不来，父亲在牛头前的墙缝上烧了一炷香，给小趴角包了几个包子，喂着小趴角。父亲对它说："小趴角，我的儿哟，今天过年，你也要过年啊。"又说，"菩萨保佑小趴角，明年春天就指望小趴角了。"父亲喃喃自语着。小趴角望着父亲，一动不动，似乎听懂了。

5

经过一个冬天的带料，小趴角长得膘肥体壮的，从屋里拉出来，小趴角站在阳光下，像一座黑塔。

春季牛市行情也大涨，一天，老文圣来和父亲商量，要把小趴角卖掉。老文圣坐在桌子前，硕大的手掌伸开在面前，他给父亲算了一笔账，小趴角能卖个好价钱，再买一头新牛，每家还能分点钱。如果把小趴角留在家里，三家用起来太浪费了。闲下来，别人要来借牛用，你说借不借。借了舍不得，不借得罪人。我家与小叔家有了矛盾后，老文圣在中间就有话语权了。

父亲坐在桌子的另一边，被他算得头晕，但要卖了小趴角，还是舍不得，说："养头好牛不容易，再买要是买走眼了，可就麻烦了。"

老文圣说话，唾沫飞溅，他把硕大的手掌放下来，拍着桌面说："我用了一辈子的牛，瞄一眼就知道哪头牛的好坏，还能看走眼？"

父亲显得十分烦躁，他的眼睛望着门外，脑子里混乱得很，说：

伙 牛

"牛可不是小东西,要是耽误了,一季的庄稼就没法种了。"

老文圣说:"你放心,种田也不是你一家,我们都要种的。"

父亲问:"跟我弟说了?"

老文圣说:"说了。"

第二天逢集,老文圣就来拉牛了,小趴角还在屋角睡着。老文圣解开牛绳,小趴角站起身来,老文圣和父亲拉着牛出门了。

老文圣在前面走,父亲在后面赶着牛。小趴角甩着尾巴,悠然自得的样子,它浑然不知主人已要卖它了。父亲对小趴角是有感情的,现在去卖它,父亲还是有点舍不得。

父亲用手拍着小趴角的屁股,小趴角屁股的肉厚厚的,光滑滑的。

春天的早晨,阳光照在青绿的田野上,宁静中包裹着一片热烈,迎向东边的叶子,都泛着一层明亮的光。田埂上,青草茂盛,小趴角走着走着,就会停下来,在田埂上啃上几口,小趴角厚厚的嘴唇贴着地面的青草,发出呼哧呼哧的啃食声音。老文圣拽了一下手中的绳子,小趴角抬起头来跟着他走,嘴边还挂着草叶。

父亲说:"让它吃两口吧。"

老文圣说:"赶集要早,去晚了,卖不上价。"

两人正走着,身后传来小叔的喊声:"站住,站住!你们站住!"

两人停了下来,小叔气喘吁吁地追了过来,一把抢过牛绳,说:"这牛不能卖!"

老文圣瞪大了眼睛说:"不是和你商量好的吗?怎么一觉睡又变了。"

父亲看着小叔慌张的样子,也吃了一惊。

小叔说:"这牛我吃了!"(吃:方言,买)

老文圣说:"这牛你吃了?你有这些钱?"

小叔说:"我砸锅卖铁凑钱,你们不用问,反正卖给别人也是卖,我买就不行了?"

老文圣说:"那你怎么吃?"

小叔说:"我们把牛拉到集上,作个价,人家给多少,我给多少。"

小叔这样说,也符合道理,老文圣想了想说:"我同意,就拉到集上作个价吧。"

老文圣看了一眼父亲,父亲拿不定主意了,因为前面有老文圣的交底,也就同意了。

老文圣对小叔说:"你要吃就给你吧,但不能欠账,我们也等着钱买牛。"然后,又对父亲说,"到时我们两家买一头牛,让他一个人去养吧。"

三个人拉着小趴角默默地走在春天的田野上,小趴角仍然摇着尾巴,像什么事也没有发生一样。

集市上人群拥挤,像一只大蜂箱,轰轰的。卖牲口的地方,东一个西一个拴着牛,有的牛站着,在反刍,有的牛卧着,望着来来往往的人。牛行的人,手里拿着一根棍走来走去的,对每头牛指指点点,后面跟着几个买牛的人。小趴角一拉进来,马上吸引了大家的目光,几个人围了上来,打听价钱,老文圣说:"这牛已卖了。"买牛的人咝咝地吸着气,说:"好牛好牛!"然后用手拍着牛屁股,小趴角不耐烦地转动着身子。

牛行来出了价钱,三个人都很满意。

牛又从集上拉回来了,但直接拉去了小叔家,父亲回家看着屋里小趴角卧着的地方，心里总不是滋味。父亲蹲下身去，慢慢地收拾，墙壁上还有小趴角蹭痒的痕迹。

第二天，老文圣送钱来了。老文圣的手里握着一把杂乱的钞票，把钱往父亲的面前一递说："这是卖牛的钱，摊你的全在这里，你数数。"

父亲没有接钱，说："我们不是还要买牛吗？这钱分了，还怎么买？"

老文圣说："暂且不买，买时再喊你。"

父亲接了钱，装进了口袋里。

不久，一个惊人的消息就传到父亲的耳朵里，老文圣和小叔伙小趴角了，这样父亲就永远地被排除在外了。

父亲仔细地回忆着卖牛的经过，小叔气喘吁吁地追过来的一幕又浮现在他的眼前，父亲这才知道上当了。

父亲气得在家睡了一天觉，本来他想兄弟俩在一起好对付老文圣一个人，现在却被小叔暗算了。第二天吃过早饭，他决定去找小叔，问问他长的什么心。

父亲黑着脸，来到小叔家门口，小叔知道父亲来为啥事了，就转身要往厨房去，支使小婶迎上前来。这是小叔的一贯风格，家里有了事，都让女人上前，好男不跟女斗，女人往往能占上风。

小婶迎上来了，说："哎，你来有啥事吗？"

父亲不想跟一个女人斗嘴，父亲说："我找他。"父亲本来想说找弟弟，但话到嘴边又不想说了，他觉得弟弟这个词张不开口。

小叔眼不停地眨动着，说："找我？"

父亲说："你私下和老文圣把小趴角吃了，把我瞒在鼓里，还是人吗？"

小叔说:"我没有瞒你啊,我先吃的小趴角啊,钱你不也拿到了吗?"

父亲说:"这是你们下的套子啊!你欺负谁都行,你不能欺负我啊。"

小叔的眼睛瞪得圆圆的,咬着牙说:"我怎么欺负你了?"

父亲怨恨地说:"我俩一个娘的,娘还没死,你就绝情了。"

小叔大声地说:"你不要在我家门口说废话,不要说小趴角,就是老趴角你也只能望望了。"

小婶叉着腰,气势汹汹地说:"就是欺负你了,你又能怎样?"

父亲的眼里,他已不再是自己的弟弟,而是一个恶魔,他面孔邪恶,眼睛睥睨。父亲说着眼就红了,门的旁边有一把铁锹,父亲真想拿起来朝他铲去,和他拼了。

母亲知道父亲来找小叔了,从家里赶来。父亲正在和小叔吵架,母亲把父亲拉开,劝父亲回去,既然小趴角已被他们吃下了,再吵也没用了,随他去吧,天无绝人之路。

父亲跟着母亲怏怏地回家去了。

6

小趴角被吃去了,家里没有牛用,地就种不下去,父母为此焦急着。

村里的从魁,一个人独养了一条牛,牛的名字叫黑牯。母亲就想到了他,和父亲商量和他家伙牛如何?

母亲和父亲偷偷去打量了从魁家的牛。

从魁两口做事慢,犁一块田都要做几天,牛就拴在家门口。这

伙 牛

是一头老牛，从魁没有工夫放，家里的稻草也跟不上牛吃，牛瘦得像干柴，腹部都露出根根肋条来。父亲抚了一下老牛的身子，老牛虽然瘦弱，但反应灵活，如果能带料，这牛能喂出来，不耽误干活。

第二天，从魁夫妻俩从地里干活回来，父亲就来到他家。

从魁的家住在村头一个水沟边，水沟像一条弧形，上面长满了杂树，几只鸟在树上像小孩学舌似的叫个不停，水沟把他家的土房子围在中间，土房有些年头了，屋顶上的草都塌塌的黑漆漆的，门头低矮，高个子的父亲走进时，还要弯一下腰。

从魁家很少有人上门，父亲的来到，让从魁感到有些惊喜，他站在父亲的面前嘿嘿地笑着。

父亲也没底气，也是嘿嘿地笑着，一时，两人站着都有了尴尬。过了一会儿，还是父亲鼓起劲说起了伙牛的事，父亲说得很是自卑，没有信心。自己原是一个有牛的人，却被兄弟用计拆了，这无论怎么说，面子上都过不去。

父亲说完，掏了一支烟递给从魁。父亲不吸烟，父亲知道从魁也不吸烟，但他还是精心准备了这盒烟，想在关键的时候递上，起到传递情感的作用。从魁果然挥着手说，不吸。父亲觉得这是在拒绝他了，这接不接是一个态度。父亲自己点燃了一支开始吸起来，失望的心情在眼前的烟雾中弥漫，父亲不会吸烟，一支没吸完，就觉得嘴里是苦涩的，开始大口大口地吐着唾沫。

从魁抬着眼望着屋子，从魁考虑问题时，有抬眼望天的习惯，给人目中无人的感觉。从魁说："我们两家伙着也好，我一家用一条牛也浪费了，两家用正好，不浪费。"从魁满口答应，他知道自己忙碌，顾得了地里的，就顾不了家里的，现在，有人来伙牛，正好减轻自己的负担。

从魁的话，让父亲喜出望外，父亲立即说："就这样定了吧，我们两家伙一条牛，最适合。"

两人说过话后，从魁带着父亲来到黑牯的身旁，黑牯卧在树荫下，警惕地看着父亲。从魁弯下腰拍了拍黑牯的屁股，黑牯站了起来。

从魁对父亲说："黑牯的架子有，就是我服侍的工夫没到，黑牯是一条好牛，我用我知道。"

父亲说："黑牯是好牛，只要用工夫，是能服侍出来的。"

从从魁家出来，父亲的身上攒满了劲，父亲走路快捷了起来，他要把这个好消息告诉母亲，从此，他又是一个有牛的人了。

从魁是个厚道人，两人把牛作了价，父亲找了从魁一半的钱，这牛就有我家一半的股份了。

父亲把从魁找来家吃饭，父亲是一个从供销社辞职回家的人，从魁原来在中学食堂烧锅，后来家里离不了，辞职回来的。两个人在乡亲们的眼里都是不会种地的人，在乡下不会种地的人，是被看不起的，被人排斥的。乡下需要那种粗壮的汉子，父亲和从魁都长得清秀了一些。现在，两个人同病相怜地走到了一起。

两个人喝得多了，从魁比父亲小好多，父亲拍着他的肩膀说："兄弟，我俩好好合作，打个翻身仗。"

从魁说："我应当喊你表叔了，不敢造次。"

父亲说："就是兄弟，比我家的兄弟强多了。"

从魁说："我家这老牛我清楚，我主要是没时间盘它，盘好了，我们两家犁田会犁飞了的。"

父亲说："一个好汉三个帮，三个臭皮匠赛个诸葛亮。牛一定会养起来的。"

伙　牛

　　有了老黑牯，父母的心又放下了。母亲每天下地，都挎着一个篮子，从地里割一篮青草，放在牛头前，让黑牯吃。时间长了，黑牯已认识母亲了，只要看到母亲老远地走来，它就开始站起身，围着牛桩打圈子。母亲把篮子里的青草一把一把地掏出来，黑牯就迫不及待地伸出舌头卷了一口。

　　父亲抽空就拉着老黑牯下地去放。牛吃饱了肚子，就卧在地上，黑黑得像一团铁疙瘩，牛不停地咀嚼着，耳朵前后忽悠着。父亲蹲在一边，对牛说："乖乖，我没亏待你啊，你比我儿子还惯啊。""黑牯啊，你好好吃，你要是垮了，我也就垮了。我的宝就押在你的身上了。"一个人和一头牛，有说不完的话。

　　有了精心的服侍，黑牯的精神面貌焕然一新，身上的膘也慢慢地长出来了。

　　到了午季，老黑牯已从过去一头瘦弱的牛，变成了一头浑身充满力量的大牯牛。

　　今天，天气晴朗，父亲心情很好，他决定要试试黑牯。父亲把黑牯拉到地里，来到一条宽阔的坝埂上，父亲朝黑牯的屁股猛地抽了一鞭，黑牯撒开蹄子朝前奔跑起来，父亲握着牛绳跟在后面奔跑着，黑牯黑油油的背像巨人的鲸鱼在海洋里起伏着，十分优美，四只蹄子在地上，发出砰砰的声音。父亲跑得气喘吁吁，喊着"瓦住瓦住"，牛才停下来。父亲知道这牛已不是过去的病牛了，而是一头健壮的牛，力量正埋在它的每一块肌肉里，随时准备爆发。

　　父亲背着手，拉着老黑牯从村子里走过，老黑牯跟在后面，一步一步稳如泰山。父亲的脸上满是得意，他要让村子里的人看看，我的牛可以耕得动一座山哩，我的牛不是牛，是我的兄弟；我的牛不是牛，是我的荣耀哩。

这年夏天,乡村里到处都在流行偷牛贼的事。说偷牛的人,大多是趁着夜深人静时潜入,为了不惊动村里的狗,偷牛贼一般会预先把看家的狗毒死,然后再潜入拴着牛的院子里,把牛偷走。有的偷牛贼更残忍,他们偷的不是活牛,而是牛肉,他们往往把牛偷了,赶不多远,就把牛就地杀了,大卸八块后,直接拉走销售。

传说使人人心惶惶,父亲就把凉床搬出来,和黑牯睡在一起,牛绳就拴在床腿上。

父亲一般睡觉会很沉,现在,只要有一丝风吹草动,父亲就会醒来,看到黑牯还卧在身边咀嚼着,就放下心来继续睡。

由于睡不好觉,第二天起来,父亲的眼睛总是红红的,布满了血丝。

一天早晨,父亲从凉床上下地,脚下的地动了一下,父亲觉得完了,地怎么会动哩,肯定生病了。父亲慢慢站起身踉踉跄跄地走回家,摸到床边,衣服也不脱,就山一样倒在床上,接着就大口大口地呕吐起来。母亲一看就慌了神,找来小医生(赤脚医生),小医生说他受凉了。吊了两天的水,父亲才恢复过来。父亲出门第一步就是走到黑牯面前,他用力地拍了一下黑牯,身子紧紧地倚着黑牯,黑牯一动不动地站着,两个人塑像一般。

7

经过几年的锻炼,父亲已是一个犁地的好手了。父亲熟悉每块地的犁法。岗头上的地是死黄泥,天旱了,板结,下雨多了,一片烂糊黏脚。犁地时,要下点小雨,犁一插进地里,土刚好松软,才好犁,雨下多少为宜,这就要根据经验判断了。南冲的地好犁,南

伙 牛

冲是白土田，土细，任何时候犁一插进去，牛背着犁呼呼地往前奔，泥顺着犁铧溜溜地翻下来，一点不滞。水田好犁，一大块田，赶着牛在里面转着犁；旱田难犁，旱田要打成畦，一块田要犁成几个畦，畦的大小，完全根据自己的经验判断。经验丰富的人，站在地头一看心里就有底了，每犁到地头分畦时，就要拖起犁甩一下，人要费劲，牛也费劲。

作为一个农民，还要掌握几种语言与牛交流，这个父亲也学会了，如"切好"就是要牛靠边走，"较好"就是要牛小心点，"瓦住"就是要牛停下来，等等，牛虽然不说话，但这几句话每头牛都听懂的。

这年午季，黑牤在两家的田地里有了用武之地，黑牤在地里耕种，奔走如飞。犁在黑牤的背上，不是沉重，而是艺术。父亲犁田也熟练了，每次犁到田头，父亲都会喊一声，"噢——回——来——"同时托起犁头拐弯调头。黑牤听懂父亲的话，就会及时地配合。

黑牤在田地里，把风光占尽。

黑牤的性格奇怪，我们两家人使它，它十分温驯，但生人走近身边，它就会眼睛红红的怕生。

有一天，父亲在南冲犁完地，时辰还早，邻居要借黑牤把自己家的一块地耙一下。

父亲知道黑牤的脾气，他把黑牤拉到邻居的地里，把牛索套好，把绳子递给邻居，叮嘱他站在后面，不要让黑牤看到了，这样牛仍认为是父亲在使，就会顺服的。

邻居站在耙上赶着黑牤干活了，黑牤拖着耙在泥地里呼呼地走着。眼看半块地就耙完了。可是耙的绳子掉了，黑牤停了下来，邻居到黑牯跟前系绳子,黑牯回头一看,不是父亲,背起耙撒腿就跑,邻居摔倒了大叫起来。在旁边干活的父亲赶紧跑过来,大喊一声,黑牯才停下来。

父亲大声地呵斥黑牯,黑牯站着一动不动,像一个犯了错的孩子。

从此以后,父亲再也不敢把黑牯借给别人使了。

有一天中午,父亲从地里耕地回来,父亲进屋把草帽取下,挂到墙上,就叹息了一声,对母亲说:"小趴角活不长了。"母亲听了,埋怨父亲瞎讲。父亲说:"你不要不信,等着瞧。"

父亲给母亲说了这样一件事。

我家有一块地和小叔家的地相邻。小叔天不亮就提着马灯,拉着小趴角下地来犁田了,小叔嗷嗷地吆喝着,小趴角背着犁一步一步地奋力向前。小趴角犁完一块地,小叔又换下一块地,直到天色大亮,太阳已在东方的天空升得老高,父亲也拉着黑牯来犁地,小叔还赶着小趴角在哼哼地犁着,田还有一半没有犁。父亲现在已是犁田的老把手了,他看不惯小叔犁田的笨拙。他看到小趴角在田里背着犁显得那么沉重,心里就心疼起小趴角来。

小趴角呼哧呼哧地走着,有时打个趔趄,但鞭子已毫不客气地打在它的屁股上,它只好忍着痛,继续往前走。

父亲看到小趴角已瘦下了一圈,每走一步,肚子处的肋骨就梳齿一样呈现。自从小趴角被他们吃去后,父亲就没见过小趴角了。有时,父亲走路遇到小趴角,就会绕着走,他不愿再见到它,引起自己的伤心。

父亲看着小趴角在田里奋力地挣扎,心里便有点酸楚,在小趴角的身上,他付出了多少爱心,现在,却被弄成了这样,它的全身

伙　牛

都是泥巴，毛都结成一团一团的了。小趴角拐过弯来，父亲多么想小趴角能认出他来，往日里他们是多么亲密啊，可小趴角好像不认识父亲了，它在小叔的吆喝下继续耕地。

父亲在田头站了一会儿，黑牯不愿意了，它甩了甩头，打着响鼻。父亲醒了过来，吆喝了一下，黑牯背着犁快速地走了起来。

父亲把地犁完了，小叔的地还没有犁完。

父亲实在看不下去了，父亲对小叔说："你把小趴角拉走吧，我来犁。"

小叔停下来，望着眼前的父亲，他早知道父亲在旁边犁田的，但没想到父亲会来帮他，小叔不知道是同意好，还是拒绝好。

父亲把黑牯赶到了小叔的地里，父亲一扬鞭子，黑牯背着犁呼呼地走起来。

小叔拉着小趴角站在田埂上看着地里的父亲和黑牯，人和牛虎虎生机，小叔犁了一早晨的田，身子也疲惫了，他直了一下腰，觉得无比舒坦。

父亲一会儿就把小叔剩下的地犁完了。

父亲把这件事讲给母亲听，母亲听了，也沉默了好久。

父亲说："点灯要省油，耕田要爱牛，小趴角会累死的。"

母亲说："牛是种地的哑巴儿子啊，他们怎下得了手。"

午季，乡下一片忙碌，在这万物生长的季节，每一寸光阴都是金贵的，广袤的田地上，到处都是农人来往穿梭的身影，肩上挑着担子的人，急匆匆地行走，遇到空着手的人，空着手的人就早早停下脚步站在路边，让挑担子的人走过去。过去一片寂静的田地上，现在充满了吆喊声、动物的叫声和机械的隆隆声。

一天下午，小叔和小婶在地里割着稻子，本来是晴朗的天，到了傍晚，忽然从西边的天空上，涌起了一堆黑云，云越堆越高，遮住了太阳，天空变得阴沉沉的。

燥热的天气，一下子凉爽起来，小叔、小婶想趁着这个时间多割一些稻子。两人弯着腰在地里哗哗地收割着，一排排稻子在面前齐刷刷地倒下。

不久，阴沉的云已覆盖了头顶，风刮得更猛烈起来。小婶催小叔回家把小趴角拉来，把割下的稻把拉回去。稻把拉到场地上，堆起来，是没问题的，但要是平铺在地里，浸了水，稻把就会发芽。

这几天，小趴角摊在老文圣家服侍，小叔到他家时，老文圣家没人，小趴角刚耕完地，卧在门前的大树下，小叔解开牛绳拉起小趴角就往地里去。

小叔和小婶把平板车码成了高高的小山了，小叔赶着小趴角，往村子里去，车子在后面摇摇晃晃，沉重的绳索紧紧地勒在小趴角的肩上，小趴角吃力地朝前走着，每走一步，腿都晃悠着。

天空中闪了几下树枝一样的闪电，接着就响起了轰隆隆的雷声，豆大的雨点就落下来了。雨开始下起来了，密集的雨水像倒下来的一样，使人的眼睛也睁不开，雨水淋湿了两个人的衣服，雨水在小趴角的身上哗哗地流下，小趴角的身上成了无数条细小的沟渠。

小婶在前面牵着小趴角绳子，紧紧地拉着，小叔在后面用力地推着车子，他们想早一点赶到场地上。

从地里到村头是一条平坦的泥土路，快到村头，有了一处陡坡。这是一个大坡，平时被人、畜已走得光滑泥泞，现在，经过雨水淋湿后，坡地更加泥泞。小叔使劲地吆喝着，小趴角在小叔的吆喝声中向陡坡冲刺。就在快冲到坡顶时，车子又滑了下来。

小叔发疯般地用棍朝小趴角的屁股和大腿打去，他希望小趴角能再使点力，把车子拉上去。棍子打在潮湿的小趴角身上发出叭叭的声响，伴着阵阵雷声，听起来十分恐怖。小趴角前腿忽然一下子跪下来，往前挪动，拼尽最后一丝力气，把车子一寸寸地拉了上去。

小叔松了一口气，一道闪电划过，小趴角的眼睛里，不知是泪水还是雨水，那一刻，小叔震慑住了。

老文圣从地里回来，看小趴角不见了，就开始寻找。老文圣穿着雨衣先是找到小叔的家，小叔家没人，老文圣开始往地里找。

老文圣正好在村头碰到小趴角拉着一车湿的稻把，老文圣怒吼道："你还是人吗？"

小叔正低着头在拼命地赶车，老文圣的一吼，让小叔吃了一惊。小叔抬起头，看到雨水中的老文圣站在面前，虽然看不清他的面容，但可以感受到他的怒气。

牛车停了下来，老文圣睁大了眼睛，说："下这么大的雨，你让牛怎么拉车，你想把牛累死啊！"

老文圣说着，就去解套在牛脖子上的轭头，小叔说："马上就到场地上了，你把牛拉走，这车子怎么拉去。"

老文圣没有理睬，小叔就上来夺他手中的绳子，老文圣狠劲地推了他一把。小叔在雨水中一个踉跄，差点倒下。

老文圣拉着小趴角一瘸一拐地走了，小叔看着老文圣拉着小趴角的背影，气得浑身发抖，他把绳索背到自己的背上，和小婶把一车稻把缓慢地往场地上拉去。

小趴角是在午收过后的一天夜里死去的。那天早晨，老文圣去拉卧在屋角的小趴角，小趴角半天没动，再一看，小趴角黑黝黝的一堆，头歪斜在地上。

老文圣大叫一声，马上去找小叔，小叔也赶来了，两个人默默地站在小趴角的面前。小叔蹲下身去，抚着小趴角冰冷的身体，他的眼睛里有点湿润。

两人请来村里的屠夫，来给小趴角剥皮。

屠夫是村里的杀猪匠叫老谈，方盘大脸，胳膊有小孩子的腿粗，一使劲青筋突起。

老谈提着篮子来了，这篮子里有长长的锋利的杀猪刀，有粗短厚实的剁骨刀，有小而尖的剔骨刀，油滑锃亮的铁钩子等等，篮子除了盛放刀具外，还有一个功能，每次杀过猪后，老谈都要取一副猪下水，作为劳动报酬，这猪下水就放在篮子里。

老文圣家门口已围了一圈来看热闹的村民，父亲也来了。

老谈放下篮子，招呼几个人，把小趴角从屋里抬到门外开阔的地方。老谈一使劲，小趴角就像一头猪一样轻巧地翻过身来，肚皮朝上。老谈拿来杀猪刀，刀锋在阳光中闪过一道寒冷的光，只听噗的一声，就划开了小趴角黑色的肚皮，露出里面的肉来。父亲不忍看到这些，他转过身去。

老谈先是把小趴角的整张皮剥了下来，小趴角变成了一堆赤裸裸的肉，这头父亲充满感情的牛，现在却落得了如此悲惨的结局。大家都在七手八脚地帮着老谈做下手，但父亲不行，他只能站在外围看着。

干了半天，老谈坐在凳子上，喝着开水，一边歇息，一边和村民们议论："小趴角太瘦了，杀不了多少肉。"老谈说话时常把脖子扭动一下，在他的眼里，一切动物最终都是要归结到多少肉的，一个没有肉的动物是没有价值的。

歇息好了后，老谈开始剔肉，开始用斧子用力砍断骨头，半个时辰下来，小趴角消失了，地上是一堆紫红的肉和一堆白花花的骨

伙　牛

头，小趴角被剁下的头还是完整的，被扔在一旁。父亲看了一眼，小趴角的眼睛在望着他，仿佛是在向他哭泣，父亲转过身去。

乡村里，有吃杀猪饭的传统，小趴角死了，现在，也适用这个规矩，老文圣家十张大锅烧得热气腾腾，屋顶上的烟囱一个上午都在冒着滚滚的浓烟，到了吃中饭的时候，牛肉烀好了，在场的人，每人盛了一碗，稀里哗啦地吃着，有的人连汤都喝了，然后舒服地坐在墙根下，夸老文圣老婆烧得好吃。

父亲也盛了一碗，夹了一块牛肉，放在嘴里嚼着。忽然胃里一阵翻涌，父亲放下碗紧跑了几步，跑到树下，哇地吐了起来。父亲一口接一口地吐着，直到把肚里的东西吐得光光的，才停下来。

有人过来问父亲怎么了，父亲摇摇手说："没有事，我吃不了小趴角的肉。"

"哈，你还是一个大善人。"来人喃喃自语地走开了。

小趴角死了后，有一段时间，两人意见很大。老文圣不想再和小叔伙牛了，小叔也感到自责，觉得平时用牛太不爱惜了。小叔几次到老文圣家来商量，老文圣都没有给小叔好脸色看，小叔只有快快地回家去。

作为一位农民，屋里没有一头牛，心里总是慌慌的。

这天，小叔再去找老文圣商量。

小叔已看惯了老文圣的黑脸。小叔一进屋，就说："唉，冬天不养头牛，明年地怎么耕？"

老文圣抱着膀子，半天挤出几个字："我也想到了，养。"几个字干巴巴的，没有一点湿润。

小叔说："我们两家这次要养好，不能再给人看笑话了。"小趴角死后，村里各种议论都有，农民和牛的感情都是亲切的，把牛累死的，还是不多见。两家的人，丑得头都抬不起来。

老文圣说："我还没有想好和你伙牛了哩。"

小叔说："小趴角的死，我有责任，但也不全是我的责任。"

老文圣噘噘嘴说："我们就不讨论小趴角了。"小趴角死后，老文圣也感到有点理亏，平时没有服侍好牛，大意了。

买牛需要一笔钱，老文圣想了想，还是带上小叔，这样可以减轻点负担。

两个人，到了牛行，买回了一头小牛犊子。冬天里冷，就在小牛犊旁燃一个火盆，给牛取暖。喂食时，把草铡得细细的，黄豆泡得软软的，精心饲养。到了第二年春天，小牛犊长大了，拉出屋外，一身健壮的肌肉，发亮的皮毛。用手一摸，牛犊光滑的皮毛，肌肉像波浪一样抽动了一下，这是对陌生人的反应，内行的人就喜欢这样的牛犊子。

小牛犊聪明，它知道自己的名字，无论它离主人有多远，只要一喊它的名字，它就会兴奋地跑过来，有时还摇头摆尾地叫上两声作为回应。

小叔和老文圣都喜欢这头牛，暗自下定决心要养好，不能再出岔子了。

小牛犊子眼看长大了，两家人决定给小牛犊子骟了。

这天，小叔请来骟牛师，从村里请来几个壮劳力帮忙，骟牛在乡下也是一件娱乐活动，许多人赶来看。

骟牛师端坐在板凳上，跷着二郎腿，捧着茶杯小口地抿着，老文圣拿着烟朝众人边敬边说："让你们受累了啊。"

小牛犊子被小叔从屋里拉出来了，它歪着脑袋，扭动着头角，它的两只角秃秃的，颜色还不够深，浅浅的驼灰色，但小牛犊的身

伙 牛

躯很魁梧，壮硕的后臀，强劲的尾巴，算是牛中的帅哥了。

小叔上前捋捋它的毛，拍拍它的肌肤，小牛犊很舒服地享受着。几位青年人，一起上前，有的拽着牛鼻子，有的抓着牛尾巴，小牛犊知道情况不对，奋力挣扎着，但已身不由己。

骟牛师把手里的烟头一扔，卷起袖子，弯着腰往地下一蹲，朝手心里吐一口唾沫，迅速从小牛犊的胯下攥住了它的卵子，雪亮的刀片一闪，血就流了下来，接着用力一挤，刀片再一闪，两个肉球就落在了地上。

小牛犊痛得四蹄踢地，喘着粗气，一声长嚎。

众人见小牛犊已骟了，约好了，喊着一二三，然后迅速向四周散去，小牛犊获得了自由，立即向前奔去。小叔拉着牛绳，跟着奔跑了几步，小牛犊才停下来，恢复了平静。

有了小牛犊子，小叔和老文圣像扳回了一局，拉着小牛犊子走在村里，脸上笑眯眯的，又有了光亮。

春天的地里，万物都长得茂盛起来，去冬播下的庄稼，在阳光下生长得轰轰烈烈，看来，今年又是一个丰收年了。

小叔牵着牛在田埂上放牧，小牛犊低着头大口大口地啃食着地上嫩绿的青草，啃累了，就抬起头来望着远方。

田埂与地里的庄稼只隔着短短的距离，平时，农人牧牛时，都紧紧地拉着绳子，如果牛要是偷吃了庄稼，就会紧拎一下绳子，牛就会收回嘴巴，回到田埂上认真啃草。

小叔放小牛犊子，小牛犊子有时嘴馋，就伸向地里，够一点庄稼吃，春天的庄稼茂密鲜嫩，吃起来可口。小叔见了，也舍不得拎手中的绳子，就让小牛犊子带两口吧，对满地的庄稼也影响不了多少。

但春天的庄稼，有时也打农药，有一天，小牛犊子夜里腹胀如鼓，不停地喘着粗气。小叔紧张极了，赶紧找来老文圣，老文圣看到小牛犊痛苦的样子，也没有办法。他只是不停地责怪小叔。恨不得上前扇他两个耳光，小叔知道理亏，低着头不语，只是一个劲地叹气。然后，两个人提着马灯出门，连夜找来兽医。兽医看了小牛犊的情况，配了药，让小叔扳开牛嘴，用盆朝里灌着，小牛犊子张大着嘴已无力挣扎，灌完药，小叔围着兽医，像抓着的一根救命稻草。兽医说小牛犊可能吃了打农药的庄稼了，如果今夜没有问题，就挺过来了，如果挺不过来，就没办法了。

第二天早晨，小牛犊子还是没有挺过来，死了。

小叔大叫了一声"妈呀"，就倒在了床上，用拳头不停地擂着墙壁，发出沉重的咚咚声，小叔大哭："老天爷要灭我了，老天爷要灭我了。"

老文圣来了，小叔哭丧着脸迎上来，老文圣上前就扇了小叔一个耳光，这个耳光在早晨的空气中炸响。

小叔愣了一下，缓过神来，上前朝老文圣的面部挥了一拳。两个男人在内心里积下的矛盾，此刻像火山一样爆发了。

老文圣上来还想打小叔的耳光，被小叔死死地封住了领子，老文圣揪住小叔的头发，两个男人像公鸡斗架一样，气势汹汹，你死我活。

两个男人咆哮着、怒骂着、辩解着、指责着，在这个乡村的早晨充满了戏剧和荒诞的味道。

8

接连养死了两头牛,村子里聊天聊得最多的话题就是这件事,原来笑话父亲不会养牛,现在父亲把牛养得如虎。两家人的脸面扫地,没有脸见人。

这天,队长找到父亲,对父亲说,小叔想和父亲伙牛。队里分开后,村里大事小事,人们还是找队长商量,队长的威信一点也没有减少。

父亲说:"他不能找其他人伙吗?偏要来拉我下水,我的日子刚出头。"父亲对他们两家把牛养死了,嘴里也骂过,解了自己心头的恨,但对小叔要来伙牛,还是没有预料到,父亲想,你也有今天啊。

队长说:"他连着死两头牛,现在名声臭着哩,找谁去。"队长见父亲没有作声,就劝解说,"你们俩是一娘所生,现在,他难的时候,你不拉他一把,他指望谁呢?"

父亲就说到当年小趴角的事,队长说:"他也知道自己错了,再讲他年轻点,你不要和他记仇了,都是一娘所生的人,怎么能掰得开。"

队长一口一娘所生的,这句话在父亲的心里起了一点感觉。父亲想了想,说:"我要找从魁商量,牛有他一半哩。"

父亲去找从魁,把小叔的难处和队长来劝导的话对他一说,从魁眼睛望着天说:"当年,他是怎么整你的,你忘了?"父亲被问得哑口无言,手不停地挠着头,粗短的头发蓬乱如草。从魁头就摇得像拨浪鼓,说:"一娘养九子,九子各不同,我们俩养黑犍多好,他要是伙进来,保不准不出事?"

从魁回绝了小叔伙牛的想法。

这年,外村已有了小手扶,有人开着小手扶,在田里耕地。但农民还是不相信这铁玩意儿,尽管乡里在普及推广,但还是不受欢迎。

这天,大路上响起了突突的声音,小叔开着一辆崭新的小手扶回来了。

小手扶的油箱是红色的,水箱是银白色的,上面用红绸布挽了一个大红花,旁边是一只长长的烟囱,突突地冒着烟。

小手扶开到村里时,小叔把油门加得大大的,小叔想让别人关注他的小手扶。小手扶每走一段路,就会跟上来一些看稀罕的人,不一会儿,身后已跟成了一排,小叔很得意。

忽然小手扶剧烈地叫了两下,熄了火,这让小叔难堪了一下。小叔跳下来,拿起摇把,用力地摇着,小叔摇动的手臂在空中夸张急促,小手扶憋了很久,终于吐出一股浓烟又突突地响了起来。

小叔把小手扶开到屋门前停住,从座椅上跳下来,用沾着油渍的手给围观的人一一散烟。

队长好奇地用粗糙的大手摸了一下银色的水箱,被烫得猛一缩,队长咧着嘴不好意思地说:"这小手扶还会咬人!"

小叔纠正说:"这不叫小手扶,叫铁牛,不用喂,不用放,能犁田,能耙地,还能拉货哩,哈哈。"

围观的人议论着,这铁牛脾气倔着哩,不一定好养。

父亲也在远处看,然后背着手回家去,他的心里有了点宽慰。

父亲的土地

1

时间到了1980年的时候,我们生产队要分单干了,就是分田到户。

我们这个村子分为杜南与杜北两个生产队,在我们队分开之前,杜北队早在几年前就分开了。我们队的队长去大寨参观过,经历过互助组、合作社和"三自一包"运动等等,思想觉悟高些,没有马上把队里分了,他想观望一下,这样一观望就过去了两年。

虽然生产队没有分田到户,但队长也能感受到平静下面的暗涛汹涌,有些人留念生产队,有些人早厌烦了,向往分田到户的自由,好在队长的威信压住了这些人。

随后发生的一件事，让队长决定分队。

村子的南冲有座抽水机台，长长的坡地上，生产队栽了许多榆树，这些树经过几年生长，已有碗口粗了，夏日里一片浓荫。抽水抗旱时，看柴油机的人，可以在树荫下歇息。村民在地里干活，累了的时候，也可以到树荫下坐坐。傍晚，鸟儿落满了枝头，叽叽喳喳像开会一样热闹。

一天早晨，队长发现最粗壮的一棵榆树被人锯了，白色的树桩贴着地面，太阳一照明亮得那么刺眼，像一只有力的拳头砸了队长一下，队长觉得十分难受。

队长点了一支烟，深深地吸了一口，倚着旁边的一棵树蹲下来。这些年来，生产队里的东西，没少过一样，他在队里做事一摸不硌手。现在，竟有人在他的眼皮底下，偷偷把这棵大树锯了，这还了得。村子里的每家每户每个人的面孔，他闭着眼睛也能想起来，他估摸了一下是谁，觉得八九不离十，便呸地啐了一口，用力把烟屁股从嘴上吐出，怒气冲冲地往村子里去，看看这个人真的想造反了吗？

队长小碎步走得很快，踢了两次坷垃脚也不觉得疼。本来一股怒火的队长，走到村头时，心里却莫名地平静了下来，他不想为此撕破了脸，他决定静观一下，让这个锯树的人自己站出来。

村子里是平静的，鸡照常在打鸣，牛照常在哞叫，猪正常在外面撒尿，妇女们骂小孩的声音，永远是凶狠的。少了一棵树，并没影响到大家的生活。

可是第二天早晨醒来，队长发现，抽水机台坡上的树全没了，一片白花花的树桩，只剩下几棵弱小的树，躬着身子像是在吊唁，充满了悲哀。接着村子里的许多人都知道了这个事情，没有了树的抽水机台,光秃秃的,是那么难看。

队长气得七窍生烟,嘴里衔着烟,趿着鞋,一只裤子的裤脚卷在小腿上,另一只裤脚拖在地上,在树桩间焦躁地走来走去,他想这天下难道要大乱了。

村民们都陆续地来到抽水机台上,有的人抱着膀子,说话唾沫横飞;有的人蹲着,用树枝在地上乱画;有的人低着头,走来走去。坡地上闹哄哄的,各怀心事。队长刚想怒骂,但又把涌到嗓子眼的话咽了下去。一个念头油然而生——分队,队长清楚,人心散了,拢不起来了。

队长一扭头就往村子里走,队长没发表意见,这让大家感到惊诧。队长走远了,过了一会儿,大家也都跟着三三两两往家去。

队长走到家里,一屁股坐在板凳上,长长地叹息了一声,老伴问他咋办。

队长说:"分队,反正分队是迟早的事。"

老伴说:"队分了容易,但合起来难。队分了,你就不是队长了,只是家长了。"

队长一肚子怒火,现在,老伴又说这风凉话,心里更堵。嚷道:"滚!"

吃过午饭,队长就在村子里吹起了哨子,哨子的声音像一头疯牛,一会儿撞到东墙,一会儿撞到西墙。队长边吹边扯起嗓子吆喝:"开会了,家家都要派一个人去老文圣家开会。"老文圣家有六间大房子,是村里房子最大的,一般开会都放在他家。

在村子里吹了一通哨子,队长就先来到老文圣家坐下来,从口袋里掏出烟吸起来,烟在他的面前缭绕一下,使他的脸在阴沉中,有了一层凝重。

老文圣问:"不下地了?"

队长吸了一下鼻子,说:"不下地了,开个会。"

队长一般把地里的活安排得紧紧的,不让劳力浪费,但今天大白天不下地干活,却来开会,这是头一次。

队里的男男女女都陆续地来了,大家各自找着板凳坐了下来,劣质的烟味在房子里弥漫,有大声说话的,咳嗽的,放屁的,还有的妇女带着孩子来了,孩子在人群中跑来跑去,乱成一片。

我父亲坐在队长的对面,父亲是生产队的会计,在村里是一个有文化的人。队长开会时,常常有些事情记不得,或者讲不清,就会问父亲,多年来,他们两人就是这样配合默契着。

队长见人到齐了,吆喝了几声,房子里才渐渐安静下来,队长清了清嗓子说:"我们来开个会。"队长扫了一眼黑压压的人群,大家都在望着他,干咳了几下,"我想了好久,决定分队。这也是上面的政策,早晚是要分的。北队早就分了,我们队为什么没有分,是因为我想留留大家。"队长喜欢用政策这个词,表明自己的"干部"身份,也好用来说服大家。

队长没有说树的事,说的是分队的事,大家都感到愕然,刚刚静下去的屋子,又哄哄起来,议论纷纷。

队长说:"我想听听你们的意见,有什么意见你们就说出来,我们讨论讨论。"

大家都想得不一样,那些劳力弱、势单力薄的人家,还是想依靠生产队的,生产队毕竟是一个大家庭,天塌下来,有高个子顶着。那些强势、劳力多的人家,早就想分开单干了,他们觉得单干了,就不受生产队的控制了,自己有多大本事,使多大本事,不要依靠任何人。还有一部分人在观望,他们摇摆不定,想看看队长的决定。

"为什么要分队?分队我心里也难过,但没有办法。"队长说话声音渐渐大了起来,"大家早晨都看到了,那些树一夜就被锯了。锯树说明什么,说明大家的心散了,捆在一起,也没啥意思。"

有几个妇女开始咒骂锯树的人,被队长制止了。

分队就这样决定下来了。分队的会议,一共开了五天,最后达成了分配制度。

2

那几天,地里都是一窝一窝黑乎乎的人,寂静的田野像一个大马蜂窝,哄哄的,热闹非凡。妇女和孩子跟着看热闹,男人们背着手,指指点点。队长走在前头,我父亲拿着笔和本子跟在后面,几个人拿着皮尺,一块地一块地地丈量。每丈量一块地,我父亲就在本子上记录一下。队里的地,大家从小就在上面生长,长大了又在上面耕作,每块地大家都了如指掌。

南冲的地都是水田,地势平坦,每块地都是四方四正的,一条大路从中间穿过。地也好丈量,皮尺横竖一拉,面积就出来了。岗头上的地,都是旱地,地势高高低低,地也不成形,有的地成方形,有了地成梯形,有的地成圆形,大大小小没有规则,这样的地丈量难些。

丈量完了,大家坐在一起,把这些地拼图一样,好地和孬地打包在一起。这样老文圣家的屋子里又成烧开的锅,沸腾不已,每块地大家都七嘴八舌地议论一番,各有各的意见,但最后还是队长拍板定下来。一直分到深夜,终于把队里的地分成了几十份。

抓阄那天,母亲一早就起来了。过去,母亲一早起来做的第一件事，是喂猪、烧早饭，但今天早晨，母亲没有做这些，母亲是先开了门，然后拿了两炷香，去土地庙烧香，让土地老爷保佑父亲能抓到好田。母亲有这个习惯，每当我们家里有什么大事，自己控制不了时，母亲就去烧香许愿。在这个强大的自然面前，母亲觉得会有一只手在背后掌控着，让她充满了虔诚。

母亲打开门，天还早，东边的天还是蛋青色，母亲匆匆地走着。烧香有趁早的习俗，母亲想到了，也怕别人会想到，在前头把香烧了。土地庙就坐落在离村子不远的地头，只一人高，上面铺着一层灰瓦，里面是泥塑的两个胖墩墩的人物，一个是土地爷爷，一个是土地奶奶。母亲来到土地庙一看，没有人来过，母亲真的就是第一位烧香的人，母亲的心里就欣喜了一下。母亲把香插到香炉里，用火柴点燃，然后双手合十地跪下，母亲许愿说，我们家里孩子多，生活困难，在村子里又是单名小姓的人家，全靠菩萨保佑，希望菩萨能保佑我们家能分到一份好田，要不这一家人怎么养活。母亲喃喃自语着，声音只有她自己能听见。清晨的空气中，飘着淡淡的香烟，为这份祈祷增加了吉祥。

母亲祈祷完，起身往回走时，村子里的上空已飘起了一层淡淡的炊烟，村子里的人家都在做早饭了。

母亲回到家，围起布裙，开始忙碌。父亲也起床了，正在屋前刷牙。父亲的牙刷已好久没有换了，牙刷张开着像一把鞋刷子，父亲漱了一口水，吐到地上，然后回身到家。父亲问母亲起这么早到哪去了。因为有了一份祈祷在心里，母亲的心里甜甜的，她没有马上回答父亲，而是说："干啥，你能想到啥？"

父亲没有说话，接着去舀水准备洗脸。母亲又拿来一块香皂，让父亲把手好好洗洗，父亲感到这个早晨母亲有点不一样，就说：

"我的手脏啥了,还要打肥皂了?"

母亲嗔怪了他一眼说:"今天你要抓阄子,早晨我都去土地庙烧香了。这田一分,就是一辈子的事,不抓个好田,这一大家喝西北风啊!"

父亲这才想起来今天要抓阄,但父亲毕竟是一个文化人,他不屑地说:"就你样子多,成天……"

父亲还没讲完,就被母亲用拌猪食的手捂住了,母亲阻止了他,嗔怪地说:"不许放差子,臭嘴!"

父亲嗅到母亲的手上有一股泔水和草料混杂的味道,父亲没有再说了,把母亲的手从嘴上用力地甩开。

父亲默默地洗脸洗手,肥皂的沫子包裹了父亲的双手,父亲使劲地搓着,一盆清水立马就浑了起来,父亲拿起手,觉得手真的又白又净了,过去这双手在泥里抛,在灰里挠,父亲什么时候注意过自己的双手,但现在父亲觉得这双手是"天降大任于斯人"了。

上午,父亲赶到老文圣家时,屋里已坐了不少人。队长坐在大方桌前重要的位置。

屋子里仍然是哄哄的。

阄子分两次抓,队长把做好的阄子装在老文圣家的玻璃糖罐里,站在屋子中央,用力晃晃,然后大声地宣布说:"一家只能派一个人抓阄,一次只能抓一个阄子啊。听见了没有。"

底下的众人说:"听见了。"

"阄子一抓就算数啊,这阄子做得也没有记号,谁也不认识,对谁也偏心不了,全靠手气了。"队长望着众人,众人都睁着双眼望他,队长又说,"这地我们都分了几天了,公开公正,保证谁家都有饭吃!"

队长边说，边把罐子放到桌上，然后，每喊一家的名字，就上来一个人抓阄子。抓了阄子的人，迫不及待地打开，一看是自己满意的田，就咧开嘴大笑起来。

小叔也上来抓阄子了，小叔把手伸进罐子里，划了几下，阄子在他的手下翻动着，小叔抓了一个阄子，躲到偏僻处，打开一看，是两块好田，小叔并没有像别人那样欢呼，而是沉静地站在人群背后看着。

临到父亲抓阄子了，父亲走上前，把手伸进糖罐。父亲看到玻璃罐里面早晨洗过的手，又白又净，真的好看。母亲也来了，母亲就坐在下面，心里默默地祈祷着，紧张地看着父亲，父亲捏起一个阄子，抓了出来，母亲也赶了过来。父亲打开一看，是一块白土田，配岗头上的一块小簸箕田。

白土田在南冲，靠河边，只要抽水机一放，就能从河里打上水。而且土质细腻肥沃，易耕作，是村里公认的好田。但与白土田配在一起分来的是小簸箕，父亲最不喜欢这块田，这块地在岗头的坡地上，存不住水，四季荒草蔓延，地里的泥土多是砂浆土，不肥沃，种任何庄稼都长不起来，父亲站在这块地头长长地叹了一口气。

这次分队，我家共分到了几块地，它们是白土田、大白刀、深田、牯牛塘。

大白刀田顾名思义，就是这块田的形状有点像一把菜刀的形状，一头大一头小，这块田是白土田，泥土细腻，翻耕容易，适宜庄稼生长。但这块田因为面积大，被从中间分成两半，巧的是，半个被我小叔抓去了，半个被我父亲抓来了，也就是说，这块地，是我家和我小叔家共有的田。

总之，我家分到的地，在村里算上等的，母亲说这都是菩萨保佑的。

　　这天一早，父亲早早地起了床，和母亲一起下地把每块田走走看看。

　　地里的一棵老树上，一只鸟在叫，声音婉转、清脆、流畅，仿佛可以看到它在枝头跳跃的身影，不，它们是两只鸟在对话，时而是长长的一句，时而是短促的一句，声音在它们细小的喉咙里滚动，充满了神性。它们的声音使清晨刚刚到来的薄薄的光变得透明，甚至在舌尖上能品尝到甜蜜。

　　父母在村前村后的土地上缓慢地行走着，他们熟悉每一块地的面貌，如田垄的走向，田埂的宽窄，他们能讲出在每块地上发生的故事，甚至可以嗅出每一块地在太阳下蒸发出的不同气息。这片土地上，洒过先辈的汗水，他们消失了，土地又流传到他们的手中，他们将是这块地的主人。

　　父亲感到身子里有一股力量，感到双脚像庄稼的根茎深深地扎在了这片土地里了。父亲把两只胳膊伸开，用力地在空中挥了挥，他虽然什么也没击中，但他能感到身体里的力量，正在积攒，正在撞击，仿佛他的双手已打开了生活的大门，一个五彩的世界已呈现在他的面前。

　　父母在一棵树下坐下来，父亲拔了一根长长的草茎，截了一节，慢慢地掏起牙来，草茎在他稀疏的牙缝里进进出出，像一只小动物一样让人享受。

　　母亲说："有了这些地，可就要看我们本事了，别让人笑话了。"

　　父亲说："可不是，现在队分开了，有的人就在等着看别人笑话了，但地球离了谁都转。"

队分开后的第一个午季，就遭到了干旱。

好久没有下雨了。地里的土干得用脚一踢就能冒烟，秧苗长在田亩里，插不下去，一天天变黄变老。

大河的两岸趴满了抽水的小柴油机，白天黑夜突突地响着，本来被太阳膨胀了的空间，现在像要爆炸了。

河是自然形成的，河岸曲曲弯弯。河水在一天天地下降，终于见了底，河边的村民拥进河床狂欢式地捕了两天鱼后，河床恢复了平静，在太阳底下开始龟裂。

村民们望天，祈祷能下一场暴雨，往往从东边天空飘来一片浓云，乌压压的一片，像下雨的样子，但飘着飘着，云就散开了，就无影无踪了。

唯有村头大坝里还蓄着一塘水，汪汪的像明镜一般。大家都在观望着塘里的这点水，队长迟迟不愿把塘里的水放了，是想留下这点水让人洗洗澡，让牛饮饮水。再说队长计算过了，即使这塘水放了，也救不了低处的几十亩土地。

这样又熬过了数日，队长明显感到村民的压力了。一天上午，队长扛着锹，来到大坝上，挖开涵洞，开始放水。

水也好像憋得太久，涵洞一打开，一股清亮亮的水流就越过涵洞在小渠里奔涌起来，渠道两边奔波着村民们匆匆的身影，他们挖开渠道两旁的口子，让水流向自家的地里。这是多年来形成的规则，大坝的水是公共的，谁家都可以用。

我家和小叔家共着的大白刀田，离大坝距离远。水渠里的水经过分段截流后，流过来时，已很细了。

大白刀田，我家这半块地是高的，小叔家那半块地是低的，水先是流进了小叔家的地里。在过去不旱的年景里，小叔家地里的水满了后，就会慢慢地漫上来，然后，我家这半个田也就水满了。但今年不同了，大坝里的水很快就见底了，小叔家地里的水满了，却只漫上来一层，刚把泥土湿了，还不能插秧。

父亲已来大白刀田观察几次了，父亲看到渠道里的水先是像一条带子，后来就像一条线，再接着就在眼底下消失了。父亲急得头发着了火。大白刀易耕作，土也肥沃，也是我家一块重要的口粮田，如果插不下去秧，家里的收成将受到很大的影响。

父亲去找小叔商量，看能不能从他家地里车点水上来，把秧栽了。

中午，小叔在树荫下喝茶。一个农民渴了，往往是舀一碗井水，仰起脖子咕咚咕咚地灌下一气，抹抹嘴就行了，而小叔却与别人不一样，悠闲地喝茶，这是被人不屑的，但小叔不怕，小叔在大队文艺宣传队干过，养成了一个文艺范。

小叔趿拉着破布鞋，坐在凳子上，硕大的脚上，还黏着泥巴。身边是一个黑乎乎的小方桌子，小叔一手拿起茶壶，一手端着那只带白色的瓷杯子，手一倒，一条白线就注入了杯子里，几片粗大的茶叶浮在水面上，小叔端起来抿了一口，然后，又把白瓷杯子放到黑乎乎的桌面上。

父亲看不惯小叔这个做派，但父亲是来求他的，只好忍着。

父亲叫了一声小叔的名字，然后满面笑容地站到他的跟前，周围的空气热得烫人，但浓树荫下还是凉快的。

小叔倒了一杯茶，放到桌子上，让父亲喝，父亲没有去接。父亲说："大白刀田里的水，你那半个已满了，我这半个地还缺一点水就能栽秧了。大坝里的水已没有了，漫不上来了。"

小叔没有望父亲，而是望着地面，说："漫不上去，我有啥办法？"

父亲说："我想车点水上去，把秧栽了。这天总要下雨的。"

小叔半天没有作声，然后不屑地说："这么旱的天，从人家地里车水，天下有这个道理吗？"

父亲说："不多的，就缺一层水，不影响你田里栽秧。"

父亲知道小叔会这样说的，被噎得一愣一愣的。根据乡里的习惯，这水是公共的，也不是自家用柴油机抽上来的，一般大家都相互帮助着，匀着用，把秧栽下去。

父亲说："这是救火，秧栽不下去就没有收成。"

小叔说："你有了收成，我没了收成怎么办？"

父亲的笑容在一点点减少，说："现在分单干了，不是在集体了，我们两小户人家要帮着，不能让别人看笑话。"

小叔喝了一口茶，把二郎腿放下，说："我们两家只能保一家，两家田都荒了才被别人笑话哩。"

父亲说着说着就生气了，转身气咻咻地走了。

父亲回到家，一屁股坐在凳子上，直叹气。父亲想，这个兄弟啊他一点不救我哩，就是左右邻居，见我这样，也不会见死不救的啊。这个兄弟的心太毒辣了，他是怎么想的哩，我处处都让着他，他是见我没本事啊。父亲越想心里越难受，心里实在是咽不下这口气。

母亲来问事情怎么样了。父亲说："他不同意！"

母亲沉默了一下，说："不行就算了，这老天总会下雨的吧。"

父亲起身在屋子里焦急地踱步，然后走出屋外，他决定自己亲自去大白刀车水。父亲扛着一架水车，来到大白刀田，把水车往田头一放，扎好，在水车的尾处挖了一个坑，就开始车水，水顺着水车的叶子，缓缓地流进地里。父亲不想车多，只想能把秧栽下去就行了，他相信只要先斩后奏，小叔会给他这个当哥的面子。

混浊的水流进了地里，父亲心里的气也慢慢地消了。

这时小叔从远处疯狂地跑了过来。由于奔跑，小叔满面汗水，面孔紫红，小叔的两只大脚板趿拉着破布鞋在地上踏起一层灰尘。小叔跑到父亲跟前，父亲停下手中的水车。父亲笑着说："我只要一层水，能栽秧就行了。"

小叔用力蹬了一下水车，水车晃动了一下。父亲仍然咧着嘴笑着，他想让小叔火气熄了。父亲的笑显得尴尬，这是一种屈服。

小叔上来用力推了父亲一下，父亲一个踉跄跌倒在泥地里，烂泥糊了父亲一身，父亲撑起身站了起来，面孔扭曲着，他没想到这个兄弟会对他动手。父亲气愤地伸出手去，想抓住小叔，和他撕打一下，但小叔又使劲推了一下，父亲又跌到了田里。

小叔叉着腰，站在父亲的面前，父亲跌坐在泥地里，两手撑着，仰面看着他，他从没看到眼前的兄弟会变成巨兽，眼睛里流露着凶光，小叔说："你偷我的水！你偷我的水！"

"我俩不是一个娘养的！"父亲气急败坏地说着，这等于在骂自己的娘。

小叔说："你要再车水，我就……"小叔手朝上举了一下，还想说更严重的话，但看到父亲眼里流下了泪水，没有说下去，转身走了。

父亲坐在田埂上，又是怨又是恨。他的衣服上是泥，双手上是泥，脸孔上是泥，简直就是一个泥塑的人了，泪水止不住地在面孔上流着。

母亲赶了过来，见父亲这个样子，从田里抄起水，把他手上和脸上的泥巴洗净,母亲劝慰父亲说:"谁让你来车水了,可车到一口水的,就搞这样了。回去,这个田不收了,也饿不死我们的,天无绝人之路。"

父亲和母亲抬着水车往家去。

第二天,队长来处理小叔打人的事,才了解了小叔的真实想法,小叔是想把父亲从大白刀田挤出去,一个人独享。

队长说:"那你拿块田换吧,你总不能讹你哥吧。"

小叔不想用好田来换,说了几个田,队长没有同意。队长对每个田都是了如指掌的,建议让小叔用头节沟的田换,头节沟在小河的下游,一放水就能淌到,旱有水,涝能排,是一个上等的田。队长说:"你哥家也一大窝孩子,也要吃饭的,既然你想要他的田,就不能让他吃亏,政策也不允许的。"

队长来劝父亲。

队长说,我都算过了,你们兄弟俩尿不到一壶的,隔得越远越好。这地换就换了吧,反正田还在你们兄弟俩手里,又不是换给了外姓,免得以后不知道又会发生什么矛盾。

小叔要换田,这是父亲没有想到的。父亲一生都说,小叔的点子多,但都没用在正道上。现在,小叔要独吞下大白刀,父亲想想肉都颤。父亲最后同意了,从此大白刀田就成了小叔一个人的了。但父亲每次路过大白刀田都绕着走,他怕看到了伤心。

虽然遭到了干旱,但这年秋天,我家还是打下了不少粮食,这让父母的心里宽慰了许多。

一位农民想让每块田都要打下粮食,父亲最不放心的就是小簸箕这个田。一个冬天,父亲把猪粪、鸡粪、草木灰一担一担地挑过去,抛撒在地里,想改变土质。闲时,别人都在墙根下笼着袖子晒太阳,父亲就扛着锹来地里翻,把团块的砂浆翻出来,用手捡了,扔到地头。把那些荒草的根茎挖出来,放到太阳底下晒,把它们斩草除根。

父亲自觉小簸箕田打理好了,春天里,母亲在地里种了花生。

这个地方由于离村庄远,坡上长满了野菜。拉拉肠的茎是柔弱的,但圆圆的叶子带着齿边,一层层地往上盘着,到了顶上,开着淡蓝色的小花;四角菜是猪最喜欢吃的,父亲经常到地里挖上一篮子回去喂猪,但老了的四角菜叶子的边上有着小刺,要是刺到肉里是很难受的;小蓼才长出来,茎红红的,像刚喝了酒;还有嫩嫩的青草,牛最喜欢吃了,用舌头一卷一大撮。野蒿子到处都是,茎上毛茸茸的……

父亲到东冲地里,总要到小簸箕田看看花生长得怎样了,但花生的秧子仍长得黄黄的像一个营养不良的人。秋天到了,父母挑着担子来小簸箕田挖花生,父亲把锹使劲地往地里一插,当的一声地上只是一道白印,溅起浅浅的一层灰尘。父亲使劲一蹬锹往下去了一点,蹬了几下,父亲一用力,挖出一株花生,秧子底下结着几颗零零散散的花生果子,父亲很失望。

父亲挖了一上午,挖了半个田,只摘了半篮子花生,要是在别的地方,最少是一篮子花生了。父亲叹息了一声,对着小簸箕田说:"唉,我喂了你那么多好东西,你都吃哪去了呢?其他地都争气,就你不争气,你这是在拖家里的后腿哩,如果它们都像你这样,我们全家就饿死了。"

父亲挖累了,他歇息下来,躺在半坡的地面上,晒着暖暖的阳光。父亲半眯着眼睛,不远处有一口水塘,清澈的水泛着细碎的阳光,父亲看着看着,睡意就上来了。

半天，父亲醒来，起来拍拍身上的灰，说这小簸箕田睡觉还行哩，然后，挑着担子回家去。

3

时光如水，我们都一步步地长大了。

父亲决定盖房子。房子在乡下，是一个农民的尊严、地位和能力。我们四个兄弟都一个个长大了，像四杆枪一样伫立。村子里有人就笑话了，"他家这四个蛋不就是一窝蛋了"，意思就是打光棍了，没出息。这让父母不堪侮辱。

盖房子首先考虑的是宅基地的事。

我家和小叔家共用一块宅基地，住在村子的前面，与村子中间隔着两块大秧田，由一条田埂通往村子。田埂上有一个放水的缺口，上面用一块短短的石板架着，后来听说这块石板是一块墓碑。由于石板短，缺口两端的是泥土，一下雨就塌了，石板就掉了下去，雨停了，父亲又得把石板重新架上，这样每年反复着。

这块宅基地不大，四周都是水田。夏天是一片郁郁葱葱的秧苗，春天膨胀着一片黄色的油菜花。宅地的四周，长满了杂树。宅地的西边是一排杂树，有檀树、刺槐、糖榴树、杨树等，更深刻的是有一棵树干弯曲颜色如铁的杏树。树的干只有在明朝的国画上看过，曲折、凹陷、粗短、斜出。春天还没有长出叶子，就开出满树的花，这种花是粉红色的，热烈、激情、浪漫。可以说，这是全村子唯一的一棵果树。每当树头结下一颗颗小小的毛茸茸的杏子，村子里的孩子们就开始来偷了，偷回去也不能吃，但偷了是一种快乐。我从没看到过，树上的果子成熟过。

宅地的南边有一条小沟，是两家人洗洗涮涮的用水，沟里水流清澈，鱼翔浅底，沟的边上，有一棵梨树，秀气得像一个青春的少年。这是昌炎从工农兵大学学习回来，用我家的一棵糖榴树嫁接的，我亲眼见过。先是把采来的梨树枝削得尖尖的，然后在糖榴树的横截面上剖一个口子，把梨树的尖插进去，砸实，再用草绳缠紧，用泥巴糊上。过了一年，树活了下来，开出白色的花，在我的盼望中，几年后终于结果了，但果子是小小的铁硬的，几乎没有肉，吃不了。

地的北边是两座猪圈，一个是我家的，一个是小叔家的。我家猪圈后面，有一棵铁榆，粗短的树干斜着长，不成材，但树皮是一块一块圈起的圆形。

紧挨屋后的，是一棵高大的树，树干紧贴着屋檐，枝头的树叶圆而密，秋天变成红色，树上结满了白色的粒子，我们就叫粒子树，后来才知道是乌桕树。

屋的南边有一棵高大的刺槐树，夏天一到，枝头挂满了一串串白色的花朵，蜜蜂嗡嗡地飞着，空气中飘满了清香。每到春荒不接时，我家的粮食不够吃，母亲便绑了镰刀去钩槐树上的槐花做粮食吃。母亲把镰刀伸上去，轻轻往下一拽，一枝翠绿中带着洁白的槐花就掉了下来。母亲带着我们把槐花从枝上撸下来，用开水焯后晒干，放到米饭里掺着吃。新采下的树枝拿在手中，我会把鼻子贴近那一串洁白盛开的槐花，使劲地嗅那一丝丝香甜的味道。我对花的启蒙认识，也来自这种洁白的槐花。记得有一年风雨过后，我看到老槐树上那些洁白的花儿落在污泥里，感到很伤心，就用铲子挖了一个小沟，把许多花儿放进去掩埋，那个时候我还没有看过《红楼梦》，好多年后才知道有黛玉葬花这一说。

家里住着几间草房子。草房子矮矮的，屋顶上的草每年秋天都要换一下。换了新草的地方，是新鲜的黄色，而没换草的地方，仍然是陈旧的草，是黑色的。一块黄色的，一块黑色的，在阳光下斑驳着，像莫奈的抽象派油画，像花斑狗的皮。如果遇到了雨季，家里还是东一块西一块漏水。房子的墙是泥土的，上面挖了两个窗子，窗棂是用树枝插上的。陈旧的墙面，一动就掉土。

在这块小小的宅地上，两家人生生息息。

父亲想多盖几间房子，老宅基地显然小了，要扩大。但父亲不想走远，父亲就想到我家宅基地旁边有一块地叫小方田，是小叔家的，如果能换来，就和老宅基地连在一块，成为一块完整的宅基地了。

小方田在村头，旁边住着几户人家，田里的庄稼牲口好糟蹋，小叔为这事和几户人家吵过架，父亲觉得如果能换过来盖房，解决了小叔的负担，小叔何乐而不为。另外，当年小叔要换我家的大白刀田，父亲都同意了，现在，父亲要换一个宅基地，他应当同意的。

父亲因为与小叔有隔阂，不便直接去找小叔，便胸有成竹地来找队长，让队长去说。

父亲把换地的想法、成功的把握和队长分析了一下，队长也胸有成竹地说行。

队长去小叔家，队长对他说："你哥要盖房子了，他的孩子都大了，不盖房子，怎么讲媳妇？"

小叔不咸不淡地"哦"了一声。

队长说："你俩家的老宅地不够用了，你哥想换你的小方田做宅基地。"队长话讲得缓慢，边讲边想探一下小叔的口气。

小叔就来了劲，头直摇，说："不换不换。"

队长义正词严地说："你为小方田吵了多少架，换成了口粮田，不是很划得来的嘛。你要换大白刀田,你哥不是也换给你吗?到他要你帮忙时,你怎么就不行了呢?你还能就看着你几个侄子讲不到人吗?"

小叔感到理亏,半天没有作声,然后说:"村头的田多着呢,哪家不能换。"

队长感到很没面子,一跺脚就走了。

队长来对父亲说,父亲很失望。

如何解决宅基地,父亲想了许多办法,但还是觉得老宅基地好,父亲留念老宅基地,觉得兄弟俩住在一起好,要是搬到别的地方盖房子,兄弟俩就分开了。

这天,父亲去赶集,在集上正好碰到队长,中午了,两个人就相邀着去饭店吃饭,两个人叫了两个炒菜,边喝酒边说话。酒喝到酣处,父亲又说起家里讲媳妇的事,父亲说:"几个儿子都大了,一个媳妇都没有,真是急死人了,孩子就像地里的庄稼,这一季耽误了,一年就没收成了。"

队长说:"要盖房子,你这三间茅草房,一个儿子一间都分不到,谁家敢把女儿讲到你家来。"

父亲说:"盖房,哪有地呢?"

队长吃了一口菜,边嚼边说:"他(小叔)也太不像话了,只你帮过他,他从来没帮过你。真是一娘生九子,九子各不同。"

父亲说:"不知道他咋这样?只要他愿意,要我哪块田都行。"

队长把筷子朝桌子上叭地一放说:"这还有啥说的,我再去找他说说。"

第二天,队长用了一个方法,把小叔和父亲约到自己家,三个人当面谈换地的事来。

三个人像三个棋子坐在门口的三个地方。小叔捧着茶杯，不时地抿上一口，茶叶在玻璃杯底沉下厚厚的一层。队长抽着烟，一吸一大口，吐出一股烟来。父亲双手抚在膝盖上，搓来搓去的，快要把膝盖上的布搓出毛来了。太阳从门外照进来，照在脚前的地上，宁静而安详。

队长先开了口，说："你们俩是亲兄弟，打断骨头连着筋，有事应当好商量，让我这个外人来掺和，我都觉得不好意思。"队长这是开场白，意思是先打亲情牌，做好铺垫，然后再往主题上说。

队长还是上次那个讲法。上次小叔就没给队长面子，队长走后，小叔也翻来覆去地想了好久。这次小叔觉得不能再驳队长的面子了，小叔把玻璃杯往桌子上一放，说："可以呀，但小方田是我家的口粮田。"

队长看小叔口松了，心里就有了底，说："这个我懂，你俩谈谈怎么换，我可以做个证人。"

父亲一听小叔愿意，心里一喜，父亲想好了，换地也不能让小叔吃亏。

小叔停了一下，说："我要白土田。"

父亲一听，就傻了，说："白土田是我家的口粮田啊，再说，这个田面积也不够啊，还要配个田。"父亲的话，有央求小叔手下留情的意思。

小叔没有退步，继续说："配个田也可以。"

父亲想了想，说："当时，白土田和小簸箕是配在一起抓阄抓过来的，那就还配小簸箕吧。"

小叔一听，口里不屑地"切"了一下，说："小簸箕的土是砂浆土，又在岗头上，鬼不生蛋的地方，谁要！"

父亲的土地

父亲问:"配哪块田?"

小叔说:"头节沟。"

父亲叹息了一声,觉得小叔心眼太深了太狠了,在要挟自己哩。现在,不但要白土田,还把他过去换过来的头节沟要回去了。但为了宅基地,父亲还是咬咬牙,屈服地说:"好,就白土田和头节沟。"

队长一听两个人说好,松了一口气,队长说:"你俩咬过牙印了,这事就这样定了,政策上也是这样的,不要再扯皮了。"

小叔愿意把小方田换给我家做宅基地,父亲很感激,觉得小叔终究是自己的兄弟,关键的时候,还是他帮了自己一把。

自这年春天起,我家的头节沟和白土田就归小叔家种了。每到秋天,父亲只能从小方田打下不到一半的粮食,但想想这是一块上好的宅基地,也就舒了一口气。

为了筹集盖房子的钱,冬天了,父亲拉着平板车,去合肥坝上集批发蔬菜水果回来卖。从家去合肥有五六十公里路,每天鸡叫头遍,父亲拉着平板车徒步走去,中午到市里,批发完蔬菜,连夜徒步往回赶。

一天,天黑乎乎的父亲就出门了,吃过中饭,天更加阴沉,北风刮在脸上,父亲先是感到寒冷,紧缩着身子,木头的车把像烧红的烙铁,父亲的手不敢向上碰。但父亲必须要赶回去,这一车的菜,多耽误了一天,菜就会不新鲜,就卖不上好价钱。父亲两只腿在石子路上奔走着,城里黑魆魆的楼群在身后越来越远,土地越来越空旷,光秃秃的树在风中摇摆着,发出低沉的呜呜的声音。

不久,天开始下起雨来,父亲穿上塑料皮的雨衣。细小的雨点像一粒粒小石子砸在脸上生疼,父亲呼出的热气,瞬间就变成了雾气,迎面扑在脸上。天地茫茫间,只父亲一个人影在路上奔波着,黑色的影子、孤单的影子、沉重的影子……影子向前倾着，是负重的，是冲刺的，有一股力量在他的身体里积攒，使他快要脱离肉的身体像要飞翔。

雨水顺着发梢淋下来，淋进父亲的眼里，父亲的眼睛一阵阵疼痛，他不停地用手抹着脸上的雨水。

父亲的脚步越来越坚定了，不再踉跄。

父亲赶到家时，已是夜晚了，夜色像父亲出门前一样黑乎乎的。老远父亲就看见家里的那一星灯光了，灯光被黑暗压缩成一点点，在北风中显得弱小没有力量，但在父亲的心里却是无比的温暖，父亲紧绷着的身子，一下松弛下来。家里的黑狗狂吠起来，父亲大声地呵斥着，黑狗听到是主人的声音，呜咽了几声，摇着尾巴迎了上来。母亲听到父亲的声音了，也从屋里走了出来，和父亲使劲把车子拉回家里。

母亲忙着把车上的蔬菜卸下来，菜叶上都结成了一层冰碴儿。

父亲每个星期去合肥进一次货，父亲这样来来往往着。从城里带回许多新鲜的东西，如城里人不吃猪头皮，父亲就把一块块猪头皮带回来，这可是我们的美食。如城里人不吃猪油，父亲就把一块块猪油带回来，猪油炼过后的油渣又是我们的美食。

母亲把父亲批发回来的蔬菜挑到周围集市上去卖。

母亲卖菜非常地道，她觉得大家都是种地的人，赚点辛苦钱，但不能赚黑心钱。母亲头天晚上，把黄的菜叶子择去，把菜上的泥土抖掉，把菜码放整齐。第二天，母亲赶早挑到集上。母亲的菜新鲜干净整洁，大家都喜欢买。而街上菜贩子的菜，黄叶子多，价格高，这样母亲便得罪了他们。

有一次，母亲卖甘蔗，几个人把甘蔗吃了一半，又回来找母亲说甘蔗不甜，母亲就给他们换了。事后，母亲就感觉不对了，甘蔗甜不甜，也没有硬的指标，全靠自己的感觉，这感觉怎么能说得清？母亲想这是有人在找她麻烦了。

过了一会儿，又有几个买甘蔗的人找了回来，仍然说甘蔗不甜。母亲就和他争执起来，青年凶狠地拿着甘蔗就往母亲的嘴里杵，说看看可甜看看可甜。

母亲愤怒地一把推开青年，眼里含着泪水斥责道："你们这是在找我碴儿，哪是甘蔗不甜。雷会打你们的！"

青年骂骂咧咧地走开了，母亲收拾了担子怏怏地回家去。

父亲不让母亲去赶集了，但母亲坚持要去，不赶集批来的菜咋办？母亲忍着委屈继续去赶集。

经过两年的辛苦，家里积累了一笔钱。到了秋天，田地里的庄稼收割完毕，父母就开始准备着盖房了。

秋天的太阳晒在人身上暖和和的，没有了夏日的热辣，地头许多花都消失了，只有野菊花还在绽放，它的眼睛里，有着经历巨大痛苦后的喜悦。

一条小河就是它的脉动，连绵的群山就是它鼓起的雄性肌肉。低飞的鸟儿，静止的树林……它们是一束束鲜花，被无数双有力的大手高高地挥舞着，为父亲加油，为父亲欢呼。

几个太阳晒过后，小方田里的泥土软而不硬的时候，父亲用牛拖着石磙子在上面一遍遍地压实，压平，好做地基。牛拖着石磙发出吱呀吱呀的声音，像听一首快乐的旋律，村子里的人也都知道我家要盖房子了。

这天一大早，父亲正在小方田里平地，小叔忽然迈着方步踱了过来。小叔站在地头，眼睛眯着，似乎在费力遥望着远处的事物，但他望得却是近处我父亲忙碌的背影。

在小叔的眼里,父亲一会儿弯腰蹲着,一会儿站起身来,像一个被线牵着的木偶,令人可笑。

小叔嘴一撇,冷笑地冲父亲说:"你不要忙了,忙也是瞎忙。"

父亲一回身看到小叔站在身后,愣了一下,刚才他说的话,父亲觉得没有听清。

小叔又重复了一下,说:"你不要忙了,忙也是瞎忙。"

父亲这会儿听清了,父亲站着没动,说:"啥叫瞎忙,我盖房的材料早买好,这两天就要请人,盖房的木匠也找好了。"

小叔说:"不是这个意思,地我不换了。"

父亲血往头上涌,如五雷轰顶:"地你不换了?"

"是的,我不换了!"

"当初我们是咬过牙印的,队长还在,你怎么翻脸了。"父亲没想到小叔会使这一阴招,大睁着眼睛问。

"咬过牙印算屁,文字在哪?田是我家的,我说不换就不换。"

"你是一个男人,你说话不是放屁。你把我的田收了两年了,这不是事实?我现在就要在这个田上盖房了。"父亲上前走了两步,大声地说,阳光从背后照过来,把父亲的身影拉得长长的,似乎是一个巨人。

"你盖房试试看!"小叔阴阴地说,"我今天就要在地里种庄稼了。"

父亲气得浑身抖动,一屁股坐在地上,大口大口地喘气。

过了一会儿,小叔挑着一担粪便过来,拿起粪勺就朝小方田里泼粪,黄的大便十分刺目,臭气在空气中飘散,这个清新的早晨一下子被打破了。

小叔说："我在我的地里施肥你能怎么样？"

父亲的眼睛里燃烧着火，父亲的双腿灌满了力量，父亲蹿上来，啪地给了小叔一个耳光，小叔用手揪住父亲的领口，朝父亲胸口打了一拳，两个男人开始厮打起来。但父亲毕竟没有小叔有力，两个回合下来，小叔就抓住了父亲的双手，父亲开始用脚踢他，小叔躲让着。

母亲也从家里赶了过来。母亲怕父亲吃亏，赶紧上来死命地拉小叔的手，但小叔的手像钢筋一样铁硬，母亲根本没有力量拉开。

小婶也从家里赶过来了，一看我家是俩人，他家是小叔一个人，小叔又占着上风，没有吃亏。小婶就心生一计，大叫起来："你们都看着啦，他们两个人，打我家一个人啊，这日子还能过吗？"

小婶这一吆喝，母亲听起来更气了。母亲松开手说："他两兄弟打架，谁打死谁倒霉，谁也不拉了。"

村里的人看到父亲和小叔在打架，赶了过来，七手八脚地把两人拉开。两兄弟打架，在乡下是稀罕的，有的人赶过来看笑话。

父亲的衣服被撕烂了，露着半个身子，上面有着几条红红的血印子，父亲一边怒骂着一边大口大口地喘气，父亲一激动，嗓音就嘶哑，说话连不成句子，本来想大声地说，但说出来的声音却很小。父亲说了半天，大家这才知道打架的原因。

队长也来了，问清了原因，怒斥小叔说："这地我们说好的，都换两年了，你也用人家的田收过禾了，现在怎么反悔了？你懂政策吗？"

小叔站在旁边叉着腰，仍是一副气势汹汹的样子，说："换地是我同意的，当时他要盖了，也就算了。现在我不换了，我儿子也大了，我要留着自己盖房。"

队长说:"你净说屁话,你把地换过了,就不能反悔了,人家什么时候盖房是人家的事。"

小叔说:"我不管这些,但这地我就是不换了,要换,就用人命来换。"

小叔把话说绝了,队长气得脸色发紫,劝父亲回家去,等等再说。

父亲起身时,指着小叔说:"我和你不是一个妈养的。"

房子盖不成了,父亲愁得在家转来转去,长吁短叹。

一天夜里,父亲在睡梦中惊叫,母亲慌忙用脚把他蹬醒。父亲醒来,点亮油灯,母亲问他做什么梦了。父亲垂着头,长叹一声说:"昨夜做梦,给他(小叔)掐了。"

母亲问怎么回事,父亲说,在梦里,小叔掐他的脖子,要他往一个地方去,那个地方黑乎乎的。他不愿去,小叔就使命地掐他,把他掐得喘不过气来。父亲想喊人救命,但周围没有一个人,然后就惊醒了。

父亲的眼睛里还留着噩梦里的恐惧,父亲双手捶打着床沿,大声地说:"我搞不过他,一提到他,我的肉就颤。我妈生了我,为什么要生他这个怪人呢?"

母亲怕父亲太过激动,劝父亲想开点。父亲倚着墙壁,不愿再回到梦中。两个人就在灯光下坐着,听着屋外的狂风呼啸。

这风应当是黑色的,它们白天在树荫下、沟渠边、荒草地里潜伏,夜晚便拥挤而来,把本是宁静的夜晚,搅得一片混乱,那些本是整块的夜色,被撕成了碎片,抛弃得遍地。窗外的风又在用力了,尖啸的声音一声比一声紧,一声比一声急,逼得人喘不过气来。油灯小小的光亮在玻璃罩里摇晃着,一股冷风从门底下吹进来,又呼啸着在屋角散开来。

直到远处的鸡叫声不断传来,父亲实在熬不住了,才头昏脑涨地躺下睡去。

几天后,队长来开导我父亲,你兄弟俩尿不到一壶,不要老想着小方田了,换个地方吧。如果非要在小方田盖房子,你兄弟俩会出人命的;你有这两个好田,在村里换谁家的地都能换到;住家要处好邻居,你和他在一起住家,今后能舒心吗?在队长的开导下,父亲终于想通了,放弃了在小方田盖房子的想法,父亲觉得团结不了小叔,就离他远远的,各过各的日子。

队长给我家在村后选了一块地,这块地靠村子的大路,交通方便。父亲就定了下来。这年冬天,我家盖了六间砖墙瓦房,大路上来来往往的人看了羡慕不已。不久,村里就有人上门来给我讲对象了,我开始了第一次相对象,她是邻村一个木匠的女儿。

但多少年后,小叔也没在小方田上盖房子,反而换给了别人盖房子,这件事一直堵在父亲的心里。

4

时间到了20世纪90年代初,这年夏天,小叔开始到城里打工了,小叔是村子里第一个去城里打工的人。

小叔才开始是在合肥城里一个叫站塘路的地方打零工。

站塘路和其他市内居民区的路没有什么两样。不宽的水泥路面,两旁是葱郁的梧桐,在地面投下一片一片的浓郁,夏日走在里面感到清凉无比。梧桐树的后面,是一家家店铺,因为开着空调,琉璃门虚掩着,穿着时尚的女子,坐在玻璃门后面,如年画上的美人。

路上看不到人来人往，一切秩序井然。越往里走，梧桐树便越来越少了，最后没有了，露出光秃秃的狭窄的马路来，头顶上的电线也没有规则地穿过来穿过去，有破旧的小楼，有红砖的平房。但人却越来越多，车和人拥挤着，显得混乱不堪。

站塘路到头，场地开阔起来，人流更加混乱，电瓶车、三轮车、小货车等等拥挤着，低矮破旧的房子上，挂着红色的店面招牌，如站塘大食堂、107牛肉面、马哥大排档等，还有在城里见不到的店面，如解放鞋雨鞋厂家直销等，小贩的小喇叭声彼此起伏，恍如处身在乡下的小集镇。在这些来往的人群中，更多的是那些男男女女，他们头戴着黄色的胶壳帽，身上背着一个大大的帆布包，包里不外乎装着一个大大的塑料水杯和瓦刀、钎子、锤子等干活的工具，他们敞开着胸，破旧的衣服上粘着泥土、油渍，他们的脚上大多穿着解放鞋，与城里的时尚格格不入，他们是民工，很容易从人群中分辨出来。

站塘是一个庞大的劳务市场，在合肥搞工程的人，没有不知道站塘这地方的，到站塘来的，都是干粗活的农村人。

站塘有一个不成文的规定，在这里不能说老，如果你说人家老了，人家会骂你，说，放你一嘴狗屁，我怎么老了，我看你还老了哩。因为年龄大了，就没有人要了。一般见面了，要说人家年轻，本来是六十多岁的人，你也要说，哈，大哥，刚五十出头吧。人家就会高兴地说，哈，你的眼力好，一下子就猜准了。穿衣服也有讲究，衣服要穿紧身一点，身上要脏一点，像一个干活人的样子。头要剃成二分头，这样显得年轻。平时，还要练练跳跃，这是上车时用的，要不，你一上车，拖腿不动爬半天，老板一看，你就是一个老人，也不要你，还要像一个年轻人，手按车帮，一跳就上去了。

父亲的土地

小叔来合肥打工时，已有五十多岁了，在民工中，也算老人了，小叔就剪了一个二分头，穿着一身紧身衣，跟在一群民工后面挤。

小叔每次去得早，他最怕天亮，因为，他一头花白的头发，满脸都是皱纹，天一亮就看清楚了，没人要。天没亮前，黑乎乎的，小叔戴着一个胶壳帽，盖着脸，人家看不出来。所以，天亮前一定要被带走，要是走不了，一天就完蛋了。小叔每次上到车上时，都往里面拱，在角落里缩着身子，不作声，这样老板不注意。

站塘还有一个不成文的规矩，在这里不要说自己不行，老板问你可会开飞机，你要说会开，老板问你可会开坦克，你要说会开，没有不会的，只要把你拉去了，这一天的工钱就有了。到了工地真的不行，就给人家打下手，反正工地上杂活多，有活干的。有一次，老板问小叔会不会开搅拌机，小叔说会。可是搅拌机小叔看都没看过，心里直打鼓，到搅拌机前一站，小叔瞅瞅眼前这堆黑乎乎的家伙，上面有字，什么倒转、顺转，一看就猜个八九不离十，试着转两转，真的就会了。还有一次，老板问小叔会不会开电梯，小叔说会。可是电梯什么样子小叔也没见过，到了里面一看，12345……标得清清楚楚的，上下箭头一看就懂了，用手按按，会了。

小叔的聪明，很快就发挥出来了，在民工里有"小诸葛"的外号。

有一次，大家在一家工地干了几天活，结工钱时，工头找不到了，怎么办？晚上，睡在四周看见亮的工棚里，大家愁得唉声叹气。小叔一个激灵，从地铺上坐起来说："这个事听我的，明天我带你们去要钱。"

工棚里的人，都怀疑地看着小叔，觉得他是否吃错药了，要钱的事，不是一般人能行的。

小叔接着说:"这个事,我们祖上就遇到过。"

小叔给大家讲了一个故事,中华人民共和国成立前,有一年春天,一个外地人来我们村子卖犁头,一个在田里干活的人,上到田埂来,把他的犁头赊下了。卖犁头的人问他叫什么名字,他说叫田耕玉。卖犁头的人不知道这是个假名字,就记下了。午季结束了,一般人家卖了庄稼就有了钱,卖犁头的人到村子里来找田耕玉讨钱,问了全村的人,都说没有这个人。卖犁头的人说,没这个人,我就找这个田埂要。他拿了一把锹,到当时田耕玉赊他犁头的田埂上挖了起来。田埂被挖了一大截,事情搞大了,这个人就自己站出来,把钱给了。

小叔讲完了,问大家听懂了没有。大家还是怀疑地看着他,他们为要不到工钱,愁死了,谁还有心思听他讲故事。

小叔说:"这个故事告诉我们,我们谁也不要找,就找这幢楼要钱,这楼就是那条田埂,它会有主的。"

第二天,大家抱着试试看的心情,跟着小叔去要账。小叔领着一群人找到项目部,项目部的人不理他们,说:"你有条子吗?"

小叔就把条子拿给他看,项目部的人看了后,又说:"这个包工头子工地多了,怎么证明你们就在我们这儿干的活呢?"

这下可把小叔难倒了,小叔想了想说:"我可以找你们食堂炊事员,我们这几天可在他这儿吃饭的,如果没有在他这儿吃饭,说明我没在你家工地干活。"

项目部的人不作声了,小叔看他心虚了,又心生一计,说:"我们村子不出人,就出了一个大记者,你要是不给钱,我一个电话打,他就来了。"现在,这些老板们最怕记者,记者只要一曝光,他明年接工程的资格就没了。

父亲的土地

对方一听说能找到记者,就赶紧打电话找工头,原来,这个工头好赌钱,赌输了十几万,把大家的工钱结去还债了。项目部的人虽然电话打通了,但那工头不见人,项目部的人手一摊说:"你们看到了,我也帮你们找了,他不来我有什么办法呢?"

小叔眼看事情就要黄了,心里很急,生气地说:"你们是想上报纸还是想上电视,我打个电话,我们家记者半个小时就到,如果不到,这个工钱我就不要了。"这话一出口,小叔自己也吓了一跳,他心中没底啊。

对方听小叔敢拿工钱来打这个赌,更怯了,赶忙说:"他不给,我们给。"

旁边的人见机就说:"老赵,你就不要添乱子了,人家不是在给我们想法子嘛。"

项目部的人也跟着喊:"老赵你消消气。"

中午了,见大家还没吃晚饭,项目部的人就领着大家去小饭店吃饭。

到了小饭店,项目部的人说:"你们点个菜吧,看是吃羊肉火锅还是吃牛肉火锅。"

小叔说:"我们干活的,需要力气,不吃羊肉火锅,就吃牛肉火锅。"

火锅吃完了,钱送来了,一群人领了工钱,就开心地回去了。大家都说,这次要到工钱,是老赵的功劳,老赵点子多,头脑聪明。

半年后,小叔被一处工地的老板看中了。老板给了他一个工程,让他自己带人粉刷楼房。这就是一个粗活,没有什么技术含量,小叔带着几个民工,干了半个月就完工了,捞到了第一桶金。

一年后，小叔组建了一个几十人的工程队，就跟着这个老板干活，活越干越大，小叔成了一个包工头子。每次戴着黄色的胶壳帽，在工地上转来转去，已不干活了。

一天中午，小叔正在家里睡觉，电话忽然响了，小叔不耐烦地一接听，只听里面带队的慌慌张张地说，工地有人从楼上掉下去了！小叔一下子就跳了起来，趿拉着鞋就出门打车赶到了工地。

工地上都是密密麻麻的脚手架，常人不好走，但小叔走起来没有任何阻挡。小叔赶到时，前面已围了一圈人。小叔冲进去一看，一位民工四仰八叉地仰躺在地上，面色惨白，头底下流着一摊血。民工跟小叔干了好多年，平时在一起兄弟长兄弟短的。小叔看着，头嗡地就炸了，然后派人赶快送到医院去。

小叔知道这人是没法救了，但送不送医院是态度问题。

第二天，民工家属来了，一看就是山里人，身材瘦小，肤色黑黑，满脸都是皱褶，头上披着长长的白布，领着两个孩子，孩子全身也穿着白衣，几个人一见小叔就跪下来，号啕大哭起来，哭得撕肠裂肺，鼻涕满面。

小叔早安排好了场面，几个人上来，把妇女搀扶起来。妇女不愿起来，身子往下蹲。说要还她的人，她活不下去了。搀扶的人，也被哭红了眼睛，扭过脸去。

大家原来想，小叔会给这位妇女多赔偿一些钱的，毕竟人家是一条人命，两个人的关系还这么铁。可小叔脸一黑说给点钱也是一个安抚，不是赔偿，如果要赔偿就走法院的路子。妇女是山里人，也没什么主意，小叔赔了很少的一点钱，就把事情了了，大家都说小叔的心肠硬，人一走茶就凉。

5

小叔在城里发财了，把家里的人接到城里去了，家里的地开始抛荒。

村里的老人每次走过小叔家的抛荒地，都要骂几句，这么好的地怎么就不种庄稼，给荒了？

小叔好多年没有回家了，村里关于小叔的传言也多了起来。

有人说，在城里见过小叔，他戴着墨镜，腋下夹着个皮包，皮鞋锃亮，是个大老板了，根本不像一位农民。

有人说，小叔失联了，现在欠了一屁股债，不敢见人了。

有人说，小叔因工资纠纷腿被民工打断了。

这年腊月，父亲和一群老人在家门前边晒太阳边聊天。

老人们回忆往年村子里的热闹，现在的冷清，不理解一个好端端的村子怎么变成了这个样子。有人说，这都是村里的风水被破坏了。通往村里的大路本来是要修成直的，穿过村里直通南冲，这个气就通出去了。可现在他们把路修弯了，弯到村中间，成了断头路，这气就在村子中间，出不去，村子里就要出事了。

村头的大路，过去是一条土路，几乎没有人走，人们上集都是走小路抄近。后来，政府把大路修成了村村通的水泥路，在修村村通时，村里的权势者，又把大路拐了个弯，像一条S形的路，大路在村子中间断头了。

难道这条大路成了罪魁祸首。

老人们聊天，总是说一些稀奇古怪的东西，玄而又玄，显示自己的阅历。

这时，大路上驶来一辆小轿车，大家停住了聊天，开始张望起来。

车子开到跟前，下来的是小叔，小叔穿着西服，西服里面是白领子的衬衫，脚上的皮鞋擦得锃亮。小叔说话，撇着城里的腔调，拿着一包红彤彤的中华烟散。村里人一看，小叔已不是过去的小叔了，而是一个陌生人。

队长问："听说你在城里，腿被打断了，是真的吗？"

小叔生气地说："哪有的事。"

大家不信，让他把裤子捋起来看看，小叔捋起裤子，腿白生生的，没有一个疤痕，大家就笑了。

父亲和小叔已数年没见过面了，这次小叔来到家门前，父亲觉得有点亲热，就准备上前来打招呼。

小叔拧过身子问旁边的人说："他是哪个啊？"

队长不屑地说："他不是你哥吗？"

小叔故作恍惚，说："我认不得了，我不认得了。"然后走到父亲身边，拉拉父亲的衣服，说，"你穿得这样好，认不得了。"

父亲就气了，说："你一辈子就会装神弄鬼的，我这衣服在村子都穿好多年了，有什么好的呢？我一个老农民你要认识我干啥？"

大家都笑起来，小叔觉得没了面子，赶快开车走了。

小叔这次回来，做了一个轰动全村的事，把老房子卖了。

小叔要卖房，这在村里可是从来没有过的，队长怀疑地来找小叔问情况。队长吸了一口烟，然后捏在指间，问："你要卖房？"

小叔笑着说："是的，这房子长时间不住人会倒的。"

队长把烟又深吸了一口，说："城里花花绿绿的，能挣两个钱，但落叶还要归根的，你有个房子回来还有个窝，要是卖了，回来到哪落脚去。"

小叔沉默了一会儿,说:"我给这烂泥田套(方言:踩)伤了。"

队长就明白小叔的意思了,他是不想回这个村子了,他对生养他的这块地没有感情了。

队长很焦虑,烟屁股还很长着,就抛在地上了,问:"你的地怎么办?总不能长年抛荒吧?"

小叔想了想说:"地不要了。我在城里干一个月挣的钱,比种地一年的收入都强啊!"

队长说:"那就按政策收回队里,再重分。"

小叔说:"行。"

队长离开小叔家就来找父亲。

队长问父亲:"他回来卖房子,你知道不知道?"

父亲说:"知道了。"

队长说:"这个败家子,他忘祖了,连家也不要了。"队长问父亲买不买。

父亲叹口气说:"我连娶了两房媳妇,手头紧张,哪买得起。"

队长想想也是的。

最后,小叔把房子卖给了村里的小木匠,房子卖得出奇的便宜。

卖房时,父亲到那块宅基地转了很久,父亲舍不得这块地,这里有过他太多的记忆,但很快就成为别人的地了。父亲恨得牙齿咬得吱吱地响,父亲也控制不了这个局面。

小木匠买了小叔的房子后,首先就是锯树,他家要盖新房子,小木匠认为这些树落下的叶子太脏了,扫也扫不净。

小木匠先是锯门口的那棵老槐树,小木匠用一根绳子,绕在树的高处,往空旷的地方拉紧,固定住,小木匠手握电动锯子,锯子兴奋地叫着，冒出一股浓浓的黑烟，锯子触到了树的身子，响起了撕咬的声音。很快老槐树被锯倒了，它倒地的时候，发出一声沉闷的声音，它庞大的树冠，躺在了地面上。这些长在高处的树冠，第一次接触到了地面。它的身体一阵颤抖后，很快又平静下来。倒下的树干裸露着，可以看到深处那一圈圈隐秘的年轮，这些年轮里隐藏着它和我们一家人相依为命的日子。

他们就这样一棵一棵地锯着，接下来，他们拿出皮尺，在锯倒的树干上量来量去，把树干锯成一段一段的，然后拉到集上去卖。

最后锯的是那棵老杏树，小木匠围着这棵老杏树转了几圈，骂道："这棵树长得这么丑，啥材也不是，只能烧火。"

小木匠的电锯插入老杏树的身体时，老杏树里飞出的是红色的锯末，树根下瞬间就堆起了一层，似血。小木匠害怕了，把锯子停了，抓起一把锯末攥攥，然后展开看看手上有没有染上血，手上干干净净的。小木匠又开动电锯，老杏树砰的一声倒了下去。

这是一场屠宰，现场虽然没有一滴血，但可以闻见血的腥味。

他们忙了几天，把锯好的树码放到手扶拖拉机的拖斗里，每一个断处，都是一个白色的圆圈，这些圆圈堆放在一起形成了许多不瞑的眼睛。

小手扶拖着这几棵树突突地走了。

父亲舍不下的那块老宅地，面目全非荡然无存了。

6

乡下的土地抛荒得越来越多了，村子里的人也越来越少，青壮年都去城里打工了。父母亲还住在当年亲手盖的六间瓦房里，虽然我们在城里都有房子，劝父母也搬到城里来住，但父亲不愿意。

父亲已经年老了，还舍不得把地荒了，拣了几亩好种的地种着。每年给我们带上大米、花生、山芋什么的，父亲说这东西是无公害的，人吃了健康。

自从把村里的房子卖了后，小叔已十几年没回过村子了。据说他在城里的资产不断扩大，住上了别墅。

有人就拿父亲和小叔比，觉得小叔混得好，父亲混得差。劝父亲去城里找找小叔，也许能沾点光哩，"他那么大的场面，手里漏点也够你吃的了。"

父亲直摇头，那是乞来之食，吃不得，乡下养人哩。

今年清明节后，队长又来找父亲了。

现在村子里住着的都是一些老人和儿童，村子里空荡了，队长也清闲下来。

队长也老了，因为年轻时受过凉，晚年的腿得了风湿，走路再不像过去那样风风火火了，而是拄着棍，但抽烟仍然没有减少，嘴里仍衔着烟，没见空过。

队长来了，父亲端了一个板凳让他坐下来。队长把烟屁股朝地上一吐，朝父亲笑着。

队长的牙掉了不少，一笑嘴里露出的是一个黑黑的洞，而不再是满嘴白牙了。

队长说："中午在家啃骨头，把一颗牙啃掉了。"

父亲一拍大腿说："那你这个骨头值钱了，一颗牙最少也得值一千元。"

队长说："一千块钱也买不到了。"

两个人说说笑笑，父亲问队长来有啥事，队长把笑容收了，说：

"有人托我来商量个事,想出钱买你的地。"

父亲笑了,说:"现在到处都是抛荒地,地,狗屎都不值,谁还来买?"

队长说:"唉,这个你就不知道了,真的有人要买你的地。"

原来,是小叔托队长,想买父亲的小簸箕田做坟地。

父亲惊诧地问:"他生病了?"

队长说:"没有,活蹦乱跳的,好着哩。"

父亲不明白了:"那他现在买坟地干啥?"

队长说:"叶落要归根啊,城里只管活人住,死了,要到乡下来。"

"唉,当年换给他,他不要,现在要花钱来买。"父亲摇摇头,叹口气说,"不卖!我早算好了,年老了做我的坟地。"

队长笑了。

两人分析了一下,小簸箕坡地向南晒着太阳,前面有水塘,背后有高坡做靠山,下雨沥水快。这块不长庄稼的地,却是一块风水宝地的坟地哩,小叔年轻时哪会想到这事。

耳　光

1

星期天的早晨,父亲站在门口刷完牙,一进屋,正迎面遇上小妹扛着锄头下地去,她的手里还拿着家里的半导体收音机。小妹锄地喜欢把收音机放在几米远的地方,一边锄地,一边听里面一男一女讲授英语。小妹是个中学生,虽然营养不良,但掩饰不了她青春身体的生长。小妹是个懂事的孩子,每个星期回来,都泡在田地里,尽可能多地帮家里做点事。小妹是村里唯一在上中学的女孩子,许多人就不屑,认为在女孩子身上花钱是白搭。可母亲不这样想,母亲虽然是个不识字的农民,但她觉得识字的好处,她挣命也要让家里的每个孩子都能上学读书。

母亲在屋内做早饭，母亲一边烧着锅，一边想着小妹明天就要上学的学费和生活费问题。母亲的心里像一团乱稻草一样，她想掏出来放在灶膛里，一把火烧了，但烧不了，心里更加的乱。

母亲做好了早饭，从灶下站起身，拍拍身上沾着的草屑。看到父亲坐在桌子前，往大粗瓷碗里打了一个鸡蛋，然后用筷子搅拌，再用开水冲了喝。

母亲走过来，把粗大的手在围裙上擦擦，对父亲说："小妹上学要钱，可家里一分钱也拿不出来。"我们家里不管大小都把小妹直呼小妹，不喊她的大名。

这事母亲不说父亲也知道的，父亲停下手中的筷子，问："怎么办？"

母亲说："我想了，只有去借钱。"

父亲端着碗的手停在了半空，他叹息了一声说："那就借吧。"

母亲说："你去借。"

父亲喝了一口鸡蛋汤，然后把碗放在桌子上，说："我不去借，我上哪去借钱？"

父亲最怕借钱，借钱是拿自己的热脸贴人家的冷屁股，不好受，父亲身上又有大男子汉的味道，他受不了这口气。

母亲说："昨天，你弟弟打工回来了，身上肯定有钱，你去借他还能不给你这个当哥的面子。"

父亲一听，就气咻咻地大声说："我的天，你真促狭，怎么给我出这个馊主意，你不知道我和他尿不到一壶？"

母亲停了一会儿，说："你必须要去，我都码算过了，这是一笔不小的钱，村里只有他有。"

父亲扭过脸去，斩钉截铁地说："我不去低这个头，去年为了地

耳　光

里放水,他打了我,这口气我还没咽下,你现在又让我去上门找他借钱,这不是在打我脸吗?我不去!"

父亲生气地说,父亲一生气,说话就不顺畅,脸也憋得通红的。父亲虽然与小叔是亲兄弟,但矛盾积怨很深,话不投机半句多,虽然同住在一个村子里,但两家基本上不往来。去年,小叔为抢田里的秧水,曾把父亲一把推跌坐在烂泥田里,要打父亲,父亲至今想起心里还是生气。

"我怎么不知道?知道。但人到屋檐下,不得不低头,你借钱是为孩子上学,也不是赌博抽大烟,有啥难看的。"母亲知道父亲的心思,她耐心地劝解着,母亲说,"我们家这些小老虎快要睁眼了。"母亲常说我们兄弟几个人是没睁开眼的小老虎。

父亲没有作声,只是使劲地挠着头,本来就乱的头发,现在就更乱了,父亲挠了一会儿,又叹息了一声,把手中的大粗瓷碗往桌子上一蹾,说:"甭说了,我舍下这老脸去求一下吧。"

父亲刚出门,母亲又喊了他一下。父亲站住,疑惑地看着她,母亲交代说:"他要说难听话,就忍忍,不要两句话一说脾气就上来,吵起来了啊。"

父亲觉得母亲真是"噜苏",没有吱声就走了。

父亲低着头走着,一段短短的路,父亲走得那么难,觉得如上高山。

走到村子了,喧闹声涌起来。看到小叔家的那几间砖瓦房了,房子的后面有几棵高大的杨树,刚萌出的叶子远远望去还没有茂盛,枝头显得光秃秃的,但在父亲的眼里却散发着高贵逼人的气势。

父亲忽然折转身,往队长家走去,他想去队长家想想办法,或许也能借到钱。

队长和父亲关系不错,过去父亲一直是生产队里的会计,他们俩的合作常被队里人说是毛主席和周总理的关系。现在,生产队虽然早解散了,但他俩的关系还一如既往,队长的威信还在,村里人还习惯地喊他队长。

父亲到队长家时,队长正扛着锹准备下地去。队长看到父亲站住了,热情地招呼着,父亲这时绷了一路的脸才松弛下来。父亲进屋坐下来,队长坐在对面的凳子上,点着烟抽了起来,队长有抽烟的习惯,他喜欢用牙把烟屁股咬着抽。

队长吸了一口烟吐出来,笑着问:"有事吗?"

父亲吞吞吐吐了半天,才说出想借钱的事。

队长的眉头顿时皱成了一小把,队长说:"我家里哪有钱?我家小五也回来要学费了,我正愁死了。"说完吐了一口烟,又补了一句,"如果有钱还不是一句话。"

父亲开了口,队长没有钱觉得十分不好意思,一边说一边用粗大的手掌不停地抹着嘴巴。父亲相信队长的话是真的,他怎么就没想到队长家日子过得也紧巴巴的?队长焦急地替父亲想办法,说着说着队长把烟屁股吐了,一拍大腿说小叔昨天打工刚从城里回来,应该有钱,队长说:"你兄弟有钱,你去借。"

父亲苦笑着摇摇头,说:"我也码算到了,我走到他家屋后又不想去了,你知道,我们兄弟俩尿不到一壶。"

队长说:"你俩是亲兄弟,打断骨头连着筋,他会帮你的。"

父亲说:"我们亲兄弟,还不如我俩这个隔姓兄弟哩。"

队长说:"我带你去借,你不要说,我去说,他要不借,我骂他,不用你骂。"

队长说着,就起身往门外走,父亲不情愿地跟在后面,父亲想,这个不争气的弟弟啊，要是关系好，这点事哪用得着别人来参与哩，父亲倒觉得他和队长是亲兄弟了。父亲越想越生气，他停下脚步。队长走在前面，不时大声地咳着，队长听不见后面父亲的脚步声，他回头一看，见父亲站住了，就跺着脚说："呀，走呀！"

父亲低着头又跟上来。

2

小叔这次回来，是为小儿子（我的堂弟）又不愿读书的事。

小叔家的几个儿子，天生与读书无缘，早早就下来跟小叔去城里打工了，小儿子在家上学，从小学到初中，学习还算过得去，一直是小叔的一个安慰，可这学期上到一半，小儿子也不愿上学了，小婶只好让小叔回来解决这事。

小叔也为这事头疼着。

早晨，小叔坐在桌子前喝茶。小叔原来是一个农民，风里来雨里去，挺辛苦的，自从去城里打工后，就养成了许多跟乡下人不一样的生活习惯，比如喝茶。一个农民早晨起来，一般都是要忙忙碌碌的，但小叔却悠闲地坐在桌子前喝茶。小叔不喝隔夜的开水，要一早烧开的，倒到透明的玻璃杯里，看茶叶在水里翻滚，然后静下来。小叔就开始喝茶，滚烫的水烫得嘴唇一缩，但小叔就喜欢这样。

小婶看不习惯，黑着脸说："小儿不上学了，也不知中了哪个邪，跟我犯呛。你把他带去打工吧，我看到他就够了。"

小叔慢慢地啜了一口，把一片茶叶又轻轻地吐到杯里，抬起头说："让他读书好像为老子读的一样，不上学让他吃苦去！"

小婶嘴快，讥讽地说："龙生龙，凤生凤，老鼠养儿会打洞，你养的儿子只会打工。"

小叔放下茶杯，脸一红，拍着桌子说："瞧你×嘴扯的，打工咋啦，不吃饭啦。我一个人在城里打工挣的钱，比他们一家人在地里抠的钱都多！"

小婶懒得再和他理论，出门一群鸡就跟在她的后面，小婶走到外面，把簸箕里的瘪稻和杂物朝地上一撒，一群鸡就埋头啄了起来。

小婶一抬头，看见队长和父亲朝她家走过来，她看了一下，然后就回来跟小叔说："队长和你哥来了，他们来干啥？"

小叔也纳闷，父亲已好几年没有来过他家了，这次和队长一道来，确实稀罕。小叔是个聪明人，他眼珠子一转，就明白了，他们是无事不登三宝殿，肯定是借钱。

为了躲避他们，小叔起身打开后门往外走。

队长先走进小叔家，在门前大声地喊了一下小叔，但没人应，小婶在忙着唤鸡。父亲在不远处站着，看着这一切。

队长问："你男人呢？"

小婶心里明白，打掩护说："他一早就下地干活去了。"

"干活去了？"队长说，"真是太阳从西边出来了。"

小婶问队长有啥事，队长说："也没啥事，你哥家的小妹要上学了，没学费，带他来借点钱。"

小婶一拍手说："我家哪有钱，打工的两个钱，都在他身上，我一分也没见到。"

队长说："那我们就等他回来吧。"

小婶说："我也说不准他啥时候回来。"

队长说着，就进了家门，看父亲没有跟上来，又回头喊父亲过来，父亲挠着头走了过来，队长端了板凳，两个人坐着。

耳　光

两个人不走了，小婶很烦躁，一生气就开始撵一只大公鸡，大公鸡拍着紫红色的翅膀，边跑边咯咯地叫着，大公鸡跑进了屋里，连飞带跑，扬起灰尘，搅得队长心里挺不爽的。队长的脸就长了，这哪是在追鸡，分明是在追人嘛。

父亲看到桌子上的茶杯，就明白小叔没走远，是在躲他们，他提提队长的衣服，小声地说："走吧。"

队长说："不走，还没见到他人哩。"

正说着，大公鸡从队长的面前跑过，队长一弯腰，伸手把大公鸡抓住了，大公鸡在队长的手里拍了几下翅膀就老实下来，队长把大公鸡递给了小婶，小婶接了，用手打着鸡头，骂道："让你跑，我打死你。"大公鸡在她手里又开始咯咯地叫着挣扎。

折腾了一会儿，小婶停了下来。

队长这时小便急了，起身拉开小叔家的后门要去上茅坑，刚走了两步，就看见小叔的身影了。小叔原想在茅坑里躲一下，等他们找不到就走，没想到队长坐下来不走了，小叔在茅坑里已蹲了多时，正蹲得腿酸，看到队长也就势站起了身。

队长抱怨地说："我们在你家坐了一大会儿了，你在茅坑里蹲着。"

小叔提着裤子说："唉，肚子不好，真是的。"

队长和小叔一前一后地回了家，父亲见到小叔，站起身，不停地挠头。按照规矩，父亲来到他家，也是低头了。小叔应当喊父亲一声哥，表示对父亲的尊敬。但小叔没有喊，而是径直走到桌子前坐下来，右手的手指放在桌面上有节奏地敲打起来，如马蹄的奔跑。父亲站着有点尴尬，队长拽了一下父亲的衣服，两人坐了下来。

队长说："你哥不好意思说，我来说，你哥家小妹回来要学费了，你哥没钱，来你这儿借点，小妹也是你亲侄女，这个关头你孬好要帮一下子。对你来说也不是难事。"

队长的话果不出小叔所料，想想小儿不愿上学的事，小叔的心就被刺了一下，脸瞬间就阴沉了下来。

队长和父亲不知道这些。父亲的双手放在腿间紧搓着，心里忐忑不安，既然队长把话说得这么明了，他也不好再说什么，他盼望着眼前的兄弟答应了，帮自己一把。

过了好一会儿，小叔说："我回来也没带多少钱，都给老婆了。"

这时，刚才追鸡追得满天飞的小婶已不知去哪里了。

队长说："你老婆刚说钱在你身上的，怎么又在她身上了？"

队长说话直，一步到台口，不留情面。小叔的脸一下子通红起来了，谎话被识破后，他感到难看极了。

队长说："你找找，她可能放在家里哩。"

队长这是在给小叔台阶下，小叔起身去了屋里。父亲想，这个兄弟鬼主意多，又不知道生啥点子。父亲打量着小叔的家，房子上面几根桁条黑黝黝的，上面垒着一只白色的燕窝，侧室是一圈高高的粮囤，上面杂乱地堆放着一些大人小孩的衣服，底下散放着一些破鞋子，上面粘着干泥巴。中堂墙上挂着一幅年画，三个伟人穿着大衣站在苍松前面，很有气势。父亲再看看脚下，干巴的地面上，拉着几泡鸡屎。

过了一会儿，小叔从房子里走了出来，他的手里拿着几张红色的钞票，往队长面前一递，说："就这些了，家底都在这了。"

队长说："你给你哥，是他借钱。"

小叔把身子转向父亲。父亲望着小叔手里的钞票，身上一阵热，紧绷的面庞变得有生气了，他接过钞票，说："兄弟，难为你了。"

耳　光

小叔说："拿去吧，谁家都有难处。"

队长和父亲愉快地从小叔家出来，两个人在半路上分了手。

父亲一个人走在回家的路上，心里感到十分惭愧，他觉得对不起小叔，这几年没和小叔交过心，小叔变了，并不是像自己想象的那样坏，是自己误解他了，自己与他毕竟是一母所生，这种血脉是怎么也割不断的。

父亲大步地从村子里穿过，阳光下的村子里，树木行行，炊烟袅袅。遇见一个熟人，父亲大声地打着招呼，父亲的心头荡漾着久违的亲情。

3

父亲出去后，母亲做完了家务，就开始烧菜给小妹带学校去吃。

小妹平时住在学校里，一般是每个星期回来一次，讨点菜去吃。家里也实在没什么菜可讨了，母亲就去村里的豆腐店讨点豆腐渣回来炒熟了装在罐子里，让她带到学校去做菜吃。豆腐店里的豆腐渣也很紧俏，老板家养了两头肥猪，全靠这豆腐渣喂。母亲每次去讨时，豆腐店的老板脸都拉得多长，随手舀了点，倒在母亲的盆子里，母亲千恩万谢地回家去。

母亲把豆腐渣炒熟后，放到一个黑黝黝的瓷罐子里。这时父亲进门了，母亲看到父亲神情很好，就知道是借到钱了。父亲走到母亲跟前，从口袋里拿出钱，递给了母亲。

母亲接了，心里也高兴，说："他会借给你的，我没说错吧。"

父亲说："和队长一起去的。"

"你还挺有心的。"母亲想了一下说。

父亲一听就不高兴了，生气地冲母亲说："你别狗眼看人低。"

母亲说："家和万事兴，你们兄弟好了，在村里也有面子。"

父亲没有作声了，他下地去看秧水。

春天的田野里，到处都是欣欣然的样子，塘边的柳树在轻风中摇摆着，野菜的叶子平展地铺在地面上，尽情地生长。几块关着水的田里，在阳光下像一块块镜子闪着光，这是春天农民准备下秧苗用的水田。

父亲路过小叔家的秧母田，看见田埂上有一处在漏水，低处的旱地里露出了长长的水带，父亲就想小叔太懒了，也不下地看看，春天的水贵如油，漏了下秧苗怎么办？父亲弯腰瞅了一下，没有找到漏水的地方，父亲便脱了鞋子下水。父亲的一条腿伸到水里，冰凉的水就像针扎一样透进父亲的身体，父亲嘴里嘘了一下，又把另一条腿伸进水里。父亲在水里踩了一会儿，找到漏出浑水的地方，双手挖泥把漏洞堵了起来，看到不漏水了，父亲才松了一口气，洗洗脚穿上鞋走开。

下午，小妹在房里收拾东西准备上学去，墙壁上贴着一排小妹获得的奖状。母亲走到她的身旁，把钱递给她。小妹知道家里没钱，望着母亲粗糙的大手里捏着的几张钞票，愣了一下，问："借的吧。"

母亲说："借的。"

小妹心里沉甸甸地难过，说："下星期哥哥们回来可能也要学费了。"

"拿着吧。"母亲说，"一个一个来，车到山前必有路。"

小妹接过钱，把裤腰挣了一下，把钱装进内里的口袋里。

母亲叮嘱说："装好。"

小妹用手按按说："装好了。"

母亲说:"到学校要好好上学,不要贪玩。"

这话虽然是老生常谈,但小妹还是认真地回答:"上次期中考试在班里前几名哩。"

母亲的心里就欢喜起来。

收拾完,小妹就背着书包上路了。母亲提着豆腐渣的罐子跟在后面,送到村头,小妹就不让母亲送了,小妹接过母亲手中的罐子,母亲看着小妹疾步地走着,黄书包斜挎在肩膀上,手里提着的罐子晃了几下,黑黝黝的罐子闪了一下铜钱大的光亮。小妹走了几条田埂远,又回过头来,看到母亲还站在村头,就挥了挥手,让她回去。

4

三天后,队长来找父亲给我哥讲媳妇,我哥在家排行是老大。

队长坐在桌子上,抽着烟,脚下扔了一地咬了牙印的烟屁股。父亲坐在对面,咧着嘴笑。父亲脱掉的衣服搭在板凳上,衣服的颜色就像脏兮兮的沙子,白衬衫腋窝处,露出两大块汗渍。

队长介绍的女孩是隔壁村的,她父亲是一个老木匠,女孩长得还秀气,但从小患过病,走路腿一颠一颠的。

父亲说:"家里这么穷,拿什么讲媳妇啊?"

队长说:"有儿穷不久,无儿久久穷。木匠和我是姨老表,要不然我还讲不了。不瞒你,这女孩就是走路有点毛病,但下地干活没问题,只要你家不嫌弃就行。"

"我家这么穷哪还有资格去嫌弃人家,只要人家不嫌弃我们就行了。"母亲一边在灶台上做饭,一边开心地说。

父亲也心知肚明,要不是那女孩有毛病,木匠那个精明人不会同意和他这个穷家开亲的，但眼下，一家有女百家求，队长来讲亲事，也是给了很大的面子。

说了一会儿话，队长要回家吃饭，父亲拉着不让他走，在乡下，人家来讲亲是天大的面子，哪有不吃个饭的。母亲就忙着做饭。家里也没什么菜，一只老母鸡刚下完蛋，正咯咯地叫着从稻草的鸡窝里跳下来，母亲眼睛一亮，从鸡窝里摸出还是热乎乎的鸡蛋，打开，放锅里蒸了一盘，又炒了两个青菜，凑了几个菜，端上桌子，让他们吃了起来。

父亲刚和队长端起杯子，小叔过来了，父亲没看见，队长对父亲努了一下嘴。父亲看到小叔已走到门口，站起身来，笑着招呼小叔进屋来和队长喝两杯。自从前天父亲从小叔那借到钱后，父亲对小叔的印象也改了，心里多年的块垒也消融了。

小叔嘟着嘴，既没理睬父亲，也没进屋，而是站在门前，黑着脸。

父亲仍笑着，上前拉了小叔一下，招呼他进屋，小叔狠劲地甩了一下胳膊，父亲惊讶了一下，不知道小叔为何这样？是不是哪里不开心了？

小叔梗着脖子，大声地说："我是来要钱的，你把借我的钱还我！"

前天，父亲借钱走了后，小叔很受刺激。小叔家几个孩子都不上学了，打工的打工，种地的种地，现在小儿子也不愿上学了，小叔觉得挺窝心的，而父亲即使借钱也要让孩子上学。小叔明白，以后父亲的家庭肯定会超过他的家庭，小叔不想看到这样的。小叔与父亲的矛盾像一头巨大的鳄鱼深深地潜在水底，偶尔就会浮上来，露出凶恶的面目来。他越想越窝心，决定要钱去。

耳 光

  小叔来要钱，让父亲吃了一惊，刚借的钱就来要了，天下哪有这样的道理。

  父亲说："兄弟，我现在手头一分钱也没有呀，你给我缓个劲，我会一分不少地还你的。"小叔蛮横地说："不行，今天你要把钱还我。"

  "昨天我下地瞧秧水，还把你田里的一个漏子堵了，你可知道。"父亲打着岔，笑着说，春天明媚的阳光照在他满是皱纹的脸上，满是敦厚和慈善。

  小叔没吭声，顿了一下，又说："秧水漏完了，我会花钱买的，你把钱还我。"小叔双手插在裤兜里，矮胖的身子在春天的阳光下，面孔紫黑，一副不讲理的样子。

  这世上有钱什么都能买到，但这手足之情也能买到吗？父亲没想到小叔说话这么冲，翻脸比翻书快，父亲看到他眼睛露出的凶光，心里就抖了一下，父亲吃过他的亏，心有余悸。这几天来荡漾在心头的兄弟之情，慢慢地退去。

  队长听到父亲与小叔的对话，也站起身来，走到门外，不高兴地对小叔说："你进屋来喝两杯，有话好好说，发这么大脾气干啥！"

  小叔不听队长这套，他把手从裤兜里拿出来，抱在胸前，说："我是来要钱的，我不稀罕这饭！"

  队长站在那里，下不了台。父亲上前乞求地说："队长在给我讲儿媳妇，你这样做不是在拆台吗？"

  "我是来要钱的，我不管这些。"小叔强调说。

  父亲哭丧着脸说："兄弟，你这不是帮我哟，你这是在拿刀子杀我哩。"

父亲、队长和小叔的对话，母亲就在屋子里听着，母亲的眼睛一遍遍地发黑，她用手撑着头。母亲是一个刚气的人，她还没被人上家门来欺负过！

母亲走出来，冷静地对小叔说："我明天就还你钱，兄弟你回去。"

父亲望着母亲发愣，不知道母亲是不是在发烧说胡话。

小叔还不走，母亲说："这个家你哥当不起，我是当家的，我说明天还你，就明天还你。"母亲的脸在阳光下平静，目光里透着坚决。

小叔不信，仍站在原地。

母亲讽刺道："你哥不是人，是个畜生，但我说话还是兑现的，你放心回去吧。"

小叔被噎着，悻悻地走了，走了几步，又回过头来，说："明天要是不还钱，别怪我来掼屎罐子啊。"掼屎罐子，在乡下是最羞辱人的事了。

小叔走了，几个人又坐回桌子上，但都没了吃饭的心情。父亲的面孔一阵黑一阵白，恨得牙齿痛。父亲挠着头叹息了一声，这声音仿佛撕破的锦帛，长长的，清脆的，在寂静的空间使人的心头一皱。

队长说："这钱也有我一份哩。"

母亲劝道："甭提这事了，再喝两杯吧。"

队长说："吃饭。"

母亲盛上饭，几个人埋头吃了起来。

耳 光

5

下午，父亲问母亲："你说明天让他来拿钱，你从哪搞钱去，你是不是头脑发热了。"母亲说："我头脑没发热，我想好了。"

父亲说："你想好了？你说我听听。"

母亲说："你明天一早去学校把小妹叫回来。"

"叫她回来干啥？"

"叫她回来，她的学费还没缴。"

"你想不让她上学了！"父亲大吃一惊地问。

母亲的鼻子一酸，眼睛就红了，母亲用手擤了一把鼻涕，颤抖着说："我也没办法了，长大了她怪我也没办法了。"

父亲生气地说："她正一身劲念书，我叫不回来她。"

顿了一下，母亲撩起衣襟擦了一下眼睛，说："你就对她说，妈想她了，她就会回来了。我养的孩子我知道。"

父亲在屋里踱来踱去，他可不想去撒这个谎。

母亲生气地说："你像个狗转圈一样，转个啥！这事只能这样了，没法子。"

第二天一早，父亲就上路去几十里外的区中学找小妹去了。

父亲走在黄土的大路上，脚上的布鞋歪扭着，两只粗大的脚趾露在外面，不断有泥屑灌进来，父亲粗大的脚已适应了。

半上午时，父亲来到学校，学校园里静悄悄的，只听到几位老师洪亮的讲课声音。父亲坐在花坛的边上休息，透过墙壁上硕大的玻璃窗，可以看到里面学生们黑压压的头发。

小妹考进区里的中学读书已一个学期了，父亲还是第一次来学校，父亲觉得区里的学校与乡下泥房子泥台子的学校就是不同，洋气，有文化。父亲想小妹在这里上学多有福气，多有奔头，自己再苦再累也值得。父亲已忘了来劝小妹退学的，直到下课铃声骤然响起，接着一群学生轰轰地从教室里走出，教室前顿时成了一只巨大的蜂箱。

父亲站起身来，看着眼前黑压压一片的学生，他想找到小妹的身影，但找不到。他走上前去问了一个女生，女生睁着黑油油的眼睛打量了一下他，父亲介绍了自己，女生带着父亲来到教室门前，朝里喊了一下小妹的名字。父亲看到小妹正站在桌子前和两个同学说话，听到喊声，扭过头来，她看到站在门口的父亲，惊诧了一下，然后跑过来，高兴地问父亲什么时候到的，有啥事。

父亲把小妹叫到旁边，望着站在面前单纯而活泼的小妹，喉咙滚动了几下，嗫嚅着说："你妈想你，让你回家一下。"

小妹望着父亲，两只眼睛扑闪着，说："刚从家里来，又想我。"

父亲没敢看小妹，将头扭向旁边，望着一棵树，说："你妈就这样的，儿女心太重。"

小妹理解母亲，说："放学了，我就跟你回去。"

说完，上课的铃声又响了，小妹和学生们都走进了教室。

6

放学了，小妹和父亲回家了。

小妹走在前面，长长的书包随着她的腰肢走动而左右晃荡。父亲跟在后面，觉得小妹像一棵树苗，忽然就长大了，长得秀气了。这条路，小妹每个星期都在上面奔波，这里的每片草地，天空中的

耳 光

每块云朵，都映照过小妹风尘仆仆的身影，但这次回去后，她就再也走不回来了。父亲心情很重，觉得对不起她，不断地叹息。小妹就回过头来问："你一路上总是叹个没完，心里有啥事？"

父亲说："能有啥事？走路累了。"

走到一处高坡，父亲说："坐下来歇一会儿吧。"

捡一块草皮，父亲先坐下来。小妹没坐，看到前面有一棵开得艳丽的花，跑去拆了来，插到书包里。花枝从书包的布盖子里伸出来，看着十分爽目。

农村吃午饭晚，两人到家时，农村刚吃过中饭。母亲看到小妹回来，老远就迎上前去，母亲把她的书包接过来，看到她的脸上挂着几滴汗珠，就用手轻轻地拭去，小妹站着，一动没动。

进到屋里，母亲端了一个板凳，让小妹坐下。

小妹说："我刚走两天，你怎么就想我了。"

母亲垂着手，站在她的面前，眼望着脚尖，半天说："我是想你了，孩子，学费你可缴了？"

小妹说："没缴，我就准备这两天缴上去的。"

母亲避过脸去，说："不要缴了，妈想过了，你也不要上学了，只有你能救这个家了。"

小妹睁大了眼睛，对这个突然发生的事情，她还听不明白。

母亲就把事情的经过说了一遍，小妹听明白了，她双手紧拧着衣角，跑到屋里，头埋在床上哭了起来。她青春的身子，随着抽动一起一伏着。过了一会儿，小妹眼睛红红着走出房子，把折叠的钞票递给了母亲。

母亲接过钱，泪水又哗地流了下来，哽咽着说："孩子，我对不起你，我也是走投无路了。有一分钱的路子，我也不会这样做。"母亲的内心里，带着深深的忏悔。

"妈，我不上学了。"小妹又过来安慰母亲，平静地说，"村子里的女孩子不是都在家嘛么。"

母亲把钱交给父亲，说："你去还他钱吧。"

父亲接过钱，几张纸票在他的手里像被大风刮着，不停地抖动。

母亲转身进屋喊小妹下地去，母亲知道她难过，她不能让小妹待在家里，去地里干干活，说说话，小妹的心里就会好过些。小妹很纯善，拿着收音机，跟在母亲的后面走了，收音机里，一男一女正在进行英语对话。

父亲去给小叔还钱，走到半路上，父亲看到队长在门口收拾农具，就拐过去，喊他一道。

队长望着父亲说："你真的搞到钱了！从哪搞到的？"

父亲说："她妈不让她念书了。"

哦！队长瞪大了眼，大张着嘴，嘴唇上的胡须根根直立如刺猬的毛。接着，队长把手中的农具朝地上一扔，发出哗啦的声音，抹了一下嘴巴说："走！"

两个人来到小叔家，小叔正坐在桌子前喝茶，茶叶在玻璃杯里浮着，小叔放在桌子上轻轻地蹾着。看到门口两个黑黑的身影，抬起头来，一看是队长和父亲，又回头去蹾着玻璃杯。

队长说："你哥还你钱来了。"

小叔停了下来。

父亲从口袋里把几张钞票拿出来，放到桌子上，讽刺地说："还是你那几张，原样的。"

小叔伸手接了，父亲打断他说："你数一下可对，不要我们走了你说少了。"

耳 光

  小叔用两根手指头随便地搓捏了一下,说:"正好。"然后插进口袋里。

  队长剜了他一眼,指着他说:"你侄女失学了,你知道吧?"

  小叔不屑地说:"这,这和我有啥关系!"

  还了钱,父亲大步地往家走,走到村头,看到远处自家的地里,一大一小的两个劳作的身影,大的身影是母亲,小的身影是小妹。父亲作为一个男人,觉得对不起她们,他狠狠地打了自己一个耳光,响亮的声音只有父亲自己听到了。

退 亲

1

一早，手机的闹铃就响了，把我从沉睡的梦境中吵醒，我和大砖懒懒地起床洗漱完毕，拖着踢踢踏踏的脚步，去长途车站。

大巴车终于在清晨的浓雾中轰鸣着，驶出了长途车站的院子，马路宽阔行人稀少，大巴车开得十分畅快，一会儿就驶到了城外，把一片灰蒙蒙的楼群丢在了身后。

我望着窗外想着这趟旅程，现在有些后悔了。因为，大砖是回家退亲的，这是充满着火药味的事，可不是旅行，我陪他回去是自讨没趣。

大砖就坐在我的身旁，他开始打起瞌睡来，头倚着车窗玻璃，

退 亲

随着车子的颠簸而东摇西晃，我知道他昨夜翻来覆去没有睡好，没有打扰他，让他睡一会儿吧。

我和大砖是同事，两年前应聘在一家小广告公司里工作，公司先是提供一间大通铺宿舍给我们住。今年以来，广告公司效益不好，老板就把那间宿舍退了，让我们自己在外面租房子住。我和大砖在公司玩得好，就搭伴在城中村租了一间房子，安了两张床住。

这些天，我们一到晚上就兴奋，躺在床上聊天，什么都聊，直聊到窗外发白，天亮了才开始呼呼大睡，我知道我们这是睡颠倒了。

我们在一起什么都聊，聊多了，就聊到了私密的事。这个时候我才知道，大砖在家里有一个娃娃亲，就是父亲给他从小定了的对象。娃娃亲我觉得是从前的事，现在还有，感到挺稀奇的，但大砖说，这在他们那儿的山区一点也不稀奇，多着哩。

大砖说，他们家有弟兄三个，父亲因为喜欢砖雕，就把他们按排行起名大砖二砖三砖，一目了然，又省事。童年时，母亲就把大砖与哥哥家的小表妹定了娃娃亲，这在山区叫亲上加亲。大砖这个舅舅也是大砖外公在世时抱养过来的，虽然和大砖母亲没有血缘关系，但他们一起长大，亲如手足。

大砖很小就和舅家的小表妹一起玩，儿时，他们不分性别，大砖有几次去舅舅家，舅舅家床不够睡，他就和表妹挤在一张床上，两人各睡一头，然后，在被窝里用脚蹬着玩，直到被舅妈发现，大声呵斥会把被子蹬烂的，两个人才停下来。大砖喜欢看小表妹踢毽子，红鸡毛扎的毽子在她的脚上上下翻飞，像有生命一样。

大砖最喜欢看表妹的眼睛，表妹眼睛弯弯的，睫毛长长的，眸子像两只黑纽扣，望着你时，眼睛里没有一丝杂质，明亮单纯。大砖把表妹和身边的朋友比较过，大双的眼睛像个猪眼睛，一睁好大，睫毛永远脏兮兮的。大菊的眼睛，一睁就好险，让人想到她一肚子诡计。而小萍的眼睛是一双小眼睛，往里眍，不认真看会忽视了。有一次，表妹被灰尘迷了眼睛，睁不开，让大砖帮瞧瞧。大砖用手轻轻扒开表妹的眼睛，就看见那只黑黝黝的眸子了，大砖对视着，一股朦胧的感觉就涌上心头。表妹眨了一下，问："看见什么了吗？"大砖："什么也没有。"然后朝眼睛里吹了一口气说，"好了好了。"表妹揉揉眼睛，真的没事了。脸却突然红了，一扭身跑远了。

长大了，大砖才知道自己与小表妹是娃娃亲，以后表妹会成为自己的老婆，在一起过日子。两个人再见面反而不好意思，话说得也少了，渐渐疏远起来。

现在，大砖对这门亲事后悔起来。

大砖经常在黑夜里说起这桩娃娃亲。

"爱情应当是来自心灵，而不是来自别人的安排。爱情应当是自由的，而不是束缚的。我们因为两家大人都是我的亲人，我没有勇气反抗，只能忍受，一步一步往前挪动，但逃脱也不是办法。"

大砖说完，就在黑暗中长长地叹息一声，然后就是身体在床铺上翻动时的咯吱声。我看不到他的面孔，但可以感知他的痛苦和不满。

"你们还是有感情的嘛，莫不是你有心上人了，要变心？"我眼睛望着黑暗中的大砖问道。

"唉，哪有哩。"大砖说，虽然看不见，但我知道他是面对着墙。

我也在暗中替他想想，确实没有发现大砖和哪个女孩子黏糊上了，但有一位叫小张的女孩子，圆圆的脸，白白的皮肤，一说话就笑，看起来挺甜的。她来看过大砖几次，每次来，都买点卤菜带着，给大砖改善伙食。有几次我也沾了光，吃了不少卤菜。小张的家就

退 亲

在郊区，据说家里条件很好。她还邀我们去她家玩过，大砖去了，我有事没去。大砖回来说，她的父母待人很热情。

我说:"小张对你有意思吧。"

大砖说:"那只是友谊，到爱情还远着哩。"

我说:"男女之间的友谊都是幌子，实质都是奔爱情而去的。"

大砖说:"人家会看上我？看不上的，我只是帮过她几次忙，人家感谢我，千万不能自作多情。"

我说:"你不要欲盖弥彰了，我知道你们两个人心里都有那层意思了。"

大砖就没了声音。

后来，大砖的嘴里就多了退亲的话题。他说这话时，往往身子倚在洁白的墙上，眼睛望着窗外，有月的夜晚，淡淡的月色照在他的面孔上，棱角分明，像一幅木版画，但从语气里，同样可以听出他内心里的不自信。我坐在对面的床上，侧着身子望着他，问:"你的父母同意吗？"

他说:"不同意。"接着我们俩是长久的沉默。

退亲在乡下是一件大事，特别是女孩子，如果被男方退了亲，是很没面子的。大砖回去和父母说过，都在父母的责骂声中狼狈而逃。

今年春节回去，父亲让大砖去给舅舅拜年，大砖没去，结果春节没过完，就跑回城里来了。

我说:"你表妹知道你的意思吗？"

大砖说:"肯定听到风声了。"

我说:"解铃还须系铃人。如果你真的不爱你表妹，要退亲，你就主动去找你表妹说，指望你父母去说，基本是不可能的，只要你们两个人同意退亲了，谁也阻拦不了。"我帮大砖分析着。说过这些话，我有些后悔起来，俗话说，宁拆十座庙，不拆一桩婚，我这是在出坏主意吗？

大砖喃喃自语地说："自己的事，自己解决。"

这次大砖是思考了好久，决定上刀山下火海，都要回去把亲退了，拖不得了。

我们围绕如何回去退亲，设计了许多预案，昨天又谈到深夜。大砖邀请我陪他一起回去，我先拒绝的，说："我陪你回去能干啥呢？说不定给你家人误解，是我在给你出坏主意哩。"

大砖说："你啥也不要说，也不要做，你就陪着我跑路，减轻我压力。一切责任我担着，跟你没一丝一毫的关系。"

大砖说了许多真诚的话，我也理解他的心情，就同意了。

今天早晨我陪大砖踏上回家退亲的路。

我望着窗外疾速闪过的村庄田野，甚至在田野上看到了大砖表妹怒怼我的眼睛。

车子颠簸了一下，大砖醒来，他揉了揉眼睛望着窗外，我们都沉默着，只有大巴轰隆隆奔驰的声音。

2

我们是下午到达大砖家的，大砖家是一个典型的小山村，村子里都是高高的马头墙，村外四周就是青郁连绵的群山。一进入村子，不断有熟人与大砖打着招呼，大砖笑着和他们寒暄。

大砖的父母看到大砖回来了很高兴，他们好久没见面了，不停地用方言说着问候的话。

退 亲

大砖安排我和他住在阁楼的房间里,房子是大砖在家时住的,大砖去城里后,由于长时间不透风,有一股浓浓的霉味。推开木格子窗户,前面就是一条小河,河里的水清亮亮地翻滚着,哗哗地流向远方。河对岸就是几座青山,清晨的山像几座大锅炉在冒着蒸汽,云雾缭绕,飘向天空。

我们原准备第二天就去大砖表妹家谈退亲这件事的,大砖看我喜欢这儿,就让我先玩玩,休息两天再去。

大砖的父亲,是一个砖雕艺人,他在楼下有一个专门的房间做砖雕。房间不大,地上放着两组八仙过海的砖雕,倚墙还码放着几组百子拜寿的砖雕,老人说这些砖雕都有订单了,浙江那边人要的,做古建筑用。

我对老人所做的工作很感兴趣,我喜欢站在一边看他在砖上一刀一画地雕刻。

老人系着皮兜子,戴着老花镜,在一块长方形的大灰砖上认真地雕刻。老人手握尖利的刀,在砖上慢慢地运行,边雕边用嘴轻轻地吹走灰尘,桌子前已积了厚厚的一层细灰。砖头上的图案已大致清晰可见了,是一对古装的男女站在老柳树下。

大砖的父亲边雕就边给我讲解,这是一对古代的男女,衣服上的皱纹要柔软细密,古人穿衣服不像我们现在人穿衣服,他们的衣服都是大褂子。有人物的砖雕要看人物雕得怎样,没人物的砖雕要看花草雕得怎样。老人边说,边在两个人的脸庞上刻了几下,人物就有了嘴唇,脸上就有了笑容。我一看还真的不一样了,心里对老人的技艺十分敬佩起来。老人说,我没获过大师的奖,但我雕的东西可以和我们当地所有大师比一比,我们这儿有的人被评为大师,但他们却不会雕。我说话直,不会搞关系。我们县里和镇上的干部,经常来我这儿想不要钱拿东西，我就不愿意。我们做手艺的，就靠卖点东西吃饭，你也来拿，他也来拿，一分钱不给，我们还怎么做下去呢？

大砖父亲的身体瘦弱，短短的头发，面孔黝黑，胡子拉碴，他坐在桌子前是一位了不起的大师，但回到田地里，就是一介不起眼的农夫。

我说："大砖要把你这手艺学会也不错啊。"

老人说："现在的年轻人都喜欢往城里跑，哪有坐下来学手艺的，唉，大砖在城里辛苦，没挣到钱，把心也跑野了。"

老人停了一下手中的刀，似乎对大砖的亲事意见很大。我知道，他是一个很有个性的人，又想到大砖的退亲，可能遇到的阻力真的很大。

我问他这砖上雕的是什么图，他说是梁山伯与祝英台。

老人说："这是个古代爱情故事，两个人后来变成了蝴蝶。我喜欢雕古代戏剧里的人物，这样容易出彩。"

我真想接他的话，说说大砖退亲的事，但因为我们来之前商定好的，不让家人知道，省得闹开了不好，所以话到嘴边，又停下了。

晚上，一个年轻人来请大砖的父亲去吃饭。吃过晚饭，我到房间看随身带来的书。虽然是夏季了，但山里的气候到了晚上，还是有点凉的，我早早地就睡了。

第二天，天刚蒙蒙亮，大砖就喊我起来了。我们洗漱完，大砖的母亲已把两碗蛋炒饭放在桌子上了。吃完饭，大砖就带我出门了，我有点紧张地跟在身后，跨过河上的石拱桥，就在田野弯曲的田埂上行走了。

我问大砖："现在是去表妹家？"

退 亲

大砖说:"不是。"

"去哪?"

大砖说:"我妈让我先去庙里抽个签,这是一件大事,要先问问菩萨。"

我听了,扑哧一笑,大砖还信这个。

"那如果菩萨不愿意,这次就不退亲了?"

大砖没有作声,脚步迟疑了一下。

我又说:"你给家里人说了?"

大砖说这事他不敢对父亲说,只是对母亲说了。

昨晚,大砖父亲出去吃饭了,母亲把大砖叫到里屋,问大砖这次回来有啥事。大砖就把退亲的想法嗫嚅着说了,大砖心里有事,喜欢和母亲说,而父亲却威严许多。

母亲一听就生气,责怪大砖说:"这门亲事虽然是我们定的,但小表妹哪里配不上你,你表妹吃苦能干,人也长得不丑,你这一松手,小表妹就是别人的了。"母亲停了一会儿又说,"她虽然是表妹,但你舅舅是你外公领养的,你们又不是近亲。唉,这几年,你小表妹哪年不来我们家帮忙栽秧,今年夏天把一双手的手指盖都磨秃了。如果她来我们家过日子,我们多么放心,你现在不愿了,让我们的脸往哪搁,让你表妹的脸往哪搁,我知道你的心野了!"母亲说着说着,就撩起衣角擦拭眼睛。

大砖觉得母亲说得对,但一时又无语。沉默了半晌,说:"我们和表妹做亲戚走不是很好吗,非要弄成一家人有何意思……这次我是死了心了,你也不要劝我,我今后过得好不好,是我自己的事,不怪你们,你们给我当的家,要是过得不好,才要负责任哩。"

母亲知道大砖是九头牛也拉不回了,觉得如果他真的不愿意,就依了他吧，强扭的瓜不甜。但母亲还是相信天命，让大砖去求一下菩萨，在山区，人们对重大的事件，都要求一下菩萨的。

我问："你母亲知道，你父亲很快也就知道了。"

大砖说："我和母亲说过了，等木已成舟再告诉父亲，母亲同意了。"

我觉得这事悬着。

寺庙与大砖家相距很远，我们走了半天山路穿过几个村庄才到达。庙在一座山坡上，是一个山洞，也没人管理。山洞前有一棵老树，上面挂着红色的系带。洞口散落着一些红色的鞭炮纸屑。洞壁黑黝黝的，朦胧的光线里，看到里面有一座坐着的石雕菩萨像。大砖说，这个庙很灵，他们这儿方圆几十里的人家，有事都到这里来烧香。

香是放在旁边的一个小洞里的，大砖取了香，插到菩萨的面前点燃，空气中就飘满了香味。大砖跪下去磕头，大砖磕头很认真，先是双手张开面对着菩萨，我知道这是在许愿，然后双手放下，头埋在双手里。过了一会儿，再磕，一连磕了三个头。然后，站起身来，从旁边挂着的几条厚厚的纸条里抽了一张。

我们赶忙拿到外面瞅着上面的几行字，签上的意思是明天宜出门，诸事皆宜，可以心想事成，是上上签。大砖欢喜起来。

往回走的路上，我们的脚步轻快了许多。大砖还采了两朵野花拿在手里，手里的野花鲜艳如火，似远在城里女孩小张的笑脸。

3

第二天，我和大砖踏上了去他表妹家的路。

退 亲

一条小路沿着河边向前延伸着，河水滚滚地向前流着，经过河中的一块巨石时，便溅出一片白色的浪花，又向下流去。河岸的石缝间，长着一些野花，白色的花在太阳下，像盛开的礼花。大砖说，这条路是去舅舅家必走的路，年幼的时候他经常走。去舅舅家，又和小表妹玩得最多。有一次，他在河边放牛，远远看到小路上走来一位俊俏的女孩子，他便把牛往路边牵牵，想近一点看看，待女孩子走近一看，原来是小表妹，小表妹那次是送棉种子来给母亲的，大砖的脸当时就涨红了。

后来，大砖去舅舅家就少了，这条路也好长时间没有走过了。

我开玩笑地说："今天豁出去了？"

大砖坚定地说："豁出去了！"

我问："有没有把握？"

大砖说："有把握！菩萨都说今天的日子好哩。"

我问："要是你舅舅打你哩。"

大砖说："我能挺住。"

我问："要是你表妹哭着不愿意？"

大砖说："我能挺住。"

我问："要你舅妈骂你个狗血喷头？"

大砖说："我也能挺住。"

大砖的态度是不达目的决不罢休了，是铁了心没有挽回的余地了。

我们又沉默下来，只剩下走路时踢踢踏踏的声音，路过一棵老柳树，大砖顺手折了一根柳枝，在手里边走边摇晃着，遇到高的植物便抽打一下，在他的有力的抽打下，脆弱的草茎齐刷刷地倒下，我可以感到他内心里坚毅的力量。

大砖说："我对不起表妹，如果今后我有本事了，我会补偿给她。"

大砖的话，有了忏悔的意味，我问："你能补偿啥呢？"

大砖说："今后如果我表妹生活有困难，不管什么时候找到我，我砸锅卖铁都要帮助她。"

拐过一个弯，小路就离开河边了，朝两山之间的凹处延伸去。

中午我们到了大砖的舅舅家，大砖的舅舅家住在山坡上，村头有一棵古老的大树，树干合抱粗，树冠抬头望去，高入云端，十分有古意。村子里也是高高的马头墙，曲折的巷子。

大砖到了舅舅家，舅舅和舅妈见到我和大砖的到来，先是客气了一番，大砖的舅妈倒了茶水端过来，递给我，却没有端给大砖。大砖的舅舅是一位精干的山里人，粗大的手捋了一把卷曲的头发，长长地叹息了一声，这声息有着金属的质地，仿佛可以从地上拾起。

我们坐在门口的板凳上，因为，过去大砖的舅舅舅妈已知道大砖变心了，在热情的背后，明显感到还有一层冷漠。

接下来，就要看大砖怎么开口了，我望了一眼大砖，替他担心不已。

大砖双手紧插在双腿间，不停地搓动着，眼睛东张西望着，大家都不愿先开口说这难堪的事。

"这个是你朋友？"大砖舅舅望了我一眼，问大砖。

"是我朋友，来我家玩的。"大砖说。

"大砖，在城里做工做得如何啊？能不能挣到钱。"还是大砖的舅舅先开口说了话，打破了尴尬。

"也不好做，就是糊口饭吃。"大砖答道。

又开始了沉默，过了一会儿，大砖嘴唇翕动着，脸上有汗水

退 亲

渗出。

大砖吞吞吐吐地说:"舅舅,我这次来……我妈知道的。"大砖慌忙中搬出了母亲作为挡箭牌,随后又觉得不妥,赶紧改口说,"我妈不让我来,但我还是避着她来了。"

"你来有什么事?"大砖舅舅问。

"我表妹呢?"大砖没勇气把退亲这事直接对舅舅说,他想和表妹说。

"她挑水去了。"大砖舅妈拉着脸说。

这时,我看到门外一个女子挑着两桶水朝这边走过来,女子穿着粉红的上衣,一边倒的黑发掩着她白净的脸庞,她苗条的身子因为负重走起路来而显得婀娜,快走到门口了,她也看到我和大砖坐在门口的身影了。她迟疑了一下,肩上的两只水桶摇晃起来,膝盖一软,只听砰的一声,两只水桶倒向两边,她人也向前跌倒在地,水桶里的水浇了她一身。

大砖箭一样飞出屋,双手扶起她,她就是表妹。

表妹可能也知道大砖这次来的意图了,眼里含着泪水。大砖和表妹的眼睛瞬间对视了一下,像被电击了一样,这双美丽的眼睛里充满着无助和哀怨。表妹不让大砖扶,她有力地扭动了一下身子,丰满的胸部碰到了大砖的胳膊,大砖愣了一下。大砖的舅妈赶过来扶起表妹,表妹回到房间,砰地关起了门。

大砖的舅舅站在门口愕然地看着这一切,大砖扶起水桶,挑起来就走。过了一会儿,大砖挑着一担水走了回来,他稳稳地把两桶水放到地上,然后,提起水桶,把水倒进缸里。倒水的声音在这个快要爆炸的空气中,显得十分响亮。

大砖站在屋中间望着舅舅,舅舅正背着手冲房里还在哭泣的表妹说："没出息，哭吗东西。离了他地球还不转了吗？"

大砖转过脸对我说："我们回去吧。"

我纳闷退亲的事还没说啊。

大砖抬腿就往外走，我跟在身后。到了村头，大砖的舅妈追过来，要留我们吃饭。大砖不愿留下来，舅妈也就回去了。

我们在山间走着，初夏的季节，田地里的庄稼，山坡上的树木，还有不停鸣叫的鸟儿，都在这个季节里充满了生机，走到一处大岩石旁，我们坐了下来。河水在我们的面前潺潺地流淌，河中间有一蓬野柳，上面停着几只白色的小鸟，显得十分有诗意，大砖望着远处的河水，双手折着一根草茎。

我忍不住地问："不退亲了？你改变主意了？"

"我看到我表妹倒地的那一刻，我的心就软了。"过了一会儿，他又说，"你知道吗，表妹一定是看到我而倒下去的。"

我说："是的，是看到你倒下去的，我看得很清楚。"

"看到表妹的眼睛，我的心就软了。"停了一会儿，大砖站起身，说，"我的胳膊碰到了她的胸部，那种柔软让我的城堡一下子倒塌了。"

大砖的眼睛有点红了，只见他从口袋里摸出昨天抽签的纸条，又看了一眼，然后用手一下一下地撕得粉碎，抛向了天空。碎纸片飘落到河水里，随着水流漂远了。大砖搬起路边的一块大石头，奋力地砸向河中，河水发出砰的一声，溅起高高的浪花。

回到大砖家，他的父母正坐在屋子里，也可能知道我们这次去干啥了，脸孔木然着，没有一点笑容。

我和大砖咚咚地上楼去，刚上到一半，他的父亲就对大砖大声地喊道："大砖你给我下来！"

退　亲

　　大砖折回身下到楼下，我就听到他们用当地的方言激烈地争吵起来，说了一会儿，又没有了声音。

　　过了一会儿，大砖上到楼来，双手抱着脑袋往床上一躺，眼睛望着屋顶，一动不动，我问他们在吵什么？他说我们走了后，他父亲就知道了。这么大的事，竟敢瞒着他，父亲很是生气，已和母亲吵了一架，要追过去阻拦。现在看到大砖回来了，就火冒三丈，准备要好好教训他一通，后来听大砖说没有把亲退了，父亲才松了一口气。

　　这几天，大砖家里的气氛也愉快起来。

　　我们要回到城里了，那天一早，大砖的父亲提了一个用纸盒包着的东西要送给我，我用手一提，沉甸甸的，我问这是什么东西。

　　老人说："是砖雕，就是那天你来时看我雕的那块。"

　　我说："这不是被人家定了吗？这怎么能行。"

　　老人说："我再加班雕一块吧，这块送你们年轻人多好，有情人终成眷属。"老人显然很愉快，脸上露出憨厚的笑容，让我想到他在砖雕上勾出的那一画。

　　回到城里，我们又开始忙碌起来。

　　一天，我从外面回到出租屋，正好看到大砖送小张从屋里出来。小张看到我，低了一下头，我看到她的眼睛哭得红红的，大砖跟在后面要送她，她愤愤地甩开了大砖，大砖就站在那里发愣，好久才回来。从此小张便再没来了。

　　到了年底，大砖便与表妹结了婚。

欲望初绽的夏天

马 利

医生查完房,护士们就要来吊水了。

我把白色的床单抻直,把白色的被子叠起来,放到床头,把枕头放平,以方便躺上去时身子好靠在上面看书。

我喜欢看书,这次我还带来了新出的小说集《守夜人札记》。

一个狭窄的白色床铺,上面是白色的被子,白色的床单,白色的枕头,阳光从硕大的玻璃窗射进来。江南的天气多雨,这些天来,不是下着小雨就是阴沉的天空,今天是难得的好天气,阳光把我的眼睛也照得眯起来。我从眯着的眼睛里,看到了阳光里似乎有着琴弦被拨动的声音,但这是不可能的,因为我的耳朵已经生病。或者说阳光里有一种爆米花的甜味。阳光照在白色的床铺上，显得很整洁，而其他几个床铺，仍是乱七八糟的。这个房间共有三张床，17床上的被子，像刚倒完了东西的一条破袋子，空洞而零乱，19床的被子像一只淋了雨的疯狗蜷缩着，我的床铺是18床，与他们形成了鲜明的对比。

房子里，也是白色的，白色的天花板上，在每个床铺上空垂下几根钢筋，到了底下，弯了几个钩子，这是用来吊水的。方凳子也是白色的，但上面的油漆已摩擦得很重了。

我已习惯这里的生活了，每天吃过早饭，就等着医生们来查房了。查过房，就是护士们来吊水，这个时候谁也不能离开。

走廊上有了一些躁动，有推车子的声音，护士们来了。

她们一般是先从东边的房子一路往西边做起，我住在中间的病房里，还得等一会儿才能到。

终于查我们的房了，几个穿白大衣的护士推着小车子走进来，小车子上是一些针管、药瓶之类。我一眼就看到她了，她穿着白大衣，戴着一顶白帽子和白口罩，她们的白帽子与医生的白帽子不一样，医生的白帽子，像兰州拉面人戴的白帽子，她们的白帽子有边沿，盖着半个头部，前面还露出一点黑黑的长发来，白口罩遮住了半个脸，但从白口罩的起伏，可以看出她的脸孔和鼻梁。她白大褂的口袋里，还插着一支水笔。

她走到我的床边问我耳朵情况，声音从口罩内发出，显得有些失真。我说，好多了，但声音大了，听起来还有点痛。她问，今天用哪只手打吊水，我伸出右手。她弯下腰来，我可以听见她嘤嘤的气息，尽管她戴着口罩。她用一条柔软的橡胶管子，系紧我的胳膊，然后用手轻轻地拍了拍我的手面，我喜欢这种肌肤相接触的感觉，我甚至想控制住，不要让血管呈现出来，而让她多拍一会儿，但手面上立即鼓起了一条蓝色的血管，她熟练地取出针头，轻轻地刺进去。然后，又用布胶带把针头粘牢。她站起身用手把输液管调了调。那些洁白的药液，从透明的管子，一滴滴流下来，流进我的身体。

另一位护士，已把16床做完了，过了一会儿，她们又把19床做完，然后开始收拾，把东西放到小推车上，就要走了。

这时，她却停了下来，重新走到我的床前，歪着头，望着我枕边的书，说："这是你看的书？"

我平静地说："是的。"

她说："好看不？"

没想到还遇到一个爱好文学的护士，我瞄了她一眼，狡黠地说："当然好看，大家都在看哩。"

"哦。"她轻轻地应了一声。

我用左手把书递给她，她接过翻了翻，说："借我看一下吧，我叫马利。"

我赶紧说："行啊。"

另一位护士已推着车子走到门外了，她拿着书紧跟着出去了。

18床

这次住院是因为我的耳朵生病了，别人站在我的对面说话，声音传到我的耳朵里，都会发生被敲击的疼痛，这是我从来没有过的，每次疼痛使我感到里面有一堵墙，有人在不停地抡着巨锤在敲击，这耳朵里难道也有违章建筑？眼下，我生活的这个城市里到处都在搞拆迁，到处都是敲击的声音和倒塌的声音，这个城市的耳朵也在疼痛吗？我觉得我不是耳朵生病了，而是这个空间生病了。

首先，耳朵就是一个空间，这个空间是随着听觉而外延的，它能听到多远，空间就有多大，因此，空间不光是眼睛看到的，脚步能走到的，还有耳朵能听到的。一个生了病的空间，如我们在深山里，看到那些人迹罕至的地方，到处长着厚厚的苔藓，倒塌着腐败的枯树，散发着阳光照不到的霉烂的气息。

一个生了病的空间，是令人痛苦的，像被毒蛇咬了一口，瞬间可以威胁生命。那些自杀的人，就是空间生了病。而一个生病的肉体，是容易治疗的，中医可治，西医可治。因此，我的耳朵痛了，我首先寻找的是，我的空间在哪里生病了，而不是怀疑我的肉体生病了。

一个人丧失了聆听，他的全部世界就变小了。然而耳朵是五官中最无奈的，它不像眼，不喜欢看的东西就闭上。也不像鼻子，遇到难闻的气味，将其一掩，换成嘴来出气进气，虽然别扭一些，但可以过去了。你听到了什么？这样的问话让我的耳朵感受到了压力。我常常好奇地想听到什么，又常常不想听到什么，但这由不得一个正常的耳朵所决定，有时我正常的耳朵却被弄得不正常了。耳朵无辜，它只能像一个奴隶忠心耿耿地服务。

这些天来，我常常从睡梦中惊醒，觉得自己一无是处。生活的空间，一下子全垮塌了，只剩下狭小的一角，动弹不得，没有了出路。

刚开始，我对耳朵的疼痛没有在意，但疼痛却在加重。

今天上午，我打了一个出租车，到了安徽中医学院，先是挂了号，看神经内科，医生说，是突发性耳聋。这个词我还没听过，我显得有些慌张，不知所措。要住院的，医生又说，不妨挂号再看一下耳科，因为神经内科看不见耳朵里面的情况。于是，又到耳科看了一下，诊断仍是一样的，要住院。

我拖着沉重的脚步，在医院的楼梯上上上下下地走动着，身上没有一丝力气。

该要住院了，钱是省不得的。办完手续，我背着包，拿着住院单到10楼去找护士长，护士长把我的住院单子放到一个铁夹子里夹好，与另外一个护士小声地商量了一下，说，就住18床吧。然后，护士长就对走廊里的另一位护士说，喂，安排一下18床，住院。走廊里有两个护士推着手推车，大概在整理病房，就应了一声。

我被护士领了过去，18床在中间，空着，边上的两张床已住了人，一张床上住的是一位老者，一张床上住的是一个小男孩。

我一走进来，就有一位老人笑嘻嘻地迎上来说："哎呀，伙计，你人真不错啊。"老人是20床的护工，瘦高的身材，头发全白了，穿着一身蓝布衫子，颈子的一粒扣子扣得很严实，下摆的一粒扣子却敞开着，一条皱巴巴的蓝裤子，趿拉着一双黄色的塑料拖鞋，仿佛与我已认识了好久。

我对这里的一切很陌生，而且有一种本能的排斥感，我不想把自己归属在病人的行列。因此，我对护工猛的热情还不习惯，还不能回以热情，我只是叹息了一声，淡漠地说："耳朵病了。"

老护工听到我的叹息，说："小伙子，不要想不开嘛，有什么叹气的，吃五谷杂粮的哪有不生病的。"他热情地开导我，我的叹息仿佛使他也感到了十分沉重，他不能袖手旁观似的。

这时，两个护士过来，把床上原来的床单撤掉换上一床新的，叠好，又轻盈地走出去了。

我放下包，躺到了床上，刚才在门诊处跑来跑去，已有了疲惫，现在，我躺下来时，感到了全身的放松。

不久，护士来给我量体温，做登记，然后走了，我算是正式的病人了。

我躺在床上，我的身下不再是家里那松软的温情的床了，而是一张病床。病床有一点硬度，透到我的身上，洁白的床单和家里床上的花被单在我的眼前交错着，使我的身体不知所措。

一个女孩子在喊我的名字，声音清甜清晰，这种声音使我惊了一下，我很少被这种女性的声音喊过，我本能地答应了一声，立即从纷乱的思绪中醒来，这才注意到是一个护士在喊我，她端着一个铁盒子，盒子里放着一些药水等东西，护士来吊水了，这才清醒意识到，我是在医院里。——后来，我知道她叫马利。

我伸过手臂，护士用橡皮管子在我的手臂上系紧，然后，叫我握紧拳头，再用手拍拍我的手面，几条青紫的脉搏就突现了出来。护士用药棉凉爽地擦过，然后取出那枚针头，轻轻地刺了进去，我的眼睛一眨不眨地看着，只感到一阵被咬噬的痛后，那枚金属的针头已长在了我的皮肤上，药水正沿着透明的塑料管子，从高处流下来，流进我的身体里。

我久久地凝望着与自己血脉相通的塑料管子，忽然感到，这是我的血脉在延伸，延伸到了体外，一头钻进了高处的那只塑料瓶子，像大草原上经过干旱迁徙的牛群，埋头在河流里饮水。

我两只眼睛第一次盯着这只瓶子，我在陌生的背后，渐渐生出了许多悲愁。

到吃晚饭的时候了，病房里的人都拿着碗盆去打饭，饭是一个馒头，一碗稀饭，外加一点小菜。19床的孩子来自乡下，他的父亲护理他，他吃着从家里带来的一罐咸菜，咸菜是炒熟了的，掺着咸肉装在一个玻璃罐头瓶里，看起来很像是一件工艺品。而我是第一次，饭还没有着落。

老护工也打来了饭，他送到我的面前，要我拿个馒头吃，我还不习惯吃陌生人的东西，老护工很热情地一遍一遍劝我吃点，我有点不耐烦了，说："我不吃的，吃饭有什么客气的。"老护工这才坐回自己的椅子上，说："对不起了，是我不像话啦。"我说："没什么。"我始终不明白老护工的热情源于何处，这中间应当有一个环节被省略了，让人受不了。

一瓶水吊完了，我就按床头的铃，护士来重新换了水，并且关小了输液器，说输得太快了。

吊完最后一瓶水时，天已黑下来了，我开始收拾一下，准备回家。我的家离医院较远，要穿过整个城区，但好在有一路公交车可以直达，也很方便的。

看我有要走的意思，老护工有一丝欣喜，对我说："这个床，我晚上睡了。"至此，我才明白老护工热情的用意了，我本不想同意的，自己的床铺让别人睡，这让我感到有点不舒服，但自己走了后，又怎么能管着呢？只好说："你可以睡，但不要弄脏了。"老护工满口答应，说："不会弄脏的，你看我老头还不脏吧。"

我从病房里出来，外面的夜色已深，满眼都是灯火，让我感到有点身在世外，走在马路上，也有了异样，过去是一个健康的人的脚步，今天却是一个病人的脚步了。

回到家，我躺在床上，宽阔而松软的床铺接纳了我，我的身子开始慢慢还原。

第二天一早，我就起床了。过去，每天这个时间是赶去上班的，今天，我开始赶往医院。

我准时赶到病房，睡在白色的床铺上，护士来给我吊水，喊，18床，现在我已习惯了，自己的名字就叫18床。

跟　踪

几天后的一个下午，我站在窗子前，外面是一块草地，这可能是一块野草地，在楼群的死角，似乎没有人来修剪过，呈现着纷乱蓊郁的生机。有几棵小草挺着细细的茎，上面托举着几乎可以忽视的花朵，阳光是公平的，一样照耀在这块草地上，像母亲喂养着乳汁。两只蝴蝶扇动着翅膀在草地上欲飞欲停，让人浮想联翩。

我站在窗子前望着，身体内有一种欲望在被唤醒。

身后的嘈杂似乎远了。

我转过身来，和老护工的目光正好相撞，老护工一直在背后盯着我，这让我的心里很不悦，他大概也看出了，讪讪地说："是不是想家了？"

我没有搭理他，在床前坐了下来。

想家，这是一个挺俗的字眼，我不想用这个思维来界定我的情绪，但此刻，我真的想出去走走，不想待在这病房里，局限自己。我不应当是一个病人，因为我除了耳朵疼痛外，我的一切都是健康的。我为什么要和这些病人堕落在一起。

下午吊过水之后，就是一段长长的空闲时间，我想出去走走。

我换了一身干净的衣服，戴着太阳帽，走出病房，一股热气直扑上脸。外面的阳光是明亮的，仿佛可以穿透人的身体，让人变成一个发光体。知了在拼命地鸣叫着，甬道上人群来来往往着，有穿着白大衣的护士，有来看望病人的亲戚朋友。

走出医院的大门，就是马路了。马路上车水马龙，熙熙攘攘，我站在一棵梧桐树的阴凉里。在医院里，和那些病人在一起，我觉得我是一个健康的人，而走出医院的大门，现在站在这个明亮的世界的一角，我忽然觉得我是一个彻头彻尾的病人。虽然没有镜子，但我可以想象到我的面容，木讷、痴傻、卑微，甚至我的身子都是弯曲的，瞧我面前来来往往的人，他们神采奕奕，步履轻健。他们是生活在一个健康的世界里。瞧从我面前走过的那位女子，高挑的身材，白色的衣裙，丰满的胸部，棱角分明的面部，分明是大师手工打造的，她那么近地从我的面前走过时，空气中飘过一阵淡淡的清香，不是那种香水的香。我这样地望着，忘记了自己究竟要干啥。

我想再回到病房里去。

就在这时，一位女士从医院里面走出来，她戴着墨镜，肩上挎着一只白色的小包，打着一把遮阳伞，婀娜地从我的面前走过。我一看，就知道她是护士马利，但她可能没有看到我。我刚想走过去和她打声招呼，但她已走远了，我想就算了。

马利这是下班回去了，我望着她远去的背影这样想。

忽然，我对她的去处有了神往，我不由转回身，跟在她后面走了几步，看到她在前面走着，我张望了一下。她的背影有着一种魔力，我情不自禁地又跟着她向前走了过去。我是被一种魔力拽着的，由不得自己了。这样走过几幢楼后，开始拐入一条巷子，我忽然意识到，我这是在跟踪，跟踪一个人，是多么可怕、可耻。过去只有在电影里看到，一个坏人跟踪一个好人，或者一个特务跟踪一个交通员，我怎么能做这样的事呢？但我没办法阻止自己对她的渴望，就像我过去在一本书上读到过的一句名言，一个女性在前面引导着你走。不，她是女神。随着她的脚步，附着在她身上的裙子打起的褶皱，腰肢在迈步时轻轻地扭动，丰满的臀部像要牵着我的手，我不能拒绝。她既然能走着回去，说明离她住的地方肯定不远，我可以陪着她走，我想看看她到底住在什么地方。

可能是风吹起了她的头发，她把头朝后一甩，我惊慌了一下，要是被她发现多不好意思。但她没有发现我，我赶忙把太阳帽再压低一下，把自己的面部遮在长长的帽檐底下。

走过一个铁道口，正好有一列工厂区的火车通过，前面拦了一群人和许多车辆，我看到她也站在那些人的后面。巨大的火车头轰鸣着缓慢地从面前通过，接着是长长的黑黑的车厢。在火车的轰鸣声中，我的耳朵忽然开始剧痛，疼痛像一只铁锹在用力地朝我的头颅深处挖掘，要挖出里面的肮脏。我用双手紧捂着耳朵，蹲下身去，我想治疗的成果可能前功尽弃了，我的身上汗津津起来。

火车过后，栏杆打开，人流车流向潮水一样奔流起来，一时，道口混乱无比。她的身影也消失在这人流中了，我失去了目标，脚步迟疑起来。然而，就像在洪水中漂起一片树叶一样，人流稀疏过后，我又在前面看到她那白色的身影了，我加快脚步赶了过去，这时耳朵里的疼痛在慢慢消失。

前面是一个小区，楼群是哥特式的尖顶，上面涂着金黄的颜色，在阳光下金光闪闪。无数个窗户像岩石一样层层叠叠地累积着，每个窗户后面，就是幸福的家庭吧。

马利拐向小区，我想，她可能就住在这样富人区了，这样的楼房才配住下她高贵的身体。我的跟踪就要结束了。

我看到她走过去了，但没想到小区旁边还有一个巷子，她走了进去，巷子长长的，两边是高高的砖墙，墙面上已有些破旧了，上面写着歪歪扭扭的办证号码、租房启事等，地面是沙石的，坑坑洼洼。我跟在马利的后面，不知道她要把我带向何处，尽头是什么谜底。

墙上贴着一则《寻人启事》，是一位年轻的男子头像，面孔清癯，眼睛忧郁，两只大耳朵仿佛蝴蝶张开的两只翅膀，启事里说他有精神分裂症，好幻想、爱做傻事等特点，最近不慎走失，希望他看到启事后，立即回家，如有知其下落也请通知家人，家人表示重谢等等。

走了几分钟，巷子结束了，眼前豁然开朗，原来是几幢破旧的瓦房，大概是留下的老工厂集体宿舍。房子前有几丛低矮的杂树，还可以看到当初这里没被开发时的原生态模样。平房的四周都是高耸的楼群，为什么开发商独把中间的这一块地遗留下来了呢？

我站在附近的一丛灌木后面，看到马利收起遮阳伞，站到一间房子的门前，然后，从包里拿出钥匙，打开门走了进去，然后随手又关上了门。显然，这就是她住的地方了。

马利，她怎么就住在这样简陋的房间里，我感到失望，感到世界的不公平，我想把她从里面拯救出来，但我不可能，我是一个小人，还在偷偷摸摸地跟踪哩。

我蹲下身子，傍晚的阳光已没有了力量，但光线还是很明亮的，知了还在歇斯底里地叫着，没有一丝停息的意思。灌木的影子覆盖在我的身上，仿佛也把我压缩成黑色的一团，裹挟进马上就要降临的夜色里去。

我站起身，若无其事地走近这幢平房，红色的砖墙太老了，仿佛用手就可以抠下一块来，瓦片下的木桁条有的已经腐朽，每家门上的红色油漆已斑驳，露出木头的底色。木头的窗棂也破裂着，让人怀疑是否能关紧。我估计着来到马利住的房子后面，屋里亮着灯，远远望去，她白色的裙子已换下了，穿着蓝色的短袖睡衣，正在厨房里忙碌。另一间可能是她的卧室了，我小心翼翼地走上前去看了一下，里面是一张床铺，床的前面是一个梳妆镜，窗子下是一张桌子，上面放着我借她的书《守夜人札记》，可能是随手扔上去的，书歪斜在桌面上。

我只看了这一眼，叹息了一声，赶紧撤回身，返回了。

病　房

我躺在病床上，静静等着查房。

我已是一个病人了，我躺在这张床上，就要享受医院周到的服务，我现在已有了这方面的依赖，觉得做一个人就应当要这样，而不应当被人遗忘。

医生来问我耳朵疼痛减轻了没有，大小便正常没有。

马利照样穿着白衣的大褂子来了，身后跟着另一位推车子的护士。马利又恢复了她的高贵，她天使的模样让我望尘莫及。但她不知道，我已知道她住在那排平房里，孤身一人。

她来到我的床前，两只乌黑的眼睛在白口罩的上方朝我程序化地看了一眼，但我的内心还是感到一阵莫名的躁动，我保持着平静。

她问，18床，睡觉还好吗？我在她的面前永远就是一个数字。她不知道我的名字，她说话的声音是柔柔的，有着毛茸茸的感觉。

我说，我昨夜有点发烧。

我期望着她的手能抚一下我的额头，或者俯下身来，仔细观察一下我的眼睛。但是她没有，她拿出一根体温计，用手甩了两下递给我说，量量体温吧。我接过来，把体温计夹在腋下。马利又翻到我的处方单上，看了看，说今天还得吊水。说完，弯下腰，到车子里拿出三个小瓶子，挂到钩子上，把一根一次性的输液管插进去，然后给我吊水。

马利的动作十分轻柔，手中很亮的针头刺进我的皮肤里，就像在做一件工艺刺绣，然后，她轻轻地抚几下我的脉搏，把吊水的流量仔细地调整好，才轻手轻脚地离开。

她是在我的认真注视中，做完这一切的，她更不知道，我内心里对她的渴望，如果感应是有力量的，她应当会被我左右，但这不会发生。

吊上水，我躺在床上，凝视着那只晶莹剔透的瓶子，里面的水面不断地冒着气泡，在小小的空间里制造出天堂的想象，长长的管子垂下来，落在我的手面上，那是上帝的一只手在挽着我吗？我想起了一些诗句：在一张纸上练习，让我汉字的名字被一个阿拉伯数字代替，练习让一枚针头从手背刺进我的静脉，接通一场火焰，过去在一张纸上练习，幼稚还堆积在墙角，被灰尘覆盖。现在，白色的被子盖在我的身上，病痛高高地悬挂在一枚钉子上，在我的眼前晃动。纷乱的状态，陌生的光亮，静静地流进我的体内，不再回头。

"今天是几号了？"护理19床的男孩父亲过来问我，在这个病房里，他们都默认我是一个有文化的人，有什么事情，总爱找我说，但男子的话打断了我的思绪，我有点不高兴。

我说："是4月22日。"

"我不是问阳历，我是问阴历。"这个男子长着瘦高的个子，脸上黄黄的，好像缺少着营养，他仍站在我的面前。

我用手机换算了一下，对他说："今天是农历十六。"

"哎呀，要下秧了。"男子说着，回到自己的床上坐下。

我已好久没有听到这样充满生活气息的话了，我一下子想起故乡里那些一畦畦的秧田，秧苗绿油油地鲜嫩嫩地生长着，长大了，再经女人的手拔出来，移栽到大的秧田里，生长成一片秋天，收起堆堆金黄色的稻谷。

老护工又过来和我说话。我开始对他有了一些了解，老护工是近郊农村的，老伴已在八年前去世了，三个孩子都成家立业了，自己一个人生活，他想趁现在身体还能动，挣上点钱攒着，预防晚年。老护工护理的这个病人，是重症，大小便不能自理，不能说话，因为他是公家人，看病的钱全报销的，几个孩子，几乎没见来过。

"养孩子有屁用。"老护工直言不讳地说，"我护理他有大半年了，就是为了两个钱，要不我这一头白发，带孙子的人了，可来给他倒屎倒尿。"

老护工说："我还去干部病房护理过哩，干部病房高级啊，一个病房一张床，有卫生间、空调，农民住院都住不起，这些公家人住院还分干部不干部的，以前我没干过护工不知道，现在知道了，才感到农民是真伤心。干部病房的人还没普通病房里的人好护理，我在干部病房护理过一个干部，在我去之前他就已换过28个保姆了。我不信，就去了。他一个人住在一个大的房子里，门窗不给开，怕有细菌进来，窗帘要拉上，怕外面的光，这样做不如意那样做不如意，我干了半个月，就走人了。"

19床的小男孩，是尿道有问题，小男孩上初一，现在休学了。我没见他看过一本书，只见他一天到晚躺在床上看那些哭哭啼啼的港台肥皂剧。小孩子的父亲，常常要看他的小鸡鸡恢复得怎样了，他就不给看，有时父亲偏要看，就揭了他的被子，在小男孩的胯子里翻来覆去地瞅，小男孩就一边用手挡着，一边不高兴地说，好了好了。

　　我不明白,一个尿道有问题的人怎么和一个耳朵有问题的人住在一起?尿道是生殖器官,它是属于下半身的,用来排泄的。而耳朵是和脑子连在一起的,是上半身的,是高智商的,尿道有问题有何作为?耳朵有问题出过著名的人物,如凡·高、贝多芬等,现在把尿道的问题和耳朵的问题混在一起住,有点荒唐的戏剧味道吧。我想不出所以然来,只是觉得好笑,人间充满了喜剧。

　　病房里的事日复一日,重复单调,即使一个健康的人,在里面过不了多久,也会成为病人的,这大概就是信息场的作用,因为你永远是一个病人,而不是医生。

　　吊完水,我下床到走廊上去走动去动。

　　路过护士值班室,看到马利坐在大台子后面,低着头,我知道她肯定又在看书。她的高贵与白色是如此和谐,如此相融。我不敢有丝毫邪念,我走了几步,忽然听到背后有个声音在喊我,18床,18床。不用回头,我知道是马利,声音里有着毛茸茸的感觉,即使是高音部位,也是平和的而没有尖锐。

　　我回过身来,马利站在台子后面正朝我笑,我走了过去。马利没有戴口罩,她白皙的面容完全地呈现在我的面前,我从没见过马利的笑是这么美丽。

　　马利问:"18床,这本书你看完了吗?"

　　我瞅了一下,她拿在手里的书是《守夜人札记》,我说:"看过。"

　　马利说:"哈,写得真好,我都抄了几段了。"

　　我说:"你抄的哪几段。"

　　她找到给我看。

我故意说:"不好,我不喜欢。"

马利急了,她问:"18床,你说哪里不好?"

我故作高深地说:"作者看到的都是生病了的空间,给人很大的压抑。"

马利说:"18床,看样子你的水还挺深的啊。"

我说:"我没有水,有水也是你们护士天天给我吊进去的。"

马利捂着嘴咯咯地笑了,笑声在我的耳朵里是圆形的,像一颗颗珠子在滚动,我已忘记我的耳朵是一个病体。

耳 光

两天后,我第二次跟踪马利。

跟踪是一种古老的手段,现在,人们已不用这种手段了,喜欢一个人,可以上QQ视频,可以用短信聊天等等,但我还是喜欢这种古老的手段,我觉得可靠、安全、刺激,总是有一种神秘在前面等着你去揭秘。

然而这一次,我的跟踪失败得一塌糊涂。我知道这一切迟早会发生的,但我不知道会发生得这样快。

我跟在马利的后面,保持着一段距离,我可能太想入非非了,我没有注意到马利已经注意到我了,当她停下来时,我距离她只有十几米远了。她愤怒地瞪着我,此时,我可以逃走,但我没有,我一生最重要的品质,是保持自己的诚实。我愣怔了一下,还是向她走去,就像一只飞蛾扑向一团火焰。

她本来好看的面孔,现在变得扭曲,她问,你是不是在跟踪我?

我凝视着她，此时，我可以狡辩，譬如说这是巧合啊等，但我没有说，我不能对我心中的神圣而撒谎，我默默地点了点头。

她甩手就给了我一个耳光。"流氓！"马利大声地斥责我。

马利站在我的面前，她大口地喘息着，我能看到她的胸脯在激烈地起伏，她原本温柔的大眼睛，现在变得凶恶可怕起来。

"我是一个病人。"我说。我捂着脸，站在她的面前。我的意思是说，我是你的病人，一个患有耳病的人，你正好打了我的耳朵。

我的耳朵里慢慢有了疼痛，这种疼痛像大海的波涛从远处慢慢地涌过来，它们越涌越高然后像一堵墙站立起来，但瞬间又倒塌下来，发出一片巨大的声响。

马利这时醒悟过来，怒气顿消了许多。

她说："你是一个病人，你不待在病房里，你跟踪我干啥？"

我胆怯地说："我、我喜欢你。"

她不屑地哼了一声，脸上毫无表情，把包往肩上提了一下，转身就走，我站在她的背后，就在我快要转身往回走的时候，她喊了我一声，说："18床，你过来。"

我简直不敢相信自己的耳朵，但她又喊了一声："18床，你过来。"

我不在病房里，我在这个现实的世界里难道也是18床，我走了过去。她来到屋子前，打开了门。我站在几步远的地方，看着她。她气哼哼地说："你来。"

我跟着走进了她的屋子，我们两个都站着，有点不知所措，过了一会儿，她端来一只凳子，让我坐下。

屋子里的光线有点暗，地面是水泥的，墙壁上的石灰已有点剥落。屋子里的陈设很简单，几乎没有过多的累赘。一张吃饭的桌子上，放着几只碗和几双筷子。

马利进到里屋，过了一会儿出来，我注意到，她的头发已梳理过了。

她坐在我的对面，我又看到她一双乌溜溜的大眼睛了，现在，她没有穿那一身白色的衣服，呈现在我面前的是另一种崭新的姿态。

她的态度变得和气多了，她问："你知道为什么让你到我屋里来吗？"

我不知道她要干啥，没有回答。

她说："我还是一位心理医生，我看出你的心理肯定出问题了，所以我喊你过来，我给你看看。"

这太出乎我的意料了。她起身进到里屋，拿出一个心理医生资格证让我看，我拿在手上，看到她那张黑白的二寸照片下面，盖着凸起的钢印，我信任地点了点头。

她说："你不光是耳朵生病了，你的心理也生病了。"

在她的循循善诱下，我开始和她说话。我说，我不是耳朵生病，是这个空间生病了，我把我生病以来的一切感受告诉了她。

她递给我一张纸，让我随便写点什么，我凝思了一下，写道：

失聪的耳朵，在秋天的早晨凝结着一层白霜，是白色的，有着轻轻的寒意。

它从一个人的脑袋上失落下来，在秋天的土地上，独立地行走。

治　疗

心理医生这个职业我过去听说过，但我不相信这个狗屁的东西，我觉得这肯定就像一个老巫婆，顺着人家的心事往下抹，抹到哪算到哪，没有一个硬性的指标可以直观。但我喜欢马利，因此，我就答应了，让她来做我的心理治疗，我不相信我的心理出了问题，我是一个耳朵生病的人。我的心里明白着，我只需要和马利来说话。

"你能坐我的面前，就说明你已经决定踏上了自我成长之路，并且你选择了我来陪伴你，我没有理由不对你说一句，谢谢。"

马利对我说。她的语言是对我的尊重，语速是低缓的、平和的。我的耳朵为什么会生病，可能是听多了领导的官腔、小人的恶言、势利者的冷言，我的耳朵缺少的是知己者的声音。

"首先，你心里的所有困惑都是再正常不过。那是当你感到焦虑、危险或不愉快时，用来唤醒自我警惕的机制，它会驱使你用一定的方式，调整内心的欲望与现实之间的矛盾。其次，自我成长意味着自我改变和修正，这种心理上的改变或修正，不是换发型、服装、口味那么简单，它甚至牵涉到你的人生观、价值观。

"最后，我要提醒你，你感觉到了自我改变之后的你，悄悄问一下自己：面对心理医师，你是不是有些阻抗或逃避？会用各种借口不想再面对心理医生，就像不愿照镜子，不想看见那个真实的苍白无力的自己。"

马利坐在我的对面，我们中间隔着一张马利吃饭的饭桌，桌子上盖着一块蓝色方格子的桌布，马利说话时，两眼注视着我的眼睛，我看到她眼睛里的清澈，那是我渴望得到的东西，但我有时慌张地躲开了，端起茶杯喝了一口。

马利用她的理论，来诊治我。她说我迷失了自己，在这个现实世界里失去了自己的身份，她说我有婴儿的恐惧症，我需要强大起来。"一切成功都从内心开始，外在世界的成就不过是内心世界成就的倒影。只有心理上变得强大起来,你才能战胜外在的困境,然后才能找到自己。"

现在,马利的现实生活就呈现在我的面前,马利本职工作是在医院做护士,心理医生是她业余自学的,她很喜欢这个职业,她认为现在心理问题是个被社会忽视的问题。我问,你经常给人看病吗?她说,不。

做完两个小时的心理治疗,我就回到病房里,我睡在白色的床单上,望着白色的天花板,头顶上的白色慢慢幻化成一个人的身影。就是她,马利,她穿着白色的工作服,面孔像一块糖果让空气中有了甜味。就是她,马利,她坐在我的对面,中间隔着一个桌子,疼痛骤然来袭,我按了按胸中,我的欲望,在她的裙子底下隐匿、燃烧,而周围的空间是生病的,只剩下这朵花的存在。

有一次,那个老护工问我:"这些天见我一个人在默默地笑,在想什么开心的事。"

我懒得回答他,我说:"我为什么不能笑。"

老护工搞得很没面子,说:"一个人偷偷地笑,总给人感觉不好,像一个坏人,在算计什么。"老护工说,这是他在干部病房做护理时得出的经验。

嘿,还有这种理论,难道一个人的时候,就要傻呆呆地。这还是我第一次听到关于笑的谬论。干部病房里的人,都是官场上的人,他们生病可能是在躲避战场,然后在算计,我是一个小老百姓,我的笑应当是纯洁的。

马利照样做她的护士工作,她像过去一样给我吊水、分药,在这里,我是一个病人,我必须要服从医院的规矩。

马利说话照样是轻柔的,那些药的名字在她的口里说出来时,也有了光辉。那些药水的瓶子被她的双手握过，也有了神性，它们最后都到达了我的体内，治疗着我生病的身体。马利的美丽对于我，本身就是一剂药。

因为马利朝我借过书，病房里的人都知道的，他们都对我刮目相看，觉得我是受到恩赐的人。平时，护士与他们很少有来往的，他们有了什么问题想找护士问问，有时候就托我去找马利。我为16床问过孩子用药的问题，我为19床问过什么时候出院的问题等等。这使我很有面子。

几天后，马利喊我过去，我跟着她来到吧台前，她走进去，我站在外面。她把《守夜人札记》放到台子上，对我说："书看完了，还你哈。"

我把书拿在手里，下意识地翻翻，说："感觉如何？"

马利说："写得好。"

我说："你不是在夸奖吧。"

马利说："我怎么在夸奖，我也不认识作者。"

我笑笑说："你认识的，作者就是18床。"然后，我指了指自己的鼻子。

马利惊讶地张大了嘴巴，说："不会吧？"

我说："你看看这名字。"

马利歪着头瞅了一下，一缕长发从她的头上耷拉下来，她用手掠了一下，说："真是你啊。"

我说："是啊。"

她转身找来18床的病历，那上面果然也写着我的名字。

"哈！"马利兴奋地用手中的不锈钢病历夹子拍了一下我的肩膀。

是的，我不叫 18 床。

接下来，我和马利的交往更加顺利了，我也了解到了马利的一些家庭情况。她原来有一个家，她的老公是一家单位的经理，经常在外面跑业务，跑得多了，心就松动了，有了外遇，他们正在闹离婚。这里是她租住的房子，她从家里搬出来已快一年了。

经过马利的认真心理治疗，我对许多事情恍然大悟，心理也渐渐轻松起来，明白了许多问题，也对心理治疗从原先的排斥到信服了。

我和马利的进展很顺利，便有了我们认识以来的感情高峰。这天晚上，我们的心情都很好，决定一起出去走走。

我们在马路上漫无目的地走着，我已不是她的病人，她也不是我的护士，我们是一对好朋友。有时，我想靠她近点，她便朝旁边让了让，有时我故意离她远点，她便朝我的身边上了上，在这忽远忽近的距离中，我揣摩着我们感情的距离。忽然，我有了一个想法，我对马利说，我们去郊区吧，那儿有一处新建的公园。

马利犹豫了一下，还是同意了，我们拦了一辆出租车，很快来到市郊。

公园里有着浓郁的树林，空气里有着淡淡的草木花香，在水边的长椅下坐下来，我们看着面前的湖水，倒映着远处的灯光，和近处朦胧的树影，水面上一片迷离。马利一抬头，看到两架飞机闪着灯，在高高的天空上相向飞着，她说："瞧，两架飞机马上就要相遇了。"我也抬起头，看到那两架飞机贴着天空，迎面飞来，又擦肩而过，我说："这在地面上看，离得很近，其实很远哩。"我们就这样欣赏着夜色，说着开心的话。

夜色是哗啦一下倒下来的，待我们意识到时间已过了很久时，夜已经深了。我们开始往回走，走了很远也打不到出租车。马利已有了倦意，她紧挽着我的臂，我感动地轻轻地抚了一下她的长发，她抬起头来，眼睛微眯着，薄薄的唇翘着，一副柔情令人怜爱不已。

前面已接近工厂了，马路边有一座农民盖的楼房，已停工好久了，门窗都没有安敞开着。我眼睛一亮，说："我去的地方，你可敢去？"

她毫不犹豫地说："敢！"

"那今晚我们就住那里吧。"我用手指了指这座房子。

马利抬头看看说："我怕。"

我说："不怕，我在你身边哩。"

马利信任地点了点头。

我拉着她的手，顺着楼梯走到二楼，楼里散乱着一地的砖头，我们打量了一下，选了一个通风的地方，我把砖头拾起来，码了两个凳子，往上一坐说不错。马利也坐下来，头伏在我的腿上，她实在是困极了，不一会儿就呼呼地睡着了。我把身上的衬衫脱下，披在她的身上，然后，轻轻地弯下身去，伏在她的背上。两个人身体的温度渐渐融合起来，愈来愈浓。四周静静的，我们仿佛置身在海洋中的孤岛上，我半睡半醒着，努力保持着警惕。

好久，马利动了一下，她可能以为睡在床上，然后一惊乍，睁开眼睛看着。我用手安抚地拍拍她的背，她问："你怎么不睡？"

我说："保护你呀。"

马利感动地站起身，我也站了起来。

她喘息着说："今晚，是我们第一次在一起过夜，应当要纯洁，我相信你。"

欲望初绽的夏天

马利的话,让我产生了强大的责任感,我冷静了一下,强烈地抑制住自己的欲望,说:"你放心,我一定不会做对不起你的事的。"她看着我,点了点头。

我们又冷静地坐了下来,慢慢地,马利的睡意又袭上来,她的眼睛睁不开了,伏在我的腿上睡着了。屋外升起来的月色透过窗口静静地照进来,她的半个脸十分洁白,仿佛瓷质一样闪着诱人的光泽,我努力克制着自己,我想,我对马利是有承诺的。

天开始有了亮色,屋外已响起赶集人的脚步声,马利醒来时,天已开始大亮了。我问她:"昨夜睡得怎样?"

"很好,今生最美好的夜晚是你带给我的。"马利羞怯地说,我看到她的眼睛里升起一层薄薄的光来,那是一种幸福和吉祥。

出　院

我就要出院了,护士长已开好了出院手续,我已到财务处结完了账。

医生让我去检测听力,关上房子里的那道小门,医生把一个耳机戴在我的双耳上,让我听仪器里发出的一个一个的声音,我从来不知道声音会分这么多种,有的声音是从遥远的地方慢慢接近我;有的声音是从我的身边慢慢向远方逝去,再也不回来;有的声音是欢喜的,有的声音是沉重的,它们都储藏在那个小小的仪器里,就像储藏在魔盒里一样,现在释放了出来。我每说一次听到了,医生就在表格上画一个点,听着听着,我的眼前就看见了风中摇曳的花朵,红色的花,蓝色的花,白色的花,我还能觉出它们的不同的味道来,有的是酸的,有的是甜的,有的是辣的……这些声音迢递而去，接着来到的是马利喘息的声音，舌头吮吸的声音，从这些声音里我可以想象出我和马利在一起时的各种场景。

检测完了，医生给了我一张表格，上面是把各个点连接起来成了一条弯曲的曲线。这就是我治疗的结果，它是我抽象的神经在具象上的反映。

回到病房，吊完最后一瓶水，马利把针头从我手面上拔下，我对正在取瓶子的马利说："把这个瓶子给我吧。"

她奇怪地问："你要这个东西干啥？"

我说："做个纪念哩。"

她把瓶子给了我笑着说："病房里那么多人出院也没有人要个瓶子做纪念的，一个小病有啥了不起的。"

我接过瓶子看着上面我的名字和床号，我说："谢谢。"

我们一问一答着，彼此心照不宣。感情这东西，越是深厚，表现出来的反而越是平淡、自然。

我开始收拾东西。

老护工过来送我，我对他说再见，他说，在医院不要说再见，要说走好。

走过长长的洁白的走廊，来到医院的门外，我向身后望了一眼，阳光照在医院里那座高楼上，有着明亮的光，我毫不犹豫地大步走上马路。

出院了。我在心里喃喃地对自己说。

《出埃及记》里说，神获悉他的子民在埃及受到劳役之灾时，决定拯救他们脱离罪、死亡和邪恶。

"起来，走吧。"对于被奴役、陷于困境中的人来说，这是一个振奋人心的召唤，令他们立即行动。

"神要拯救他们，去到一个流奶与蜜的地方。"

夏天的太阳在这个城市的上空燃烧，没有什么办法可以阻挡。马路上的行人都穿着短衣短裤，走路也爱选择有阴影的地方了，我提着一只袋子，里面有一双用报纸包着的拖鞋，一条睡觉时换穿的棉衬裤。

公交车来了，我上了去，车上的人很少，我找了一个座位坐下。

车子开动了。

马　利

秋天很快就到了，这几天北风从屋内穿堂而过，带走了夏季的酷热。这风与夏天的南风不同，它是从遥远的北方吹过来的，它越过崇山峻岭，大江大河，捎来雪峰上的洁白，在我空荡的空间里停留逡巡。我喜欢这个季节，体肤上的惬意和心灵上诞生的梦想达到完美的统一，我的耳朵无比灵敏，能听到遥远的细小的声音。这个夏天，我的黑暗折断了。我坐在凉爽的秋风里，浑身充满了激情，觉得有许多事要去做。

一个多月，没有见到马利了，下午，我去找她，我给她打电话，她说她住院了。

马利生病了，这出乎我的意料。我问她在哪里，要去看看她。她拒绝不过，就说在市二院内科病房。

马路边有一家花店，我进去选了一束花，鲜艳的花瓣盛开着，发出淡淡的清香，外面是一层勿忘我，开着碎碎的白花。花店里的女孩子把花包好，我捧在胸前，打了一辆出租赶到市二院。在内科病房，我问值班的护士，要找病人马利。

护士是一位年轻的女孩子，胸前挂着实习生的牌子，她把我带到病房，我一看，马利躺在病床上，穿着病员的条纹裤子，身下是白色的床单。

马利可能早就在等着我了，我到门口一站，她就要起身，但她还是没有起来，又躺了下去，脸上满是不好意思。

我走上前，她示意我在床边的凳子上坐下来，我把花轻轻地放在她的枕边，她转过头来嗅了一下，笑着对我说："你真会选花，这束花是我最喜欢的。"

我问她生了什么病，她苦涩地笑笑，我看到她美丽的面孔呈现出巨大的沧桑，她告诉我，经过这么长时间的离婚官司，法院决定判决他们离婚，在裁定完离婚证书后，马利的丈夫说，让我最后拥抱你一下吧。马利犹豫了一下，同意了。丈夫紧紧地相拥着她，让人没有想到的是，他从口袋里掏出了一把刀子，用力地刺进了她的肋下，她惊叫一下，瘫痪了下去。

听完她的讲述，我惊讶地望着眼前这朵被摧残的花朵，她的眼睛既不是护士的眼睛，也不是我心理医生的眼睛，而是我姐姐的眼睛。

我坐到她的身边，她把头靠过来，靠到了我的肩膀上，然后，用细长的手指轻轻地捏住我的耳朵，揉了揉说："耳垂大的人善良，有福气。"

我沉浸于这样的美好中，过了一会儿我说："等你出院了，我们恋爱吧。"

她的眼睛一下子红了，她没有点头也没有摇头，而是平静地看着我。

我离开医院时，西下的太阳像一只大橘子挂在高耸的楼群间，使这个城市像童话一样,充满了爱意。我加快脚步走着,我的内心被巨大的激情鼓荡着,这个停在路边的夏天,因为,因为两颗被拯救的心而像花朵一样突然绽放。

被捆绑的人

1

最近，刘正东在梦里老是被绳子捆绑着，他越是用力挣扎，绳子捆绑得越紧，直到他大汗淋漓地从梦中醒来。新的一天开始了，刘正东又回到正常的生活状态。

早晨，太阳出来。妹妹先是把那张缠满了布条子的破竹椅搬出屋外，选一片阳光充足的地方放下。然后，再回到低矮的屋内。哥哥刘正东正从一方窄小的窗口朝外看，墙壁是土垒的，窗子是当初垒墙时，用锹挖出来的，窗子外有几棵槐树，阳光从秋天茂盛的枝头上漏下来，洒在地面上，可以嗅到土地里散发出来的气味。

"哥，起来吧，椅子放好了。"妹妹来到他的床前，喊道，父母一早就下地了，现在家里只剩下她和刘正东。

　　刘正东用双手把自己软管子一样的双腿挪到床边，然后拿来木制的双拐，架起身子。他虽然瘦了许多，但是从高大的身材上，仍可以看到过去生龙活虎的样子。妹妹赶忙上前用双手搀扶住他的双臂，这时，她从空大的袖筒里，抚到了刘正东两条瘦弱的胳膊。妹妹说："哥，你又瘦了。"刘正东轻轻地笑着说："可我又没少吃。"刘正东调整了一下身子，他一走动，双腿就像两条软管子在地上拖着，妹妹把刘正东搀到竹椅子上，让他坐下来，竹椅子发出一阵承重后的嘎吱声，然后平静下来。刘正东坐下来后，妹妹又把一条破旧的毛巾叠成长条，搭在他的双腿上。安顿好哥哥，妹妹回屋拿了筐，要下地去。

　　刘正东叫住了她，说："妹，你把昨天晒的棉桃拿来我上午摘摘。"

　　妹妹重又进屋，把一筐棉桃端来，放到他的身边。

　　刘正东看着妹妹挑着两只硕大的筐子，出了村头。

　　刘正东开始摘棉花。

　　好的棉花开放在地里，洁白而丰满，是名副其实的花朵，这些好棉花在地里就被摘下了。在收回来的棉秆上，还零星地挂着一些青涩而瘦小的棉桃，把这些棉桃摘下来，摊开在地上晒。这些青涩的棉桃是坚硬的，经过几次大太阳的暴晒，棉桃的壳子就呈现出铁黑的颜色，再用脚踩踩，坚硬的棉桃就裂开了口，再晒几次太阳，棉桃就像经过严刑拷打了一样，吐出了内里营养不良的棉花。刘正东用手指扳开棉桃裂开了口，轻轻一拽，瘦长的棉花从黑色的壳子里被扯出来。好棉花都要拿到市场上去卖的，这些孬棉花是留下来家里用的。

残疾了的刘正东只能做着这些简单的活计，为家里减轻点负担。

半天时间，刘正东的身边已堆起一小堆黑色的棉桃壳子，筐子里盛满了一堆洁白的柔软的棉花。他有点累了，停下来，休息着。

阳光是纯净的，没有一丝杂质，地面是干爽的，还印着雨天时，狗和鸡走过的杂乱的脚印，像史前化石上的印迹。村外，远远近近的田地里都是绿色的庄稼，茂盛得阳光一落入上面，就会化成拔节的声音，更远处就是葫芦山头了，像一顶巨大的帽子，盖在这片平坦的土地上。天蓝得透彻，几缕白云飘浮着，丝丝缕缕的，似乎就要融化了，这时，一架飞机轰鸣着从头顶飞过，银色的机身，在无垠的空间中像飘浮着的一小块冰块，很快就无影无踪了。

阳光洒在刘正东的身上，暖和和的，直达他的骨头，他觉得自己的身体就是这坚硬的棉桃，阳光是两个指尖把他内心里的棉花往外扯，慢慢的，舒适的，鲜艳的，他喜欢这种感觉，他要寻找的就是这种阳光。他真想伸出手去掬上一捧阳光饮下去，把内心深处的阴影赶走。但他的双腿是软的，他迈不开步子。

刘正东在阳光下晒着晒着，思绪就飘远了。

刘正东把搭在身上的毛巾拉拉，这条毛巾还是他在矿上打工时得的，那次组织劳动竞赛，他得了第一名。

刘正东来矿上打工，是因为矿上工资高，贫困的家里亟须要这笔钱来补贴生活，比如刘正东不小了，要盖房子讲亲了；母亲的风湿性关节炎要钱治病了等等。刘正东第一次下到三百米的井下，头顶着一盏电灯在那个黑咕隆咚的巷道里走着的时候，他就感到很压抑，很向往地面上的阳光。但他一进入工作面，他的肌肉就鼓胀着，拼命地干活，把地面上的阳光忘得一干二净。因此，每到发工资时，他领的钱是同事中最多的。他把这些钱源源不断地汇到家里，家里贫困的生活也因为他的努力而改变了起来。

悲剧是在一年后发生的。一天，刘正东和同事们在井下掘进，忽然轰的一声响，岩头发生了塌方，碎石埋住了三个人。待刘正东从医院里醒来，他的全身缠满了绷带，其他两个人终于没有抢救过来而死亡了。来看他的同事都夸刘正东幸运，保住了性命，大难不死必有后福等。两个月后，刘正东出院了，可他的两条腿永远也站不起来了，他瘫痪了。

中午，父母和妹妹都从地里回来了，父亲和妹妹各担着一担山芋，父亲的脸在阳光下仿佛是手工艺人的陶，一条条皱纹在他瘦削的脸上交错着。妹妹的脸在阳光下呈现青春的光泽，尽管常年的劳动，皮肤有些黝黑，但阻挡不住青春的气息。母亲矮小的身子跟在后面，肩上挑着一担山芋秧子，山芋秧子在地上扯扯拉拉的，上面长着一枚枚手掌一样的叶子。父亲把山芋担子放下，进屋去了。母亲把山芋秧子扯下一些丢到猪圈里，一会儿就听见猪大口大口嚼食的声音。

妹妹放下担子，来到刘正东的跟前，把他摘好的棉花，摊开来，在阳光下晒。

过了一会儿，母亲把饭做好了，父亲把刘正东从屋外搬进了屋里，放到桌子前坐下来，一家人边吃着饭，边说着地里的事，哪块地里的稻子如何，哪块地里山芋如何，这些田地刘正东是了如指掌的，但他瘫痪的双腿再也不能健步如飞地踏上这些田间地头了。

吃过饭，大家又都下地去了，只留下刘正东在门前的太阳地里。

现在，刘正东又看到那几只花喜鹊飞来了，它们扇动着黑白相间的翅膀姗姗地落到门前的椿树枝头，叽叽喳喳地叫着，它们的自由欢快，使人想到天地的广阔，想到时空的无限，而眼下，刘正东窝在这张破旧的竹椅子上。他下意识地敲打了一下自己的双腿，他悔恨往昔的岁月里睡去了太多的时间，如果现在还给他两条健康的双腿，他会每天早晨去田野里奔跑。

第二天，仍然是晴天，金黄色的阳光似乎是一只老母鸡，有着温暖的翅膀。

父母吃过早饭下地去了，小妹留在家里。她先把家里换下的衣服洗了，然后，在门口两棵槐树上拴了一根绳子，把衣服一件件地晾上去，抻平。那些衣服张开着，长长短短、宽宽窄窄的可以看到他们在田间里劳动的姿态，自由的姿势。

刘正东坐在破竹椅子上，看到自己的那身衣服，灰色的，腰部以下是皱巴巴的，这是他长年躺着造成的，那是他身子的缩影。

妹妹把衣服晾好后，就开始搬出板凳刨山芋。

板凳上钉牢着一个刨子，妹妹坐在板凳上，拿着一块硕大的山芋，弯着腰在刨子上熟悉地推着，发出嚓嚓的声音，薄薄的山芋片从刀口中连续地飞了出来，经过短暂的距离，落到地面上，阳光照在上面，一块块白色的，像一支支翻飞的翅膀。一筐山芋刨完了，妹妹又搬来一筐，继续刨。很快，她的面前就堆起了一个圆锥形的白色的小山。

刘正东坐在破竹椅子上，眯缝着眼睛看着妹妹干活。妹妹的头上的几缕黑发从发夹里掉下了，在她的面前晃动，妹妹的身子是柔软的，一动一停都似乎在听不见的旋律里，好看。

刘正东对妹妹说："山芋本来是块石头，给刨子一刨就有翅膀了，一块山芋身上可以有许多翅膀哩。"刨山芋的活过去刘正东干起来也是拿手的，现在，他只能坐在破竹椅子上看了。

妹妹停下来，用手把面前的几缕黑发捋进发夹里，说："山芋怎么能有翅膀呢？"

刘正东说："因为他被刨成山芋片了。"

妹妹说："哦，山芋片怎么是翅膀？"村子里的年轻人都出去打工了，小妹是和他说话最多的人，细心的小妹分解了刘正东心里不少忧郁。

刘正东说："有翅膀它就有自由了，你想想，山芋片晒干了，就可以挑到市场上卖，它们有可能去了酒厂，有可能去了食品厂，它去的地方可多了，这不就从地里飞出去了。"

妹妹直起腰来，说："哥，你真会想，我现在不刨了，它们就飞不起来了。"

刘正东说："没有翅膀的山芋，它一定是痛苦的，它只能像一块块石头堆在我家房子的墙角，弄不好还会烂掉，它的生命就完了，白来了世上一回。"

妹妹又刨起来山芋来，说："哥，我看你可以当作家了。"

"哥也读过几本书的。"刘正东笑着说，"拿几块山芋片给我吃。"

妹妹停下来，弯腰挑了几块大而薄的山芋片送给了刘正东，刘正东拿在手里，用牙一咬，山芋片脆脆的，丰满的汁液就润了出来。刘正东把几块山芋片吃了，仿佛几只翅膀就吃到肚里去了，妹妹问他还要不要了，他说再拿两块吧，我家今年的山芋甜。妹妹就又送上了两块。

一天的时间，在大家的忙碌中很快结束了。太阳落山了，刘正东也回到屋里，坐在自己的小床上。光亮从门口照进家里，渐渐的越来越少，终于，天黑下来了，刘正东拉亮了头顶上的灯泡。

2

夜里，刘正东又做了同样的梦，那根绳子从黑暗中慢慢爬上他的身子，他用力驱逐着，绳子被他扔出去好远了，但过一会儿，绳子又爬了过来，这样反复着，他实在是精疲力竭了，就在这时，绳子爬上了他的身体。他的身体像一个架子，绳子像藤蔓一样从双脚往上爬着，一直爬到他的双臂，然后，紧紧地把刘正东捆了起来，全身动弹不得。刘正东低下头去，用牙齿狠狠地咬着脖子下面的一段绳子，他要用牙齿咬断它。绳子的断口处，却渗出了血液来，绳子痛苦地腾挪着身体，最后，隐藏进了他的身体里。

他没办法找到绳子了，刘正东恐怖地大叫一声，醒来了。

他睁着眼睛，天已大亮了，一根电灯开关的绳子悬挂在他的头顶，他愤怒地伸出手去挽住这根细长的绳子猛一用力，绳子被拉断了，他的手掌也被磨出了一道紫色的印子。

第二天，开始下雨了，雨水淅沥着，刘正东就不想起床了。

这雨一下就是数天，地面上一片泥泞，有时，鸡们湿着羽毛，从外面进到屋里，在干燥的地面上踱着步子，印上几个浅浅的"个"字。父母还是在雨中进进出出地忙碌，刘正东只有坐在屋内看着外面的雨水发呆。

雨下几天了，到处都湿漉漉的，刘正东感到自己被窝里似乎也有点湿了。

这时，他感到小腿的内侧有一个肿块钻心似的痒，像有无数个小蚂蚁在爬动，它们在体内寻找什么呢？他用手抓着、驱逐着，那些蚂蚁四处逃散了。凭感觉他知道，这可能是疹子犯了。

过去，每年秋雨季节刘正东都要犯一回疹子的，刘正东犯疹子一般都是请邻村的小医生来治。小医生是乡亲们对他的俗称，因为他年龄小，高中毕业没有考上大学，就去县城卫校上了几年学，回来就开始行医了，不能和那些正规院校出身的老医生们比；二是因为他不能看大病，只能看一些小病。因为以上两个原因，所以大家都称他为小医生。

小医生告诉刘正东，目前世界上只有止痛的药，还没有止痒的药。小医生的嘴唇上刚长了一圈毛茸茸的胡须，他认真地说着，仿佛他是一位权威。

刘正东感到不明白，难道痒比疼还难治？

小医生说，要止痒最好的办法是用疼，用药都不行。

久病成良医，现在，刘正东对疹子也是了如指掌了，疹子先是红肿奇痒，要不停地抓，接着就开始腐烂，要涂药膏了，但疹子产生的腐烂气味是最令人恶心的，这个时候，刘正东一般都拒绝别人来服侍他，他独自忍受着，直到疹子痊愈。

刘正东开始为双腿上的疹子愁眉不展。

雨天农人闲下来了，父亲找村里的大爹来家搓绳子，以备农忙时用。大爹把上好的稻草放到一段树根的砧子上，父亲用一根木头的榔头，一下一下地砸。每砸一下，大爹就把手里的稻草翻一下身。

屋子里，顿时就有了稻草被砸出来的青涩味道，和沉闷的砰砰声。

砸了一上午，一捆稻草砸软了，两人坐到长条凳子上，开始搓绳子，每搓动一下，手掌都会摩擦出嚓嚓的声音。一股金黄色的稻草绳子，在屁股底下慢慢伸长，像一根丑陋的尾巴，然后拖到了地上。两位老人一边搓绳子，一边絮絮叨叨地说话，话比外面的雨珠子还多。

刘正东倚在床头,看着两人快乐地搓着绳子,这种劳动的快乐也感染着他,他看着看着,开始困倦起来,他眯上了眼睛小憩。恍惚中,他梦见两位老人屁股下的绳子越来越长,朝床上爬过来,他恐怖地醒来,头晕眩着,长长地叹了一口气。

他让两人不要在家里搓绳子了,要不就去大爹家搓绳子。

父亲不理解刘正东的心理,他停下来,奇怪地问,我们搓绳子有啥,怎么挡你的事了。

刘正东心里难受,但又说不出道理,只好说,我怕闻这草的味道。

大爹看到愁眉不展的刘正东,招呼说:"正东伢。"

刘正东嗯了一声,大爹身体精瘦的,脸上挂满了笑,慈祥的样子。他走到刘正东跟前,拍了拍他的被子说:"伢子,这腿到医院是治不好了,哪天我请菩萨来给你看看,看看菩萨可有法子。"

刘正东听了大爹的话,觉得可笑,但他没有笑。大爹在村子里是大仙,家里摆着菩萨的位子,他每天的功课就是对着各路神仙烧香磕头,远近的人病了,也都喜欢找大爹请请菩萨帮忙。有时猪丢了,狗跑了,也来找。大爹是有求必应,请菩萨也是体力活,大爹会忙活半天,然后给出个答案,这在乡下很普遍,似乎也成了民俗。其他人为别人请菩萨是要收取费用的,大爹人好,多少年来不收一分钱,乡亲们都很感激他。

两个人腋下夹着一捆稻草出门去了。

夜里,刘正东做了一个梦。

梦中他坐在破竹椅上,天突然阴沉下来,接着刮起了大风,他像一只塑料袋子被吹起来了,他慌张地不停地划动着双臂。忽然,他飞起来了，空气像厚厚的水流，在腹下流动，他的双手向前划动着，有时在空中一个腾跃，像鲸在海洋里一样自由。

刘正东从空中看到村头有几个人聚在一起说话，看到自己坐着的那个破竹椅子就放在自家的屋门前，上面空荡荡的。椅子由于长年坐着，已太破了。他飞到田野上空，看到地里三三两两的人在做农活，过去他感到做活很辛苦，现在，他感到能有一个健康的身体，在田里做活很幸福。终于，看着父母和妹妹在地里做活的身影了，他想落下去帮忙，但他站不住。飞累了，他只有又飞回来，回到椅子上，落下来，躺在上面。

见到妹妹，刘正东悄悄地告诉她，我会飞，妹妹睁大了眼睛不相信。

刘正东说，你等着看吧。妹妹把他扶到屋外，刘正东试着风的强度，一股风吹过来，他身体向上前倾着，奋力地划动着双臂。终于，浮起来了，在空中自由地飞来飞去了。

他在村子上空转了一圈，他又回来落到妹妹的面前，妹妹高兴地紧紧地拥抱着他蹦着说，噢噢，我哥会飞了。

刘正东会飞翔的事，慢慢地传开了。许多人到天庭那里去告状，一个走路的人，为什么要让他飞，这样下去，当初用泥造人时立下的规矩不就变得乱七八糟了。菩萨觉得有理。

有一次，刘正东在空中飞翔时，遇到了一个白胡子白眉毛的老人。老人看到他，很是吃惊，问他怎么会飞的？刘正东说，他的腿没用了，所以他要飞。老人说，飞翔比走路危险，你还是回去用腿走路吧。老人说完就没有了影子，刘正东这才恍然大悟，原来，他是菩萨。

刘正东仍然在天空中飞翔着，一天，他刚飞到村头，从一棵大树上忽然飞起一张大网,把刘正东网住了,同时网住的,还有几只受惊的麻雀。

原来是菩萨派天兵天将捉他来了,他们把他从网中拉出来按住,然后,用绳子把他紧紧地捆了起来。绳子是细细的,白色的塑料绳子,像打包一样,捆住了他的双臂,捆住了他的双腿。一用劲,细细的白色的塑料绳子就勒到他的肉里了,他动弹不得。他们把他扔到破竹椅上,刘正东像一段木头一样,躺在上面挣扎着,可是不管任何用。

刘正东大声地叫喊着,他被自己的声音惊醒了,他睁开了双眼,和往常一样地躺在床上。

他看到妹妹了,早起的妹妹和往常一样在对着墙上的镜子梳头,显然妹妹并没有听到他在梦中的叫喊。妹妹浓黑的头发从梳子中流过,有着瀑布一样的美丽。父母佝偻着腰在准备着一天的劳作。

刘正东开始搬动两条软管子一样的双腿穿衣服,难道这不能动的双腿里真的有一根绳子在捆绑着?他想打开看看,但没有办法,他狠劲地捏了一下,疼痛还是涌上他的心头。

雨仍然在下着,从窗户向外看,似乎小了些,有时就要停下来了,但到了下午,又下了起来,让人心烦。

这天下午,村里的姑娘小春过来找小妹玩,小春打着一把小花伞,很洋气的,进了屋门,一收,就一小把了。小妹见小春来了,高兴得很,忙端来板凳,两个人坐下来开始叽叽喳喳地说话。她们两个从小一起长大,一起上学,上到初中时,一起辍学回了家,在村里是无话不谈的好朋友,这两年,小春到外面打工去了,很少回来,起初妹妹很是孤单,直到很久才回到正常的状态。今年,南方的厂子都关门了,小春也提前回到了家。

被捆绑的人

  这次小春来，给小妹带来了一条黄色的披巾，网状的，小妹披在肩上，身上穿着白色的衬衫，一下子就鲜亮起来，然后，从墙上取下镜子，到门口的光亮处左照右照兴奋极了，小春就站在她面前教她怎样打结。小妹说，这东西是漂亮，但在乡不可能穿出去呀。小春就笑着说，别顾忌老人的眼光，没事的，城里的女孩子穿着超短裙，只盖着两个屁股哩。小妹说，你在城里可穿？小春就笑了说，你猜猜。小妹也笑了，说，我不猜，我知道。然后，小春又给小妹拿来一个精致的小盒子，从里面抽出一把精致的小刀，刀片的下端是一节红色的塑料柄，小巧玲珑让人爱不释手，小妹喜欢得不得了，问这刀能干啥，小春告诉她，这是用来修眉毛的。

  小春对着镜子在自己的眉毛上修了起来，边修边教小妹，说不要让自己的眉毛长得像田埂上的茅草，乡下女孩子的美都被粗糙淹没了，城里女孩子为什么漂亮，就是因为她们会打扮。

  两个女孩子像两只雀子，在一个雨天的时光里，充满着快乐透彻，没有了一丝阴影。刘正东坐在破竹椅子上看着这两个快乐的女孩子，自己也被感染了，他咧着嘴笑着看着她们。

  说到最后，两个女孩子自然就说到打工上来，小妹问南方可好打工，自己也想出去打工挣点钱，好给家里过年。

  小春说，南方一时可能不要人，她和那些姐妹们回来了，准备在省城里找工做。现在，她在家里等着，带队的在城里联系，联系好了，就会打电话来，到时就把小妹喊上。

  到了晚上吃饭时，小妹就把想去打工的事给父母说了，父母也没作声，因为，小妹要出去打工，过去也提到过，家里也确实困难，如果能出去挣点钱来补贴家里，也是一个好主意。但一个女孩子家在外，怕人家有闲言碎语。现在，村里有小春先出去打工了，小妹跟着小春去打工，家人放心，村里也不会有什么闲话的。

3

天终于晴下来了，这些天来的阴霾被阳光一照，驱散得一干二净，空气中透露着明媚和舒畅。

小妹像往常一样把刘正东背到屋外的阳光下坐着，太阳晒在他的身上，他的身上渐渐就有了阳气在升腾，但这次和往常不一样，他的双腿开始痒了起来，他知道，这是疹子在进一步加深，不久，大腿上的疹子就会化脓、腐烂，又要花钱去治疗了。现在，痒又一次钻心起来，他把裤带解下，在大腿的内侧，找到那块肿块，他不停在用手挠着，还不解痒，他用指甲朝硬块上切去，直到切出一道深深的痕来，疼痛暂时止住了痒。

小春来告诉小妹，城里的工作联系好了，领队的打电话来了，可以去上班了，如果小妹愿意去就可以准备了。

小妹自然是欢喜得不得了，这两天小妹忙碌着收拾东西，母亲是舍不得让小妹走，做饭时也单独为小妹添了一些菜。刘正东也为妹妹欢喜，他对小妹说出门要带的东西，要注意的事项等等。

第二天，照样是一个好天气，妹妹要搀扶刘正东去外面晒太阳，刘正东说："妹，哥今天想去湖边看看，你去东头大姨家借一个平板车，拉着我去。"

湖边在村子的东边，是一个自然形成的水地，离村子不远。小妹说行，就出门去了。

小妹很快就从大姨家把车子借来了，平板车在农家主要是用来干农活的，上面还有点垃圾。小妹从屋里找来扫帚，把车厢清扫了一下，然后，搀扶着刘正东坐在上面，小妹在前面拉着，沿着一条土路，磕磕碰碰地向村东边走去。

一出村子，视野就开阔起来，收割后的原野，一望无际，远处的葫芦山头，更显得高了起来，三三两两的乡亲在地里劳作着，有时，遇到村里的人，刘正东就和人家打个招呼。两人走了一会儿，就到湖边了，小妹找了一块宽敞的平地，把车子停了下来。刘正东抬眼望去，湖水是汪洋的、蔚蓝的，使他的眼睛一下子开阔起来。他对这个湖是熟悉的，在没有受伤前，他经常来这里游泳、捕鱼。那个时候，这个湖对他和村里的人来说，就是一个菜篮子，一个游乐场，现在，他来看湖，感到这是一片天空，一片栖息在心里的自由的天空，阳光打在水波上，有着刺眼的金光，在渺茫的水的地平线上，有一片连绵的低矮的山峦，像是可以用手轻轻地抹去，湖面上有一些野生的蒿草，一蓬蓬地耸立在水中。

刘正东有点激动起来，让小妹从地上拾起一块土坷垃递给他，然后用力地向湖水扔去。湖水发出咚的一声，荡起一片涟漪，小妹也拾起一块坷垃扔进去，两个人笑着，水声惊起了几只水鸟，它们从蒿草中飞起来，飞到湖的深处去了。

不远处的水面上，稀稀落落地漂着一些野菱角的秧了，那些棱形的叶子，像一朵朵开放的花。小妹过去，折了一根芦苇的秆子，捞了几只秧子，摘了一捧菱角，用水洗洗，拿回来递给刘正东。菱角有四个尖尖的角，小小的身子裹着紫红色的皮，他们剥开菱角的壳，里面是一粒小小的白色的菱籽，放到嘴里嚼起来，有着淡淡的甜味。

他们在湖边坐了好久，刘正东的身体晒着阳光，有了热量，接着双腿又开始痒痒起来，钻心的痒，使他的身子一阵麻木，他恨不得要用刀子把一块块痒痒剜出来,像扔土坷垃一样扔到湖水里去。

小妹说:"哥,我们回去吧,要做饭了,要不,妈干活回来没饭吃的。"

刘正东说:"好,回家。"

晚上,小春来找小妹,约定明天一早,就去镇上坐车,去城里打工。

小春一走,母亲开始为小妹忙碌,父亲就在一旁抽烟,母亲要给她的包塞上这样塞上那样,恨不得把全部东西都塞进小妹的包里,小妹说装不下了,带去也用不上的。

小妹来到刘正东的身边,说:"哥,我要走了,你在家里要照顾好自己。"

刘正东对小妹说:"小妹,你放心去吧,这些年我连累你了。"

小妹说:"你客气啥,你是我哥呀。"

父亲说:"伢子你尽管去,你大哥我们都能照顾的。"

两天后,小妹就背着背包,和小春到城里打工去了。

4

小妹一走,刘正东的心里就显得空落起来。

父亲搀扶着他拄着双拐艰难地挪到屋外,坐在那把破椅子里晒太阳。

这天,母亲拿来一把镰刀,一块磨刀石,让刘正东把镰刀磨磨,明天好下地去割稻子。这些年来,每到秋收季节,家里的镰刀都是他磨的。母亲交代完毕就和父亲下地去了。母亲瘦弱的身子总是有着无穷的力量,在家里里外外不停地忙碌着,不知疲倦,父亲总是默默地来来往往家里与田间地头,没有一声叹息。

现在,刘正东一个人坐在太阳底下,开始磨镰刀,这不是体力活,很好做。他先是把磨刀石放在板凳的头上,固定好,用布沾上水,把石面沾湿,然后,身体歪向一边前倾着,用手把刀按在上面,来回地拉动,很快磨刀石下就流淌起了一层污水,镰刀的口渐渐地明亮起来。刘正东拿起来,习惯性地用手指抹去污水,一道弧线的刃明晃晃的,让人想到白银似的光芒。

接着他开始磨第二把镰刀,很快就磨好了。

他停下来休息,躺在破竹椅子上,抬头仰望着天空,今天的天空有着片片白云,太阳的光从白云中穿下来,呈现出放射的光芒。有一架喷气战斗机从天空上飞过,尾部拖着长长的白色的气带,飞机那一小点亮光在天空中像箭打的一样迅速向前飞行着。刘正东喜欢看这样的飞行,看得自己的眼睛发酸,然后,又低下头来,揉揉眼睛。

随着太阳的热量增加,刘正东的双腿又开始痒起来,那种钻心的痒,他先是用手抓着,但还不行。他从身边拿出磨好的镰刀,镰刀明亮的光,给了他许多关于美的想象,他用刀口在隆起的硬块上轻轻地刮了一下,刀口经过,有着爽意的清凉。他这样在一处又一处瘙痒处刮过,立刻就有了淡淡的血痕,涌起一阵疼痛,但他感到很舒服,他觉得疼痛是唯一能止住痒的方法。这些年来,他对疼痛的依赖,就像一个吸食了白粉的人对白粉的依赖。

一不小心,他把一个肿块刮破了。他看到血从口子里渗出来了,他闭了一会儿眼睛,又睁开眼睛,一小片血液像玫瑰一样开放在他苍白的皮肤上,他用毛巾轻轻地拭去,就看到那道浅浅的口子了。他对这个口子有了猜想,这里面隐藏着什么呢?他忽然想到,那根捆绑他的绳子，他就在寻找这根绳子，这些年来自由就如此地被它捆绑着。

他又朝下划去，疼痛使他暂时感受不到钻心的痒了，他只感到刀子是美丽的，可以帮助他实现对自由的追求。他本来就瘦弱的腿上，没有多少肉可以让他划下去，血液更加汹涌地从深处涌出来，这让他想起村东湖里的水，那是有着母亲胸怀的水。他的脑子是清醒的，他不能再这样下去了，这不是在梦里。否则，他会死去，他停住了手，把刀子在毛巾上擦拭了干净，然后放起来。

他眯着眼睛休息着，阳光是平静的，没有一丝惊悚。现在，刘正东有了作为一个男人的气概，这是多少年没有过的体验了。

过了一会儿，疼痛过去，又一阵钻心的痒，开始轻轻地爬上他的身体，越来越重了。他睁开了眼睛，这次，他用刀子把原来的伤口切得更大了，他看见捆绑自己的那条绳子了，白色的、细细的，就在血液之中，他毫不犹豫地伸刀将它割断。他又看到那条红色的绳子了，粗粗地在搏动，他伸进去就割断了，这时血液一下子就喷涌出来，他的眼前一黑。他真的在天空中飞翔起来了，他可以去向任何地方，他飞过田野，劳作的父母看到了，叫他快快回来，他答道，好啊。他飞到城里了，小妹、小春看到了，欢呼着，问家里好不好，他自由地飞着……

5

傍晚，从地里回来的父母，首先看到刘正东歪躺在破竹椅子上，他们没有在意，先是把农具放下，然后进屋喝了口水。父亲过来，喊了一声东子，没有回声，他感到今天的刘正东和往常不对，走近了一看，看到他紧闭着双眼，脸色苍白，再往下一看，吓了他一跳，他的身下一片殷红。他感到出大事了，忙喊来老伴，老伴一看儿子早断了气，旁边扔着雪亮的镰刀，刀口上黏着丝丝血迹。她趴在刘正东的身上就号啕大哭起来："我的伢呀，我怎么想起来让你磨刀子啊，我要死啊。"

刘正东的死立刻惊动了村子里的人。

大爹来了，痛悔地说，前一阵子，我就讲给这个伢子请请菩萨的，一忙就拖了下来，没想到他却走上了这条路。

村里的小医生来了，看了看他的伤口，说是切断了大动脉，失血过多而死。

派出所也来了，勘查后认定是刘正东是自杀，不是他杀。

第二天，在外打工的小妹赶到了家，她望着躺在木板上的哥哥，悲痛欲绝，她哭喊着，哥哥我知道你的苦处，但你怎么能割自己的双腿？下辈子你一定要爱护好自己的双腿！

不久，当地的晚报刊登了一则新闻：《双腿残疾男子，割腿不幸身亡》

9月25日，××县××镇门口，一名叫刘正东的村民用刀将自己右腿的大动脉和筋络割断，虽经多方全力抢救，但还是因失血过多当场死亡。

9月27日，记者采访时，谈起大儿子刘正东，他悲伤欲绝的母亲说，如果不是1989年他在山西一家煤矿打工时遭遇塌方，致使双腿残疾，儿子在当地算得上是一个帅小伙子。

哥哥身上生的湿疹在天气变化时会奇痒无比，有时竟用小刀往身上刮。刘正东的小妹说，自从在煤矿出事后，刘正东的双腿就没有任何知觉，拄了十几年的拐杖。他为何要做出如此傻事？家里的人猜测，刘正东的举动也许是想减轻其母亲的痛苦与负担，因为他的父母都60多岁了，身体不好，还要下地劳动。

但只有刘正东知道，他割断的是身体里的绳子，这个夜夜与绳子搏斗的人，终于胜利了。

自由撰稿人

1

那年夏天,我下岗了。

我原在县城里的一家机械厂上班,这个厂就是为省城里的汽车制造厂加工车轴的,我每天站在车床前用锋利的铣刀把铸件铣亮,然后,再进入到下一个工序。我的家住在工厂里,这里是一片简易的平房,电线像蜘蛛网一样纷乱,水管像纷乱的藤蔓爬满了墙壁,来来往往的都是厂里的工人。我是家里的顶梁柱,父亲年轻时受过伤,病退在家,母亲没有工作,但把生活打理得井井有条,家里的生活基本上还是宁静安详的。下班后,我喜欢坐在我的小房子里看一本一本的外国文学作品,写点散文或小说什么的,偶尔也有发表的，过着有理想的生活。如果生活就如此有条不紊地进行多好，可意想不到的事发生了，厂子破产了，我下岗了。虽然家里的生活暂时不受影响，但我感到有一片沉重的阴影无形地压在头顶上。我在这个县城里努力想找一份工干，我们县过去是农业大县，几家工厂屈指可数，现在，这些工厂又大都处在不死不活的状态，有两个好点的地方，都是官老爷们家子弟去的，因此，基本上无门可走。每次失败之后，我都郁闷几天，母亲劝我不要着急，天无绝人之路，但我总不能在家里睡了吃吃了睡吧，我决定去省城碰碰运气。晚上，母亲一边给我收拾东西，一边语重心长地叮嘱我在外面要注意的事，特别强调，你的犟脾气要改一改，比不得在家了。母亲叮嘱完了，又轮到我来叮嘱母亲，我一遍遍地让母亲放心，照顾好自己等等，父亲坐在板凳上，半天来一句，不行就回来。第二天，我就上路了，大巴车在乡间的公路上，颠颠簸簸地走了一个上午，才到达省城。

省城的高楼像森林一般，马路宽阔笔直，女孩子们穿着里面比外面长的衣服，翩然而行，比小县城洋气多了。我每天带着毕业证书和发表的文学作品，在几家人才市场之间奔波，在省城白花花的水泥路上，我感到我单薄的身体有一天会蒸发在这高楼里。有时肚子饿了，就乘人不注意，趴在公共水龙头前牛饮一番，肚子被自来水鼓胀着，能抵挡一时。在人才市场里，要么就是我的文凭低了或专业不对口，人家不要，有时，我掏出厚厚的一沓作品剪贴集，人家不屑地翻翻就放下了。文化为什么不受人尊敬，这让我很受伤。有两次还碰到了招工骗子，要我缴一笔报名费，被我拒绝了。几天下来，我神情木讷茫然不知所措。而每到晚上，是我最难挨的时候，我没地方去。有一天，我发现几个民工在街头公园里住，我灵机一动，也买了一床草席，晚上到公园的长凳子一铺，旁边点上蚊香，就睡下了。第二天早晨，正当我在熟睡时，却被持续的嘈杂声吵醒，我睁眼一看，身边到处都是跑步的男男女女，还有不远处在音乐声中跳舞的老太太们。我没办法睡了，只好卷起凉席走人。

在公园里住总不是办法，几天后，我从市政区地图上，找到一处城中村的位置，我用了一个下午的时间，终于找到了这里，这是一片杂乱的房子，比起我们的工厂小区好不到哪里去，让我十分惊诧在这个高楼林立的城市里，还隐藏着这样一个地方，就像人类已经进化到如今的高科技年代，还有一部分人类在森林里过着茹毛饮血的原始生活一样。傍晚时分，我终于租到了一间便宜的房子。房子是房东从自家二层小楼的外墙搭建起来的，底下是猪圈，养着几头大肥猪，上面是我住的。房东是一位中年人，他每天从城里拉来几大桶泔水，泔水顺着桶沿滴拉着，上面漂着肉片菜叶等等，发出刺鼻的味着，望一眼就让人作呕。房东把泔水倒进猪槽里，猪大口地吃着，发出吧嗒吧嗒愉快的响声，同样让人作呕。

我只能选择这样的房子，暂时安顿自己。

每天早晨，几头大肥猪就开始嚎叫着，要求喂食。猪的嚎叫声，雄浑有力，刺穿着我的神经，我每天都要经过三次这样的煎熬。但猪如果有意识的话，它们会与我想的不同，它会让我感谢它们，如果不是住在它们上面，我哪里能租到这样便宜的房子哩。

我就这样一边与猪打着交道，一边找工作。就在我快要支撑不下去的时候，我意外地遇到了我的同学刘爱爱。

那天中午，我在菜市场买菜，正在与菜贩讨价还价，只听有一个女子的声音喊我。

我吃了一惊，在这里还有人认识我？而且还是一个女子！循着声音望过去，只见一个穿着长裙的女人，一头波浪的长发，两只眼睛弯弯地正在对我笑，她瓷一般美丽的面孔泛起几丝光亮。我仔细一看，她是我的高中同学刘爱爱，我兴奋地迎上前去，说："哈，刘爱爱是你啊。"

刘爱爱冲我笑着，脸上也是惊喜的神情。她问："你怎么到这里来了。"说完，她大方地伸出手来，我局促了一下，赶忙伸出手去和她的手握在一起，我感到她的手是柔软的，小巧的，这些天来一直生活在委屈和冷漠里，现在有了一点温暖。

来到一个人少的地方，我把下岗找工作的经过简单地对她讲了，然后，叹息一声，无奈地望着身边来来往往的人群。

刘爱爱是我的高中同学，那时，她的爸爸是县城里的化肥厂厂长，她家住在一排红砖瓦房里，门前有着长长的走廊，走廊连接着外面长长的水泥路，下雨淋不着，不用走泥巴路。在班里，几个乡下女生像跟屁虫一样对她唯唯诺诺，她就是一个高傲的公主。

我们都是文学爱好者，所以关系比较好。记得临毕业时，我在操场边上碰到了她，操场边上是一排杨树，我们依着树干，说着毕业后的打算。她说话的声音里，带着微微的气息声，十分好听。那时她站在我的对面，长长的辫子，刚刚萌发的青春身子，我感到我在接触一个天使，我的脸在兴奋和紧张中变得通红。她问我如果这次高考失败了，要不要再复习，我说我家里条件不好，可能不行了。和她分手后，我的心情马上又低落下来。以后，许多年了，一直没有见过面，没想到今天在这地方见到，真是太巧了。

刘爱爱说，她大专毕业后，应聘了几家工作，都不满意，最后自己开了一家文化公司，承包了一家妇联的内刊、一家残联内刊，带着一班人干了起来，这几年干得还不错。她听了我的想法，思虑了一会儿，劝我做个自由撰稿人，就是自己找线索写稿子，然后打印出来,一把投出去,这些稿子要么是什么稀奇古怪的事,要么是一些添油加醋的大特写,现在各家报纸都有这样的版面,大量需要这样的稿子,可以试试。刘爱爱说,她的公司里有几个人就在做这事,收入挺不错的。

刘爱爱说话不急不慢的,很有条理,透着成熟女人的魅力,特别是略带我们当地方言的尾音,让我听起来十分亲切、欣喜,有他乡遇故人的感觉。我不喜欢这个城市里人说话像鸟叫一样叽叽哇哇的声音,让我感到陌生、冷漠。我偷偷打量着眼前的刘爱爱,经过这么多年了,我感到她的身上仍然有着与我们不一样的气息,这是厂长基因决定的,没办法。我还要找工作,人家就有自己的公司了,这也是基因决定的,没办法。

我相信刘爱爱的话,我决定明天去她的公司里看看,如果合适,我就按她说的路子走。

晚上,我躺在床上,仍沉浸在与刘爱爱相见的兴奋中。我想,写文章这种事对我来说,不是大问题。我回顾了这几年来的写作经过,在市文联的征文中就获过一等奖,在报纸杂志也发表过不少小说、散文和诗歌等。我的二伯是一个驾驶员,去年的时候,开着大货车从乡下走,被几个地痞流氓拦下了,打了一顿,还抢走了车上的东西。二伯报了案,但当地派出所说抓不到人。我听了很气愤,写了一篇报道,在法制报上发表了,最后,这几个人也抓住了,给二伯出了一口气。因为有了这些基础,如果要做自由撰稿人,我想会很快上手的。

第二天早晨,我在猪的嚎叫声中醒来,猪每天早晨醒来的第一个反应就是要吃,先是第一头猪哼哼两声,接着一群猪就像大合唱一样嚎叫起来。想到今天要去刘爱爱那儿,我立即起床洗漱,在猪的嚎叫声中，大声地唱着邓丽君的歌曲，走出门去，猪啊，我再也不用听你们嚎叫了。

刘爱爱的办公室在一幢写字楼的七楼，两间宽大的房屋，雪白的墙壁，宽敞的玻璃窗，一进门，是一扇屏风，上面是公司的名称，红色的底子，金色的金属，几盏射灯的光打在上面，我驻足了一下，感到自惭形秽，心底涌起对刘爱爱的敬佩之意。绕过屏风，靠墙是几排铁皮文件柜，里面有几张办公桌，几个年轻的身影伏在桌子上，写着稿子。一位小伙子站起身问我找谁，我说找刘爱爱。这时，刘爱爱已听到我的声音，从里面的一间屋里应着声走了出来。刘爱爱热情地把我引到屋里，在沙发坐下来，然后，从饮水机里倒来一杯水，放到我的面前，我端着杯子，打量了一下她的办公室，面前是一张大写字台，桌子上放着一部红色的电话，上面堆满了书和稿子，旁边有一个衣架，挂着她换下来的衣服，背后的墙上挂着一幅国画，上面的牡丹鲜艳怒放，两只黑色的蝴蝶在花上起舞。刘爱爱从桌后把一张真皮椅子拖过来，坐到我的面前，然后向我介绍公司里的情况。她让我看了她承包的两家内刊，刊物办得有声有色，装帧设计得很时尚，当然上面少不了一些煽情的稿子和医疗的广告。她说，你现在困难时期，不妨在我这儿先过渡一下，待有了好的去处，你再走，老是流浪不是办法。刘爱爱说话很真诚很能感染人，让我觉得友谊的珍贵，就毫不犹豫地同意留下来了。刘爱爱让我办一个记者证，那个时候，记者证管理还松，只要有一个内刊号，就能办记者证，杂志社自己管理。有了这个证件，下去采访人家就买账了。另外，就是我每一个月要提供给她的刊物一篇稿子，免费使用，这是潜规则。

刘爱爱给出的条件，我都能接受，说白了，她还是为我好。

办好了这些，已是中午，刘爱爱留我在办公室里吃工作餐。就是5元一份的外卖，但这已是我最近以来吃得最好的饭了。我大口地吃着，一盒饭很快就吃完了。我看到刘爱爱坐在桌子前慢慢地吃着，她细长的手指上，套着一枚红色珠宝戒指，她红红的嘴唇在轻轻地嚅动着。米饭好像是一粒一粒挑进口里的，菜是一片一片夹进嘴里的，她把菜里的肉全挑出来放到一边，没有吃的意思。再看看旁边我吃得光溜溜的饭盒，觉得不好意思起来。

有刘爱爱的关照，我很快就上路了，半年多来，我接连在刘爱爱的杂志上发了几篇头条大稿子，如《为了一个女人》《在女友的墓地里醒来》等，那几期杂志在市场卖得十分火爆。然后，我再把稿子投到别处，又挣回来一笔稿费，我很快就衣食无忧了，我也成了公司里的骨干，最让我感动的是，为了联系方便，刘爱爱还给我配了一个手机，这个豆腐干大小的黑色的手机，是我梦寐以求的，让我兴奋不已。我把这些都打电话告诉父母了，父母一再叮嘱我，要好好地给人家干。

刘爱爱对我很放心，公司里的大小事情都和我商量。我们经常在一起，商讨一些杂志的出版、栏目的设置和新闻的策划等等，有时，我们还回忆在学校时的一些趣事。刘爱爱说，一般来说，小学同学没有什么记忆，中学同学比较可靠，因为这时的感情最纯真，不带有任何功利目的，大学同学就不一样了，许多同学间有着虚伪性。刘爱爱在办公室里是随意的，脚上穿着布拖鞋，身上穿着宽大的便装，但一出门就会换上行头，仿佛变了一个人。我喜欢她随意的样子，率真、亲切。说话做事透着果断、利索。有时，我感叹地对她说，你现在成功了。刘爱爱不屑地笑笑，说，这哪能算成功，这不是她的理想。她的理想是投资做电视剧，她说，现在电视剧怎么怎么的赚钱，但这离我太远了，我听得不知所云。

　　说到自由撰稿人，在我们这个行当内，最高的写手，是国内几家著名的婚姻、恋爱刊物找你约稿，开的稿费高，还不愁稿子卖不掉，这是令那些初入者羡慕的。一般的写手，是写出的稿子到处撒网，但十网打鱼九场空，有一两家用了，一个月的生活费也有了。最烂的写手，是稿费没挣多少，还惹上一身官司，或者被人家打了。遇上这样的事，就算倒霉到家了。

　　在这个行当内，最紧俏的就是如何获得好的新闻线索。一个有价值的线索，是决定稿子成败的关键，有时，几个人会争一个线索，有时，好的线索是要花钱买的。

　　日子就这样有条不紊地过着，房东的猪已卖出一茬，又换了一茬，新抓来的猪崽在房东的辛勤喂养下像过去的那些猪一样茁壮成长、嚎叫，我还住在它们的上面，我想再忍耐一下，待今年过了，明年一定要换房子。

2

　　时间到了年底，我已好久没有写到重头稿子了，很快就要过春节了，我想尽快找到好线索，写两篇好稿子，挣点钱回家过年。

　　这天中午，刘爱爱给我提供了一条线索，在本省的一个乡下，有一位姑娘叫小白，刚结婚两天，一双眼睛被丈夫生生挖了。我觉得这里面有故事，如果写好了的话，挣个万把块钱是没问题的。

　　兵贵神速，要是被别人抢了，这个线索就没有意义了，我决定立即去采访。刘爱爱叮嘱我，农村情况复杂，有些偏僻的地方治安不到位，要注意安全。另外，人家女孩子现在是悲伤阶段，对外来的陌生人可能敏感，如果不同意采访，就不要为难人家，尽快返回。

第二天一早，下起了雪，站在屋内望出去，只见天空中雪花弥漫着，楼下的树上、楼房的顶上，都覆盖着一层白雪。沿着视线向远处遥望，纷乱的雪花似乎掩蔽了方向，空间变得似有似无了。我迟疑了好久，还是出了门，寒风裹着雪花扑到脸上，刺骨的冷。

中午时到达县城，雪已停了下来，但天空仍是阴沉的，积雪还是在房顶上、街头前累积着。

在街上，我想要为小白买一件礼品，这样好和她拉近感情，在这方面我有经验，另外，这是年底了，去见一位被暴力戕害的美丽而弱小的姑娘，我无论如何也不能空着两手，不管她愿不愿意接受采访，我都要表达一个善良的人对她的关爱，哪怕只有一点点，也是应该的。但应该为她选购一件什么样的礼品？她是一位年轻的姑娘，过去，应该是比较好选的，可现在她失去了双眼。我期望能找到使我眼睛一亮的东西，把一种对光的感觉带给她。县城的街上，充斥的都是农家的生活用品，让我感到失望。这时，我看到不远处有一位时尚的女孩子正站在自家的店门口，我想她家的货也许新颖点，就走了过去。

女孩的小店布置得很漂亮，商品琳琅满目，我看到一套帽子和围巾连在一起的饰品，这种东西，眼下在城里的女孩子中很流行，如果让小白戴，也一定挺可爱的。我让女孩戴给我看看，她很高兴地做了，然后又变换着多种样式给我看，说现在是冬天，这东西又时尚又实用的，不会错。女孩子问我是不是送给女朋友的，我说不是的，是送给一个不认识的女孩子的。她哇地叫了一声，觉得好惊讶，我便挑了一套纯羊毛的买下。

有了一件满意的礼物，我的心也开始惬意起来。小白的家在乡下，还要转车，我在街头简单地吃了一份盒饭，坐车继续赶路。

北方来的寒风，在土地上拼命地刮着，似一个硕大的喉咙在吼叫。农用中巴车在田野上颠簸，初冬的原野已没有了往日的丰腴，积雪覆盖着农家黑色的屋顶。上下车的乡人越来越多了，他们的手里都拿着扁担、箩筐等各种农具，有人还带猪崽，装在麻袋里，嗷嗷地叫着，一股的臭味。马路边新起的楼房墙壁上，用白石灰写着一条条醒目的广告，在一座老房的砖墙上，我偶尔看到了一行褪了色的大字：改善妇女生活环境，提高妇女社会地位。这一行字使我感到此行有了更加深刻的意义。

在镇上下了车，走了一会儿，看到路边停着几辆出租的三轮车，一问，人家说从镇上到小白家还有一段路。我租了他的车子，接到活的小三轮像一头小马驹欢蹦着在路上扬起一阵灰尘跑开了。寒风从每条缝隙里钻进来，像一只阴谋的手伸进来，我坐在车子里掖紧了衣服。随着车子的颠簸，路也越来越细了，车子开到一个村头，停了下来，开三轮的说到了。我付了钱，经人指认，来到了小白家的门前。这是一个单门独户的农家小院，与村里连片的房子隔着几块田地，院子的周围是一丛丛蓬乱的刺槐，落尽了叶子的树枝，光秃秃地伸向天空。红砖的院墙上零星地覆盖着一层薄薄的积雪，似有似无。院门虚掩着，里面静悄悄的。

我按了一下门铃，一会儿，从屋里走出一位老年妇女，见我是一个生人，脸上满是疑问，我简单地说明了来意，她热情地把我领进了屋内，原来她是小白的妈妈。这时，屋里又走出一高一矮两个男人，他们一个是小白的父亲，一个是小白的弟弟。他们都警惕地盯着我，从他们的神情上，我可以想象，这个家庭不久发生了一件大事，他们的脸上被打击的惊悸还没有消失，而我的到来，又是如此的不合时宜。

　　我又说了一遍来意，我问小白在家吗？他们同声说在，这时从房内里走出一位修长身材、穿着一身黑裙子的姑娘，她披肩的长发，戴着一副黑眼镜，不用介绍这就是小白了。

　　我叫了一声："小白，你好！"

　　小白用右手生硬地扶着眼镜，左手扶着墙慢慢地踉跄地上前走了两步，我赶忙上前双手紧紧地握住她的手，我说："小白，我来看你了。"

　　小白的手微微地抖动了一下说："谢谢！"

　　我看不到黑眼镜后面小白的眼睛，但可以看到她白皙的面庞。一时，我们都没有说话，本来的猎奇心情，现在变得有点沉重起来。

　　为了打破这局面，让她愉快起来，我对小白说："小白，我给你带了一件礼物。"说着，我从包里拿出这个帽子和围巾，让她用手摸摸，然后给她戴上。

　　这时，我看到一滴晶莹的泪水已从小白黑眼镜后面无声地流了下来。小白的妈妈在一旁用衣袖擦着自己满是皱纹的眼睛说："小白哎，你现在好俊，可你看不见了。"

　　小白说："我心里知道的。"

　　我们正在寒暄的时候，屋里已陆续进来了一些男女，他们穿着粗糙的衣服，面孔黝黑，站在周围。我问小白的父亲这些是什么人，他说都是村里的邻居。听说我是省城来的记者，这些人就七嘴八舌地说起小白的好，指责男方的兽性，要我为小白申冤。

　　他们的到来，干扰我的采访，等他们平静下来，我把小白父亲叫到一边，要他让这些乡亲们回去，我好采访。

　　这些人都走了，屋子里静下来。我开始了对小白的采访。小白说得很慢，声音很轻，似乎不想去触摸那颗碎了千百次的心，我小心地引导着，她慢慢地抽泣起来。小白断断续续的话语，把我带到了那个沉沉而悲惨的黑夜，使我闻到了那个血腥的场面了。

小白的对象叫马波，他们是经过媒人介绍认识的，可以说是家庭包办的婚姻。一个月前，两个人举行了婚礼。新婚那天，小白来了月经，加上对父母包办的婚姻不满，就没有同意和马波进行性生活，两人发生了争吵。到了婚后的第三天晚上，他们又吵起来了。马波发怒了，抓着小白的头往墙上撞，用板凳砸她的身子，柔弱的小白很快就被打倒在地。男人还不解恨，就骑到她的身上，顺手从桌子抓起一双筷子狠毒地插进了她的眼里。等小白醒来，已是第二天了，她已躺在了县医院里，从此，她再也没有看到一丝光亮了。

小白趴在桌子上，她的讲述在泣不成声中几次中断，我找不到合适的话语安慰她，但我还要继续问下去，越详细越好。我清楚我是来采访的，我的目的是要用她的故事回去换钞票，而不是主张正义，但小白不知道这些，她已没有眼睛了，她看不到我是什么样子，我可以放心地坐在她的对面，有几次看着眼前这个悲伤的姑娘，我暗自为自己感到有点可耻。

好久，小白抬起头，取下脸上那只黑色的眼镜，她两只空洞的眼睛深深地凹了进去被眼睑覆盖着，泪水在她的脸上爬着一道道湿痕，她的眼睑蠕动着，我知道她是想睁开眼睛，但却不可能了。那凹进去的双眼，是一种巨大的无声的控诉，冲击着我的神经，使我不能承受。我帮她慢慢地把眼镜重新戴上。

小白的妈妈从房内拿来一张小白放大的照片给我看，照片上的小白站在池塘边，身边开满了红色的花儿，小白一双大眼睛正水灵灵地充满憧憬地望着远方。小白的妈妈说："小白的眼睛被挖去后，我就把她的这张照片放大了，我的闺女一双眼睛好俊啊！"小白的妈妈用手抚摸着照片上小白那双黑白分明的眼睛，眼泪又掉了下来。

我和他们商讨了一些给小白解决问题的可能，如到法院起诉，去找民政部门能否解决以后的生活问题等。小白父亲默默地坐在一旁，不停地叹息。他见我采访完了，起身从口袋里掏出一盒烟，这在当地是一包好烟，他从中抽出一根递给我，我说不吸烟，他又把香烟小心地装回盒子，装进衣服内里的口袋，从另一个口袋里掏出一包廉价的香烟，吸了起来，淡淡的烟雾增添了这位男人脸上的深深的忧郁。他身后的门框上，挂着一个简易的电话，那种塑料的，号码就在听筒上的那种，一根细长的线子上落满了灰尘。他说，现在家里的一切经济来源，就靠他在外面给人家耕地抛种挣的一点辛苦钱，家里为了给小白上访和治病，已背了近两万元的债。谈到小白的未来，他长长地叹息了一声，说："都是我们害了她，男方的家是当地的大队书记，叔叔在省公安厅工作，家里富裕，就图这个，当初小白不愿意，是我压着的，现在后悔也没用了。"

天完全黑了下来，小白的弟弟拉亮了白炽灯，白炽灯闪了两下，发出轻微的几声叭叭响，然后，平静地亮了起来。采访已进了尾声，小白的妈妈起身要去给我弄吃的，被我拦住了，我不想让自己的到来，给这个贫困的家庭增加负担。我说要回到镇上去住宿，小白的家人不放心起来，说上次有个记者说要来采访，男方的家人就放出话来，要他们不要接受任何采访，否则会叫记者走不出镇子，后来这个记者就没有来了。但我坚决要走，小白的父亲拧不过我，就忙着出去给我找车子了。

家里就我和小白两个人了，平静下来的小白，端庄地坐在我的面前，散发出农家姑娘的柔情和善良。我鼓励她对生活要树立起信心,我告诉她马上就要过春节了,希望她尽快愉快起来,她只是默默地笑笑,摇了摇头。

我对她说,城里许多盲人都在工作哩。小白说,城里人真好,然后又告诉我,到镇上后,最好住在小镇丁字路口那家旅社,那家人厚道,我们上集时,常到他家去歇脚,买不买东西人家都很客气的。小白这样说,我倒又有点心酸起来,我想,这个善良的姑娘,过去像一只燕子和伙伴们来往于集镇上,一路上有多少花朵,有多少欢笑啊。

三轮车到了,我开始拉着小白的手,和她再见。要出门时,小白的妈妈忽然跪在我的面前,她蓬乱的头发花白了,抬起的眼睛里盈满了泪水,满面的皱纹像破碎了纸片粘贴在她的脸上,她粗糙的大手拉着我像拉着一根救命稻草,说,谢谢你谢谢你,你是一个大好人啊,你要帮小白向上头反映啊!我赶忙把她扶了起来,说政府会关照小白的,法律会给小白伸张正义的。我嘴里答应着,但心里知道,我也没这个能力。

小白的父亲和弟弟打着手电送我,他们把我夹在中间。车子是小白家的熟人的,我上了车子,他们还要送我去镇上,被我坚决拦住了。

三轮车上路了,在乡间的土路上急急地奔驰着,车子划出二道明亮的光柱,在深深的夜色里,显得十分的醒目,仿佛要用力刺破这沉重的黑色。

到了镇上,我按照小白的指点,找到了那家旅社。老板是一个中年胖子,一看就是一个厚道人,老板把我引到二楼上,旅社里生意清淡,没有其他旅客,我一个人住了一间房子。天气一到夜间就寒冷了许多,我把两床的被子盖到一起睡了,但睡不着,小白那两只夜一样漆黑的眼镜和照片上那双水灵灵的大眼睛,在我的眼前反复交替,无助而又悲愤。我穿好衣服,坐在被窝里。窗外是北风在呼啸着,有时在撕扯着物什,发出尖锐的声音,有时像跌倒了又爬起来,发疯似的奔跑。

3

第二天,我起得很晚,在去车站的路上手机响了,一看是一个陌生的号码,我接过去。对方是一个男子沙哑的声音,他问:"你是赵记者吧。"

我说:"是的。"

他说:"你还在镇上吧?"

我以为有什么朋友在这儿,但从他的尾音里能听出一种阴阳怪气,我不喜欢。我刚想说还在镇上,但话到嘴边,我又咽了回去,我问:"你是谁啊?"

电话那端停了一会儿,沙哑的声音增加了强硬,说:"你不要问我是谁,我过来找你。"

下意识,我知道这个电话不对劲了,我冷静地说:"你有什么事,就说。"我决定不能告诉他我的行踪。

"你别走,我来找你。"他的话有了急促,语音里有些粗暴。

我说:"我不认识你,你找我干吗?"说完,我就果断地挂了电话。

我知道碰到麻烦了,这还是头一次,我的心里很紧张,想肯定是因为采访小白引起的。我在脑子里一遍遍回忆着在小白家里的一些细节,想起在那些围观的人群中,是不是有这样的一个潜伏者。

我努力在头脑里搜索着我能想起的面孔，那位年老妇女臃肿的面庞，一双松弛的眼睛；那位男子精瘦的面孔，凹陷的眼睛；那位年轻的女子，轻佻的目光……他或她了解我的信息，马上打电话到省城，马波的叔叔在省公安厅，有人脉，很快就能从许许多多报社编辑那里找到我的电话号码，不是很难。报社的编辑对我都是熟悉的，这也是我这么多年来的人脉。

这个潜伏的人是谁已不重要了，我决定快点离开这个地方，越快越好，我不想在这里陷入一场泥沼中，我甚至想好了，万一遇到危险，我就去派出所寻求安全，这也是我们这行当人的经验。

过了一会儿，我的手机又响起来了。我一看还是原来的陌生号码，我看着手机一遍遍地响着，不愿去接，但不接也不行，终究是要面对他的，同时，我还要了解他的真实意图。

我一接听，里面仍然是这个沙哑的声音："你听着，我不让你走，你在这个镇上走不掉。"这次，这个沙哑的声音里充满了凶恶。

我从来还没有受到过如此的威胁，我气得手发抖，我说："你是干啥的？我问你你也不说，你一遍遍威胁我，是什么意思？你再这样我要去派出所报案了。"

他说："小子你放明白点。只要你不参与小白家的事，你就没事。"

我立即判断出这个男人肯定是小白说的对象马波，我说："你是马波吧？"

"我不是马波，你不要赖人家。"停顿了一下，他又说，"我可以从你的手机号码查到你的姓名，然后查到你的身份证，再查到你的家庭住址，我不找你，去找你的家。"

我说："你的号码我保留下来了，我随时可以去报案。"

他哈哈大笑说:"小子,你看清楚了,我这个号码是从书报亭买的。"

我一听傻了眼,但我继续回击他。我说:"我也可以找到你。"

挂了电话,我赶紧给小白家人打电话,小白父亲接的电话,我把受到的威胁说了一下。小白父亲在电话那端直喘粗气,可以感到他也是很气愤的。过了一会儿,他说:"赵记者,你不要怕,我马上赶过来。"我说:"你不要过来了,我只是把情况给你说一下,你要注意你身边的人。"他叹息了一声说:"我晓得了。这些狗娘养的,我家遇到这么大的灾难了,他们还在背后搞我,这些人不得好死。"放下电话,我知道这个饱经沧桑的男人,是无奈而又悲伤的。

我乘大巴到合肥时,天已快黑了,我打电话给刘爱爱,让她在办公室里等我。

上楼,走过长长的阴暗的走廊,打开办公室的门,办公室里灯全开着,白炽灯的光照得室内没有一片阴影,空气暖融融的。刘爱爱坐在沙发上翻看一沓报纸,她听到门响,抬起头来,看到我时,她放下报纸脸上露出甜甜的笑容,我喜欢看她的这种微笑,甜蜜里带着一种信任和高雅,厂长家的基因就是好,改变不了。我一路紧张的心情一下子放松起来。

我坐在她的对面,把这次的采访的情况对她讲了,刘爱爱说,这是一篇好稿子,下期安排头条发,杂志肯定又会好销,可以赚笔钱了。最后,我又气愤地把受到地痞流氓的威胁说了一下,并说出了我的担忧。

她惊诧了一下,然后说:"还真的被你碰到了,唉,不要怕。明天你去把号码销了,换一下新号码,以防万一。"

刘爱爱的话让我觉得她是一个有主见的人,我觉得她的这个建议好，决定明天就去移动公司销号，尽管我对我的这个号码是有感情的，但也没办法，只得割爱。

第二天一早我就去移动公司营业部了，营业员告诉我，号码可以销，但在电脑上还要挂一个月，这是规章制度，也就说，在这个月内，还能在电脑上查到我的姓名。

我把这个情况即时打电话告诉了刘爱爱，她沉默了一下说："这种情况我们以前也碰到过，但只是威胁，不会来真的。"我知道，她这是在安慰我了。

中午，我在屋子里午睡，楼下猪圈里那些饥饿的猪，发了疯一般地狂叫着，现在这些猪已长肥了，我想，它们的日子也要到头了。猪的叫声一会儿弱了下去，我想可以安静一会儿了，有一头猪开始哼哼了一下，其他的猪又跟着叫了起来，大猪的叫声有力粗犷，小猪的叫声尖锐细长，它们一声高一声低地混合在一起，仿佛是在叫着世界的末日。我本来就被小白的事搞得心力交瘁，现在，又被这几头猪折磨着，我对它们充满了仇恨，我从床上坐起来，对着猪圈骂起来。

"你他×的叫啥？你是一头猪，这个世界是你叫的吗？你吃饱了等死吧，有一天你死了，老子非要吃你的肉。"

房东在楼下听见了，说："小赵，你在骂啥？"

我说："你赶快把猪喂了吧，吵死我了。"

房东穿着蓝色的长褂，在楼下叉着腰，有点生气的样子走回屋里。我再也不敢作声了，原来，骂猪也要是看主人的。

过了一会儿，猪不叫了，发出一片啪嗒啪嗒的吃食声音，我知道，房东在喂猪了，我现在感到猪是幸福的，而我却是如此的狼狈，挣一点钱那么难，还把自己的家人搭了进去。我想到了我在小县城里的父母，他们虽然不富裕，但他们平安，过着悠闲的时光，现在，我却使他们的生活受到了威胁，真是不应该，我甚至想放弃了吧，只要还我平安的生活，写啥狗屁稿子。

第二天，我去办公室与刘爱爱商量这事，稿子不写了。

刘爱爱肯定出乎意料，她坐在老板椅上，把身子往后仰了仰，高高的椅背弹了弹，很舒服的样子，然后看着我说："老同学，还要写，我们抓一篇稿子不容易，我想了下期杂志没有好稿子，就靠这篇稿子走市场了。"刘爱爱说完，递我一张纸，上面是她给我拟的标题：《新婚夜，新娘被挖去双眼；叹新郎，因初夜权而失足》，她说，这是我想好了的标题，你看看。我看了看，这样的文章果然有卖点。

沉默了一会儿，我还是接受了刘爱爱的意见。我现在面临的是生活，生活是残酷的，并不因为我有了正义性，肚子就不饿了，天上就能掉下馅饼了。我打消了顾虑，又鼓起了劲。

这篇稿子我把情节主要放在新婚之夜里写，一对年轻的夫妻，为了性爱而动手打了起来，这是多么富有刺激性啊，有些地方，我甚至偏离了小白的讲述，根据稿子的需要进行杜撰。写累了，我在屋子里踱步，深冬的夜里，一片寂静，楼下传来猪们熟睡的喘气声和偶尔的哼哼声，它们正在梦境中。窗外，远处是一排明亮的灯火，那是出城的高架桥路灯。我的屋内越来越冷了，我躺到被窝里，刚闭上眼睛，脑子里又浮现出小白黑洞洞的双眼和小白的母亲跪在我的面前，她们仿佛在对我说，你不能这样写啊！

这时我的手机短信声音响了，我打开一看，竟是那个流氓的电话，他在短信里果真把我家的地址发来了，我感到十分愤怒、焦躁，难道这个魔鬼真的对我动手了？

我矛盾着，是按照刘爱爱的要求写，还是写成新闻，如果写成新闻，刘爱爱这期杂志的头条就没了，而我和小白的命运就捆绑在一起了，我就要和这个狂妄的家伙来一番斗争，但这样值得吗？最后，我决定还是把这篇稿子写成新闻稿。一个没有正义感的男人，还不如一头嚎叫的猪，猪在这个时候给了我哲学上的意义，一股使命感在这个深夜忽然涌上了我的心头，我的全身有点激动。

第二天，我把写好的稿子拿给刘爱爱看。刘爱爱看了很失望，把稿子往桌上一丢，说："你怎么把稿子写成新闻了，这一期还指望你这一篇打市场哩。"

我感到对不起刘爱爱，我解释说："那个流氓已对我下手了，我要和他一搏，我已没有退路了。"说完，我把手机里的短信翻给她看。

刘爱爱把我的手机接过去，歪着头看了一下，一缕长发从她的额上垂下来，像柳丝一样，然后，她抬起头把手机还给我说："你是一个自由撰稿人，帮不上小白的……我们是靠稿子吃饭的。"

我坚决地说："这件事我想了好久，我决定就这样做了，这不光是为了小白，还是为了我自己。"

刘爱爱说："你不是记者，不对社会承担责任，你没钱吃饭，谁来问你，不要太天真了。"

我有点生气了，但为了不激化矛盾，我还是停了下来，我走到窗前望着窗外，楼下有一排高大的冬青树，虽然是冬天了，但枝头还是茂密的叶子，仿佛冬天没有来过，再远处是一块工地，高高的楼层被绿色的塑网包裹着，不停地发出哐哐的声音。我望了一会儿，转过身来，我看到刘爱爱也从椅子上站起了身，往日的笑容正从她瓷一样饱满的面庞上消失，她对我说："哎，我们是同学，你又跟着我，我这是对你好，你怎么不听劝哩。你现在翅膀硬了，说不到你了。"

我说:"爱爱,我知道你为了我好……"

还没等我说完,刘爱爱就打断了我的话,说:"不要这样称呼我。"

我没想到她来气会这样快,我们在一起这么长时间了,这还是头一次碰到。我的血直往头上冲,我的胸脯在剧烈地起伏,我深呼吸了两下,说:"我感谢你,我在最困难的时候你收留了我,但我不能像一头猪一样地生活,我懂得善良和罪恶,我不会按你的要求写这篇稿子的。"

我们的话语从平和逐渐开始激烈,刘爱爱可能从没有遇到过如此的挑战,她拿起杯子朝桌子上一蹾,眼睛里露出尖利的目光,说:"你要是坚决这样干,你就离开我这个公司,不要给我带来麻烦,以后你会吃不了兜着走。我的杂志离了你,照样转。"

我的犟脾气又上来了,我说:"不干就不干了,我辞职。"说着,我把采访证掏出来,扔在了她的桌子上。我走到门口,手碰到了口袋里的手机了,这手机是刘爱爱买的,也还给她,我把手机后盖打开,把手机卡卸了下来,又返身把手机往她的桌子上一放。

刘爱爱没想到我真的这样,血一下子就涌了上来,白皙的脸孔涨得通红,她的两颗眼珠子瞪得圆圆的,指着我说:"没想到你真不是玩意儿。我这么待你好,不如待一条狗了。"刘爱爱又暴露出了厂长家女儿的嘴脸,一副高傲的样子,我最烦这样了。

我也气愤了,我说:"你骂谁,谁是狗?"

她气得手指发抖,指着我说:"你这个不知好歹的东西,我就是说你的,你快快给我出去,我不想见到你。"

我说:"你别认为你是厂长家的女儿,请你明白,现在我们一样是打工者。"

  我跨出门去，随后，我听到身后的门发出砰的一声。

  到了楼下，外面一股北风迎面吹来，我打了一个寒战，停了一下，又一头钻进寒风中。冷的风让我发热的头脑又冷静了下来，我和刘爱爱就这样翻脸了，唉，如果双方让一让，会不会避免，现在我回去给她道声歉，她会不会原谅我？我踟蹰了一下，但又一想，不可能，因为，我伤害了她的利益，除非我放弃自己的主张。

  接下来的几天里，我拿着这则社会新闻，蹬着自行车在市里往各家报社跑，省报、市报、法制报、人大报等等。每次从外面回到家里，歇息着疲惫的身子，我都会有一种安慰，小白啊，你知道不知道，我在远方为你奔波。

  房东仍然在从市里拉回来泔水，喂他的几头大肥猪，那些泔水发出难闻的臭味，黑色的塑料桶周围挂满了不忍目睹的垃圾。但我没有办法逃离和猪在一起的生活，我要忍受着，等待着这些幸福的猪被宰杀的日子。

  夜里，我经常在噩梦中醒来，我梦见一个人拿着刀追我而来，我在前面跑，他在后面用沙哑的喉咙叫嚷着。我醒来，就睡不着了，我坐在床头，想着这个恶魔，外面的夜色是深沉的，猪们在楼下发出沉重的美梦般的呼吸声，远处有汽车奔驰而过发出的呼呼声。我就这样一坐坐到天亮，然后又昏沉沉地睡去。新的一天到来了，我首先听到的是楼下猪圈里猪的嚎叫声，那些歇斯底里的嚎叫声，只是为了饥肠辘辘的肚子。它们在寒冬里养得脑满肠肥，然后走向屠宰场。猪的嚎叫声让我新的一天充满了悲痛，让我昏沉的脑袋更加头痛欲裂，我不知道要向什么妥协，要向什么挥起我的拳头。

  几天后，这些报纸都以不同的形式，登出了这则社会新闻。有的是完整的，有的是删节的，最高兴的是，一家法制报还配了几十个字的编者按，谴责这种罪恶的行为。我把这些报纸认真地收集起来，一道挂号寄给了小白。

不久，我接到了小白父亲的电话，说小白的案子就要在县法庭开庭了，要我有时间去听听。

到了开庭那天，一早，我就去车站乘车了，车子在乡间的公路上奔驰，时间已接近旧历年底，马路上三三两两的行人，都提着挑着年货，使人感到年的气氛。我在脑子里一遍遍想象着，我要看看这个挖了小白眼睛残忍的家伙、这个威胁我的家伙他的真面目。

县城里的法庭还是简陋的，像20世纪80年代的乡镇电影院，但雪白的墙壁悬挂着的徽章，让人肃然起敬，徽章底下是审判长席、原告席、被告席、律师席、书记席等黑色的桌子。我是作为小白家人邀请的旁听者，坐在后面的旁听席上。小白家请的律师是一个精干的年轻人，据说是在看了我写的新闻报道后，义务来给她辩护的。那个挖小白眼睛的马波，穿着一身黑色的衣服，身材粗壮地站在被告席上，垂着头，再也没有了过去的猖狂。

会场经过一阵窸窸窣窣的声音后，审判正式宣布开庭，大厅里静极了，审判长开始询问双方的情况。我看到小白又站起来，她把脸上黑色的眼镜拿下，露出一双红色的眼眶，她开始悲愤地回忆那个夜晚，这个夜晚她已无数次地陈述，但说到悲伤处，她还是哽咽不已。小白的母亲告诉她说，不要哭，要好好地说。小白才又开始说下去。

过了一会儿，审判长开始询问马波了。

审判长："原告指控的事实部分是否属实？"

马波犹豫了一下，在他的律师提醒下，回答："属实，但我不是故意的。"

这个沙哑的声音，就是那个打电话威胁我的人，我真的想上去甩他两个耳光。

审判长声音严峻地问："你为何对被害人下如此毒手？"

马波狡猾地说："我小时候精神有毛病……"

大厅里传出一阵轰轰声，"叭"，法官敲了一下木槌，大厅里静了下来。

法官指出马波的家庭没有精神病史，也无任何遗传，相关部门对他的精神情况做了鉴定，认为他属于完全有行为能力的人。这个男人虽然做了许多精神有毛病的假证据，但在律师的有力驳斥下，法庭没有被采信。

庭审中，马波多次插话，欲为自己辩护，法官数次提醒打断他。庭审结束了，他不得不低下了头，被两位法警押走。

从法庭出来，小白的父母紧握着我的双手，小白的父亲嘴唇颤动说："大哥，你是小白的救命恩人，律师说，要不是你写的那些文章，这个案子可能赔点钱就被糊弄过去了。"

小白站在一旁嘤嘤地哭泣，不停地拭着眼眶，我走过去，拉着她的手，小白的手是软软的，脸上已多了一些看不见的沧桑，可见这些天来，她所经历过的煎熬，我说："小白别难过，我们赢了。"

小白用力地点点头，说："但我的眼睛没了。"

小白的话，让我一时没有了言语。是的，我和小白付出的代价都太大了。

从县城回来，我很兴奋，找到了原来公司里的几个同事，我们在马路边的小饭店喝酒，酒酣之时，我又想起了我的女同学刘爱爱，他们说"你走后，刘爱爱伏在桌子上就哭了"。听了后，我长长地无语，虽然觉得对不起她，但我没有做错。

4

第二年春天，我接到通知，又回县城上班了，与小白一家也失去了联系。

现在，我每天上班站在车床前满手油污。在省城做自由撰稿人的那段岁月像风一样飘逝了，有时我和父母说说帮助小白的事，父母总是半信半疑。

今年夏天，我在家里看电视，在本省新闻里看到记者在采访一位盲人，我仔细一看，这正是小白，小白已经结过婚，有了孩子，丈夫就坐在她的身边。小白戴着一副黑眼镜，笑容从眼镜后面溢出来，她谈着自己自强不息的故事，其中，说到当年一位姓赵的记者给她的帮助，使她度过了最艰难的时候。我听了很高兴，喊来父母，告诉他们，这就是我给你们说过的小白，母亲一边看着，一边咂嘴，说好俊的一个闺女，可惜了。看完电视，我又把这次事件从头到尾和父母仔细地讲了一遍，这次他们没有再怀疑。

春子的两重世界

一

我在家里写小说。

春子在电话里对夏晶晶说这句话时,正在家里写小说。

真的啊!夏晶晶兴奋地问。从电话里春子能听到夏晶晶嗑瓜子的声音和电视剧里吵吵嚷嚷的声音。夏晶晶说马上就过来,看他写的啥。

夏晶晶是春子的女友,离春子住的地方有三站路远。春子居住的是工厂小区,从平房到筒子楼到大板楼样样都有,有些红砖老墙上还隐约可见当年的大字标语,现在他们都年老了,一个个像工厂里生锈了的机器,小区也成了下岗职工和小商小贩的集中地,每逢过年过节都有领导来慰问困难家庭。

写了大约三千字,春子想夏晶晶可能到了,就到阳台上去看。

阳台上养着几盆花,许多鲜艳的花在阳光下笑容满面,像是藏着什么心事,甬道上行人很少,偶尔有一辆摩托车轰鸣而过,一位拾破烂的老头正在和一位卖报纸的妇女讨价还价。看了一会儿,春子返身去舀了点水给每个花盆浇了一下。再往楼下看时,夏晶晶来了。夏晶晶穿着一身淡蓝色的超短裙,手里提着一个纸袋,走起路来风姿绰约。她抬起头来朝楼上望,一副时尚的太阳眼镜在阳光下散发着黑色的幽雅。她也看到了春子了,嘿地叫了一声,尾音悠长的。

夏晶晶一进屋,看到满地上扔着一些废纸,叫了一声:"瞧,也不知道拾拾!"

夏晶晶放下包,弯着腰就开始拾地上的纸,春子从后面揽着她柔软的腰,夏晶晶动了一下,没有反抗。春子把她抱到床边,让她坐下来,吻了一下,说:"这不要你动手的,这是我的思维习惯。"

坐下来,夏晶晶笑着对春子说:"哎,今天我带来了一个最可爱的东西,你猜猜是什么?"

春子猜了一下,夏晶晶都笑着否定了,最后,夏晶晶站起来,把手提袋拿过来,说:"现在隆重推出,主角上场。"夏晶晶从里面拿出的是一条小狗,小狗从包着的毛巾里露出两只大眼睛。夏晶晶用手抚摸着它脑袋上浅浅的毛说:"它的名字叫牛牛,牛牛你瞧瞧,这个人的窝还没有你的窝干净呢。"

"你什么时候养起宠物了。"春子一贯讨厌这种把动物养得高贵于人的做法。

"这是人家送给我老爸的,可名贵了,你看多可爱。"夏晶晶把小狗的头朝春子的面前凑凑，春子从鼻子里冷漠地嗤了一声。夏晶晶说:"你这个人对动物没有一点感情，不具备一个现代人的素质。"

"再名贵它是一条狗，你有养它的钱还不如资助贫困地区的一个小孩子上学呢。"

夏晶晶把小狗放到地上，小狗四肢短小，皮皱得一浪一浪的。小狗在春子的书堆前东瞅西嗅的，然后在地板上撒了一泡尿。春子大叫了一声，小狗吓得跑到了夏晶晶的脚边不敢再动了。夏晶晶咯咯地笑了，说:"到了陌生的地方撒尿是为了认路，这是动物的智慧。"夏晶晶找了一块抹布，把地板擦干净，然后，又抚了抚它的毛，小狗微眯着眼，很惬意的样子。

夏晶晶到厨房洗了洗手，拿出一包炸薯条，朝春子的嘴里塞了一根，他们一起嚼着。夏晶晶说:"春子，你这么酷啊，怎么写起小说来了。"

"我的心被打动了，不写出来不舒服。"春子的手指在桌面上敲打出马蹄奔驰的哒哒声。

"写的啥？"夏晶晶问。

"讲一个自小在城里长大的女孩子，她总觉得自己离这个城市很远，进入不了这个城市。"春子说。

夏晶晶撇了一下嘴，说:"找个好老公了，再生个儿子不就是城里人了，不要让人家活得太累。"

夏晶晶嘴里的薯条咬碎时发出细细的好听的声音。

春子说:"这是心灵上的体验，没有办法改变的，是一个城里人亲口对我说的。"

夏晶晶说:"你这是小母牛洗桑拿了。"

春子问夏晶晶这话是什么意思，夏晶晶又说你猜猜。春子说:

"你说吧,别再让我费脑子了。"

夏晶晶用细长的手指戳了一下春子的脑袋,说:"叫真(蒸)牛皮。"

两个人都忍不住大笑了起来,夏晶晶笑得憋红了脸,手中的薯条撒了一桌,春子忙给她捶背,她顺势倒在春子的怀里。他们亲吻起来,夏晶晶的气息里有着淡淡的炸薯条的甜味。春子一使劲,想把她抱到床上,脚下却响起了一声尖叫,原来是不小心踩到了小狗。夏晶晶赶忙从春子的怀里挣脱出来,蹲下去抚着小狗的头说:"牛牛,你没事吧,你是英雄,把我从歹徒的手里给救了出来。"

春子有点扫兴地说:"下次来不要带小狗了。"

二

春子开始白天上班,晚上写作,这些日子,春子忽然感到时间不够用了。过去常听名人说时间不够用,春子总认为那是矫情,现在有了切身的体会。

小说的名字叫《在城市的灰色地带》,小说是用春子过去的女友吕雅为蓝本写的。那天春子在一本杂志的诗歌专栏里,意外地读到一组诗,其中有一首是:

…………
从这个城市
我要去那个城市
这条白色的水泥路穿越而过
我和田野都在高速旋转中

用叛逆对抗着身后的苍白

在诗的下面,有一段文字简介:

"吕雅,合肥市人,一个生活经历十分坎坷的下岗女青年。从小爱诗,因诗而不顾一切,心灵上受过创伤,为了生存,站过柜台,搞过加工,进过保姆市场,做过伙房下手,现在一家民营企业打工。她的这组诗,是我们在大量自然来稿中发现的,觉得作者有诗的潜质和灵气,也许是因为坎坷的经历使她对生活有了深入的思考。她的作品是抛弃决裂以及失踪的最高点。我们破格发了她的这组诗,我们完全有理由相信,只要吕雅继续勤奋地写下去,她一定会成功的。"

春子的心一下子就被震动了,他认准这就是他当年的女友吕雅,她像一条鲸从海洋的深处浮出,露出三角形的鳍来。

那一年,春子高考落榜在家,与父母一起日出而作,日落而息。劳作之余,便写了一些作品,发表在省青年报上。在城里一家食品厂做会计工作的吕雅看到了,便按照报纸上春子的地址来了一封信,说对春子文章的喜爱。春子第一次收到一个陌生女孩子的来信,而且还是城里的女孩子,这给他带来了无比美好的想象。春子很高兴,马上给她回了信,两个人就在这种对文学的狂热中开始了书信来往。

吕雅用厂里的红头便笺写的一封封来信,春子都用一只小木匣子装着,绵绵的软软的一匣子,像一池春水在春子的心头洋溢着。春子把每封信都读了数遍,春子发现吕雅写字用笔的特点,就是在每个字的最后一撇,用力地往上一提。拖了一个很好看的尾巴,像女孩翘起的细细的兰花指。

春子的两重世界

春子对城市里的吕雅充满了想象，在春子的记忆里，他第一次见到城里女孩子是在外婆家。那年夏天，外婆家来了两个女孩，皮肤白皙，裙裾翩翩，脚上穿着一双雪白的袜子，又在细长的脚脖子上翻过来，形成一圈淡红色的花边。她俩那只大得有些夸张的挎包里，还装着几本时装杂志，坐下来时，常放在膝盖上翻看，很是闲情的样子。因了这两位城里来的女孩子，在那最炎热的夏天里，外婆也要坐在灶间，挥汗如雨地烧水。这让春子感到奇怪，他们喝冰凉的水都不觉得凉。她们还要喝冒着热气的开水。外婆常对人说，这是合肥城里来的侄女，来看她的哩！外婆说这话时，十分荣耀。春子幼稚的心头铭下了在世界的另一端生活着的另一群的女孩形象。

半年后，吕雅来信要春子到她那里去一趟，这是俩人的第一次见面。为了给吕雅一个惊喜，春子没有通知她就上路了。

春子找到吕雅的单身宿舍，门半开着，客厅里有一位女孩子正坐在桌子前吃饭。春子站在门外问："请问这是吕雅的家吗？"她端着碗站起身，说："我是吕雅，你是……"春子高兴地说："我是春子啊！"吕雅的嘴唇一抖，手一软，碗叭地掉在了地上，碎成了两片，白白的米饭撒了一地。接着，吕雅伏在桌子上，呜呜地哭了起来，春子一下子怔住了，站在那里不知所措。

你怎么了？春子慌张地问，然后又迷茫地安慰她："吕雅你别哭了，我老远来看你，你应当高兴才对啊。"

吕雅的哭声小了，身子随着轻轻的抽泣而耸动，好大一会儿，她才站起身，红着眼睛说："……你怎么也不说一声，就突然来了？"

"为了给你一个惊喜啊。"春子仍一脸茫然地站着。

吕雅打来水,把毛巾浸湿,拧了一下递给春子。春子接过毛巾,紧紧地按在脸上,他从洁白的松软的毛巾里感到了水的冰凉和一种渴望的幸福,他想让这冰凉的湿意一直到达他的心头,退去那层燥热,他仿佛闻到了毛巾里蕴含的那种淡淡的高雅的体味。好久,毛巾从眼睛上移开时,他看见吕雅就站在他的面前,她清秀的身材,一下子又唤起了春子小时候对城里女孩子的那场记忆了。春子和吕雅的眼光相遇的瞬间,春子如通了电一般,吕雅的眼睛红红着,这目光让春子永远忘不掉了。

　　洗好脸,春子看到墙上挂着一个大镜框,里面放着吕雅的许多照片,其中有一张是吕雅出席市文联工作会议的合影照片。前排坐着市文联主席、宣传部长等,后面站着几排市里拔尖的文学作者。吕雅在第二排,她一头披肩的长发,戴着一副眼镜,很清秀的样子。

　　两个人在一起谈了许多话题,吕雅说,我向往田园式的耕读生活。城市的空气中,弥漫着没完没了的物欲,不断复制的情感,貌似真理的教条,以及没有思想的盲从与模仿……我读了卡夫卡的《城堡》后,我就觉得自己就是那个 K,始终进不了那个城堡的门。

　　吕雅的话让春子吃了一惊,他没有想到她的思想是如此的另类和高深,让人刮目相看。他没有办法找到语言的缝隙和她辩解,说服她。春子说,我和你不一样,我必须要脱离农村,才能走近你,我不能拒绝这个城堡对我的诱惑,我要把自己放到这个城堡的刃上去划过,看自己到底是什么物质。

　　"你喜欢城市吗?"吕雅问。

　　"喜欢,因为你生活在这个城市里。"春子回答。

　　晚上,吕雅当着大家的面,把春子送到隔壁一位同事的房里去睡。春子很累，倒头就睡着了。第二天，吕雅悄悄地问他："你昨晚睡得好不好？"春子说："好。"吕雅不好意思地笑了，轻声说："夜里，我睡不着，敲了好几回墙，你都没有反应，把手都敲疼了。"春子愣了下，说："那我怎能听见呢？"吕雅说："笨蛋，你睡的床和我的床就隔一堵墙。"春子一下就呆了。

春子要走了，吕雅要去给他送行，两个人在候车室里依依不舍。排队检票了，吕雅就牵着春子的手，到了月台上，吕雅突然一把抓紧了春子，春子感到她一直柔软的手有了巨大的力量，春子停了下来，又一次看到吕雅眼睛后面浮起的那片润红。春子抚着吕雅的手说："下次我来，接你去我们农村住好吗？"吕雅点了点头。春子慢慢地把手从吕雅紧攥的手心里抽了出来，一边往列车上走，一边和吕雅挥手再见。

在车上，春子打开车窗，他看到吕雅仍站在那里没有走，她的手在空中划着，似乎要抓住什么东西，但什么东西也没有抓着。火车缓缓地启动了，他们互相喊着对方的名字，火车加快了速度，吕雅和月台越来越远，最后消失在春子模糊的视线里。从此，吕雅向天空抓挠着的手势就一直烙在春子的心里，仿佛在抓着他的心灵。

厂里的同伴知道吕雅谈了一个农村朋友，都大骂她神经病。吕雅的父母要死要活更是不同意，便很快给她介绍了一个对象。这场爱情像两条铁轨上擦肩而过的列车，迅速消失了。

春子和吕雅再也没有见过面了，也没有了书信来往。

现在，看到这组诗，春子才知道吕雅的生活是如此的坎坷，春子怅然地望着窗外。窗外已是万家灯火，星空的天幕垂下来，随着高高低低的楼房，层次错落地延展着伸向远方。在这样一个惆怅的夜晚，春子开始动笔写下了第一行文字。

三

　　小说写不下去了，春子感到很烦躁，在屋子里走来走去，仿佛是个土地测量员，在一遍一遍地丈量从门到窗子的距离。

　　春子向厂里请了假，决定回乡下去，换个环境写。

　　春子好久没有回来了，小镇上又新添了几座小楼，过去，车站旁边的两间小瓦房也不见了，这里原来是一家代销店的，墙上常年用白石灰写着一个大大的拆字，屋里站着一位窈窕淑女，眉清目秀的。过去春子每次回来都要走进这个低矮的小店里，买上两包香烟或几斤糖果之类带回去。

　　父母见到春子回来很高兴。母亲从柜子里拿出新被子，给春子铺好床。春子把窗前的桌子收拾出来，把包往上一放，然后又找来一把椅子坐下来，仿佛又回到了过去的年代。

　　那时春子常从书中抬起头来，目光望向远方，一脸的迷惘。

　　高考落榜之后，春子的父母决定让他学个木工手艺，师傅也找好了，是个年轻人，也是高考落榜后学的木工，据说，现在手艺已很不错了，还从外地带回了一个老婆，在农村人的眼里便是一个成功者的形象了，师傅说过几天就可以带春子走的，春子也同意了。春子从吕雅那儿回来后，在这个窗前坐了两天，就从家里消失了。眼看春子师傅来带人的日期就到了，却找不到春子了，家人急得四处去寻找，最后找到春子时，春子已坐在教室里复读了，父母只好摇头作罢。

　　第二年春子榜上有名。吕雅也结婚了。

　　乡村的日子是透明的，春子的情绪鼓胀着，心浮悬在蓝蓝的半空之上。春子开始了愉快的写作。母亲有时候看到春子把写好的文字又划掉了，就心痛地说，你瞧，好不容易费脑子写的东西，又划掉了，这不太可惜了。家里的那只大公鸡正处在发情期，有事没事的时候就爱在春子的窗前长长地啼上一嗓子，脖子上的毛耸起来，然后，又伸长一只翅膀，在母鸡们面前咯咯地舞蹈。有一次春子正烦着，大公鸡又开始伸长脖子叫起来，春子愤怒地出来追赶，一群鸡顿时惊叫着飞跑起来。

第二天吃午饭时，母亲就端上来了一盆鲜美的炖鸡汤，春子吃了一惊，母亲说："那只大公鸡被我杀了，它天天叫来叫去的，太影响你了。"春子半晌没有说话，拿着筷子，在门外找到了一堆湿漉漉的鸡毛。春子的心里一阵难过，再也听不到大公鸡在金色的阳光下追逐母鸡时发出的欢叫了。

这顿饭春子坚决没有吃一块鸡肉。

写得棘手时，春子就出去散步。这是春天的季节，一望无际的油菜花，随着丘陵缓缓地起伏，线条柔和舒畅，脚下的青草嫩绿着，挺直了腰身往上生长。春子走到小河边就坐了下来，看那些草本植物，它们亲热热的、绿油油的、毛茸茸的样子；看那些闪着阳光的河水，它们暖融融的、光滑滑的、绵软软的样子；看那些飞翔的鸟儿，它们乐陶陶的、轻松松的、闹嚷嚷的样子。然后，再往回走，回到桌前，心境如水洗一样清澈。

这天夜里，春子的门忽然被轻轻地敲响了，来者是邻居昌勤。昌勤说，春子，有事找你帮忙。昌勤说话是个大嗓门，他的身后跟着一位老年妇女，拄着一根棍，穿一身黑色的衣服，春子热情地把他们让了进来，端凳子让他们坐下。昌勤说，春子，这是下杜的五保户老麦大娘，她来请你写一个状子。昌勤又说，我们都上床睡觉了，她敲我家的门，我开门一看是她，吓了一跳。老麦大娘说，小哥哥，天黑时，我才听说你回来了，我在家坐不住了，我一定要来找你，你们文化人时间金贵，不像我们农村人糊里糊涂地过日子，你要是一走，我到哪能找你这样有本事的人去写哩。唉，一提到走路我就怕，年轻时，挑着一百多斤的担子，一气走二里不用歇肩，现在老了，又有关节炎，一走路，两只腿就像断了似的钻心地痛，我就找了一根棍，拄着，坚决地走，爬也要爬来，到这儿就深更半夜了。唉，小哥哥年岁不饶人了……老人心情很激动地絮叨着，表达着自己见到春子激动的心情。昌勤打断她说，老麦大娘你长话短说，就说写状子的事。老麦大娘叹了一口气，说，刚才扯远了，我是来请你给我写状子的，河西的五保户瞎子还被人打了一顿，你瞧瞧这理到哪去讲……说到悲愤处，老麦大娘用手掌抹了一下泪水，春子似乎能听见那粗大的手掌与粗糙的皮肤相擦时，发出的轻微的唑啦声。

昌勤站起来对春子说，你说这不是腐败是啥，你给我们写写，向上面反映，现在这些狗×的，他们就怕记者把事情搞大。我是打抱不平，农村的事总要有像我们这样的黄嘴丫子来讲。昌勤上过中学，肚子里有点墨水，说话文绉绉的。春子说是的是的。春子不是记者，但不想说这事他也管不了，他认真地倾听着老人的诉说，这或许可以给老人带来点安慰。

直到深夜，老麦大娘千恩万谢地走了，再回到桌前，春子打了一个哈欠，倦意已沉，只好睡了。

四

　　这天，春子和几个乡邻说话，邻居昌勤拿着一张报纸，大着嗓门边走边说过来了。昌勤说，你瞧瞧，这城里还能住家吗？这是作孽啊！春子接过一看，这是当天的晚报，有一则报道写的是：

　　两个女儿，一个15岁，一个14岁，一年前，李敏一双漂亮的女儿相继离家出走。这是大女儿若干次出逃中最彻底的一次。在此之前，单身的李敏为从美容美发店和社会的诱惑中抢回原本纯洁的女儿，以死，以棍，以泪水……种种方法用尽还是败北。一年来，伤心的母亲日夜寻找，知晓女儿就在城里，但遍地寻找不到。心里滴着血的母亲在一遍遍地呼喊着迷途的女儿回来，同时也在呼喊——是谁抢走了女儿的心？

　　春子的心一下子就被攥紧了，春子为这个失去女儿的母亲难过。夜里，写到小说结尾时，春子想起晚报上的新闻，决定用这个情节做小说的结尾，那个找不到城市之门的女孩，她最后的选择就是离家出走了。

　　小说是这样结尾的：

　　找了几天，还是没有发现女儿的踪影，只找到女儿压在枕头下的一张纸条，上面写着：亲爱的爸爸妈妈，你们辛苦了，我不愿再麻烦你们了，你们为我操够了心，我走了，我要到另外的一个地方去，你们不要找我，也找不到我，但我一定会很安全的，请你们放心。

　　那个地方四季如春，而且太阳比月亮多。

　　小说的初稿终于完成了，春子把一摞厚厚的稿子，用一个铁钉钉了两个洞，用母亲的线绳穿好系牢。望着这一摞稿子，春子十分欣喜地去公用电话亭给夏晶晶打了一个电话，夏晶晶问他什么时候回来，春子说明天。

第二天，春子见到夏晶晶时，很兴奋地扑上去要拥抱她，夏晶晶拦住他说，瞧你回去才几天，就土头土脑了，你的头发、衣服上都是灰，你先把衣服换了，出去洗个澡。但春子不愿听夏晶晶这种话，不顾她的反对，把她按倒在床上。一会儿，夏晶晶的头发乱了，衣服也不整齐了，春子看着夏晶晶在身下躲避，她那种生来的高贵瞬间就被征服了……晶晶起身的时候，已经很不高兴了。春子平静下来后，觉得是有点过分了，又哄她说，一路上的农用中巴车都是灰，没有办法。夏晶晶说，是啦是啦。然后给春子找好衣服，一道上街上去洗澡了。

接下来的几天里，春子又把稿子修改了一遍，但在投稿之前，春子的心里还是没有底，想找一个人帮助看看。

春子首先想到的是在小县城里较有影响的老作家王有兵。

王有兵在小县城里是出了名的人物，他的出名有两个方面，一是据说他家那一百多平方米的复式楼房就是他用挣来的稿费买的；一是他60多岁离婚后，现在和一个30多岁的下岗女工结了婚，两人一道出门逛街寻访友人，很是风光。

初夏的一个夜晚，春子和夏晶晶一起去王有兵家。王有兵的家装得很漂亮，让春子和夏晶晶的眼睛亮了一下，他俩喊了一声王老师，站在门口说拿双鞋来换换。王有兵说不要不要，文友来了都不要换鞋的，文友是干净的，腐败分子外表再干净内心也是脏的。

王有兵说话很幽默，夏晶晶噗噗地笑了一声。他们坐下来，电视里正在播新闻，一位外国总统和夫人来中国访问。王有兵年轻的老婆起身给他们端上来两杯热茶，春子赶忙起身感谢。

王有兵拿出一盒烟，抽出一支给春子，春子说："不吸不吸。"王有兵说："年轻人不吸烟好。"他从茶几上拿起一只打火机，叭地打着，蓝色的火焰像细长的舌头伸出来舔上了他嘴上叼着的香烟，瞬间映出他苍老的皮肤。王有兵吸着烟问："春子来有啥事？"其实王有兵十分清楚，到他家来的人十有八九都是为文学来的，别的事谁会来找他呢？春子恭敬地说："我最近写了一篇小说，想请王老师帮忙看看。"王有兵说："可以可以。"夏晶晶从包里拿出那摞稿子，双手递给了他。王有兵戴起老花镜大致地翻了翻，说："不短嘛，一会儿看不完的，先放我这儿吧。"

他们闲谈起文学来。

夏晶晶捣一下春子的腰，春子这才知道时间已过了好久，便起身告辞。

路上的华灯齐放了，汽车亮着红色的尾灯来来往往，使小城的夜色迷离而温暖。夏晶晶情绪很好，她让春子把手插进裤子口袋里，然后挎着他的膀子，两人相依相偎地走着。夏晶晶愉快地唱起来：

城里的月光把梦照亮，请温暖他的心房，看透了人间聚散，能不能多点快乐时光……

又过了一星期，王有兵打电话过来，让春子去拿稿子，春子兴冲冲地去了。王有兵说："你这篇小说里写了两位女孩子，不妨在她们的身上多花点笔墨，增加点可读性，目前，市场上流行这种写法，也好发表，某些地方，我进行了修改，你看看。"

春子拿着稿子走出门，就迫不及待地找了一个避人的地方，坐下看起来。稿子上有的地方王有兵用蝇头小字勾出一两个错别字，有的地方写了黑压压的一片文字，然后用细长的线勾进去。春子特别注意修改的地方，王有兵加了许多性爱的描写，如"屁股底下流了一块分币大小的湿迹""她在身下迷离地低唤着，披着长发的头左右轻轻地扭动"等，春子看着看着心就冷了，这不是他用心血培养出来的人物，这是一个发情期的动物。

春子仿佛又看到了吕雅那双哭泣着的眼睛。

"×他妈的。"春子情不自禁地骂了一句，回到家，把王有兵修改过的地方全部划掉，按照原来的主题又修改了一遍。

五

小说寄出去后，春子的心里感到从未有过的轻松，不想再去写一个字，再看一页书，这样浪荡数日。一天，静下来后，忽然想去省城看看吕雅。这个念头一出来，春子陡然激动起来，夜里，好几次恍恍惚惚地从睡梦中醒来。

第二天，春子早早地起了床，走在小城熟悉的街道上，清晨的楼房还笼罩在淡淡的晨雾中。

班车带着春子在高速公路上奔驰，春子的内心翻涌着莫名的激动。省城的道路春子是熟悉的，春子知道坐2路车，就可以到吕雅上班的那家食品厂，但春子还是提前一站下了车。马上就要见到吕雅了，她还是老样子吗？我的出现是否合适？她会怎样待我？春子慢慢地走着，满脑子都是犹豫和想象。

他把这次寻访看作是一次精神上的探险。

走到食品厂了，门卫是一个老头子，他奇怪地看着春子说："食品厂已在年前就破产了，哪还有人上班。"

春子失望了，他凭着记忆找到了当年吕雅住过的地方，可是这里已是一片瓦砾，几台挖掘机正在轰鸣着挖土，那些黄的土，从深深的地底挖出来，堆在一旁，像重见天日的面孔。

春子默默地望着眼前的一切，他后悔来晚了。

春子从一堆废墟中捡起了一张照片，照片因浸了水，颜色已洇成了块癣斑的湿迹。春子用手擦去上面的污迹，依稀可以看到一位女孩子站在一树花前，甜甜地笑着。春子想，这是谁家搬家时女孩子把自己青春的倩影也遗失了。

春子把照片撕成了一把碎片，他不愿让这个女孩子的形象埋没在垃圾里。

六

那家杂志终于来信了，很薄，春子的心里一喜，不是退稿。春子沿着封口慢慢地撕，牛皮纸很结实，断口处露出纸边来。春子从里面抽出张纸，上面写着：

春子先生：

你好！

你的作品《在城市的灰色地带》已阅，在创作方面你很有潜力，已达到发表水平，但我们刊物容量有限，竞争激烈，为留住人才，我刊决定出版增刊，并收入你的作品，与正刊同时交邮局发行。如同意，请尽快从邮局汇款400元作为本刊经费，并在汇款单上注明作品标题。出刊时，本刊将寄上样刊20本，作为补偿。

这简直是骗子，春子还没看完，就愤怒了。春子在屋里焦躁地踱着步，春子把手中的玻璃杯子狠狠地朝花坛砸去，一声清脆的响声过后，玻璃杯子碎成了一片。

　　下班回家，家里还是春子出门前的样子，翻开的书还停留在看的那一页，掉在地上的纸还躺在地板上，只有墙上的闹钟已不在同一个时间上了。

　　春子感到燥热，他需要一双陌生的手、陌生的气息介入这个烂熟的时间、空间和心间。

　　夏晶晶是晚上过来的，她穿着一身米黄色的时装，系着一条宝蓝色的丝巾，显得气质高雅。

　　春子把那张纸条给夏晶晶看了，夏晶晶一仰头说："好啊，你的小说终于有消息了。"

　　春子说："好个屁，这简直就是骗子。"说完把那封信给夏晶晶看。

　　夏晶晶看了后说："这有什么不好，最起码说明你的小说是有价值的被人肯定的、人家杂志社穷，收点费用还说在明处，比起那些卖肉注水的，开饭店用地沟油的，算是君子了。"

　　春子坐下来想想，夏晶晶说得也对，春子说："现在关键是如何把我的稿子要回来，别让他们当垃圾处理了。"

　　夏晶晶说："你撂他们那儿，好大事，也许碰到伯乐识马，用了哩。"

　　最后，春子依了夏晶晶的意见。

　　过了两个月，春子又收到杂志社的来信，这次寄来的是一个大信封拿在手里沉甸甸的，春子刺啦一声就刺开了大半个信封，里面露出几本杂志，翻开目录，春子居然看到自己的那篇小说。

小说终于发出来了，杂志社是个君子。春子为当初对人家的误解而感到内疚，准备把钱再补汇过去。

晚上，春子把夏晶晶喊来，手里拿着杂志，开心地给夏晶晶看。夏晶晶歪着头认真地看着，也十分开心。

春子说："明天把钱补汇给人家吧。"

夏晶晶说："不用了。"

春子一愣说："什么意思？"

夏晶晶说："我把钱给人家汇过了。"

春子睁大了眼睛。

夏晶晶抚着他的头，安慰他说："这是你的第一次，很重要，明白吧。为了表示祝贺，我今晚请客。"

临出门时，夏晶晶踮起脚，用手指把春子的头发梳理了一下，她踮起脚时，暖暖的气息就飘在春子的面前，春子拥抱了她，她温柔地依在春子的怀里，又用手把春子的内衣领子理了理。

七

现在，春子和夏晶晶已经结婚了。

这是初冬久阴刚晴的中午，春子和夏晶晶坐在阳台上。春子在看杂志，夏晶晶在修剪指甲，太阳的光线透过宽大的玻璃窗照进来，洒了他俩一身，阳台上还有几盆花，一盆是太阳花，这种夏天盛开的花朵，现在只剩下紫色的茎；另一盆是米兰，枝头的叶子已有了浅的黄，盆里落了几片叶子。

两个人就这样慵懒地坐着，感到阳光已从各个缝隙钻到骨头里去了。

夏晶晶说:"现在我的朋友们都知道你是一个作家了,她们都说作家很有钱,将来跟着你享福了。"

这是春子没有想到的。春子说:"我只是一个业余作者。"

春子把杂志放到盖上,阳光照在推开的书面上,那是吕雅的诗:

　…………
　从这个城市,
　我要去那个城市,
　这条白色的水泥路穿越而过
　我和田野在高速旋转中,
　用叛逆对抗身后的苍白。

此刻,阳光正照在花盆里一株米兰的枝头,那花茎里隐藏着的是一场纷乱的花事。

后记：怀念母亲

中篇小说真好，满足了我对文体和心灵的探索，我把中篇小说写好了，写其他文体也就不怕了。我有了这些中篇小说里的人物，就觉得我不孤独了，我有许多人了。

前几年，我开始写父亲，我们这个大家庭里里外外都是母亲在打理，父亲在我的心里就是一个干活的人，他退隐在我心灵的一角，默默无闻。忽然有一天，我发现了父亲，觉得父亲的伟大。

我在写农村生活时，碰到不了解的情况，我就打电话给母亲，比如在《伙牛》里，关于做牛屎粑粑的细节，母亲做过，就给我讲了当时的感觉。比如《头顶三尺》里，许多挂面的方法都是母亲给我说的，等等。有了这些细节，我的小说就活了，在研讨会上，有专家说这些细节就是"非遗"。

小说，总是与生活融合的，说小说不得不说生活。

生活最简单的理解就是我们当下所经历的，今天的生活就是今天一天的时光。

芸芸众生都在生活，其中有一个人叫作家，他们也在生活。

作家一天的时光和芸芸众生的时光是一样的，阳光没有偏爱他。但作家内心深处的东西却不一样，这个不一样就带来了虽然是相同的生活，但作家的生活却有了异样，这个异样直接呈现出来就是作品。

我觉得作品就等同于作家个性的生活，否则，与芸芸众生的生活一样，还要作家干啥呢？

我不否认，这本书里收集的作品，也就是我的生活了。我是借着一个个人物形象在呈现这些生活的。

写这些作品的时候，我的母亲还在世上，可是编这本小说集的时候，母亲已不在世上了。

我的一辈子都在和文字打交道，文字对于我来说就是使用的工具，母亲常常怀疑，我写这些东西能否养活自己。在一位农民的眼里，只有"汗滴禾下土"才能有饭吃。母亲去世后，有一天，我忽然对文字有了一种温情，我觉得每个方块字里都隐身着我的母亲，都有母亲的喜悦。因为在那么困难的情况下，如果没有母亲坚持让我们读书，就没有我的今天，更不用说我能当个作家了。

2018 年 9 月 5 日